JN174850

Carl Van Vechten

Nigger Heaven

ニガー・ヘヴン

カール・ヴァン・ヴェクテン

三宅美千代 訳・解説

未知谷
Publisher Michitani

目次

ファニア・マリノフへ

ニガー・ヘヴン

夜となく昼となく
為すべきことはただひとつ
自尊心をおさえ、血を鎮める
洪水で滅びぬよう。

カウンティ・カレン

プロローグ

　スカーレット・クリーパー[原註一]ことアナトール・ロングフェローはばっちりめかし込んで、七番街の東側をこれみよがしに歩いていた。身体にぴったりフィットする白黒格子縞《シェパード・チェック》のスーツを身につけ、しなやかで筋肉質のからだつきを余すところなくあらわにしていて、誰もが視線を奪われた。特大のダイヤモンド、あるいはダイヤモンドに似せてつくられた、それよりいくらか価値の劣る石が、フューシャ・ピンクのスカーフのなかできらめいた。念入りに磨いたヌメ革ブーツの甲の部分はピンクグレーのスエードで、ボタンは淡いブルー。小粋に傾けてかぶった麦藁帽《カンカン》の下には、なでつけた黒髪がみえた。彼が友だちに挨拶すると——つきあいの広い男のようだったが——濃褐色の顔から真珠のような歯並びがこぼれた。

　たくさんの人がそぞろ歩きに出ている時刻——夜十一時頃だった。六月にしては風があたたかく心地よい、湿気もそれほどなかった。広々とした街路を色とりどりのタクシーが通りすぎ、星の輝きをちりばめたインディゴブルーの空が天蓋のように頭上を覆っていた。いくつかの店はまだ営業していて、煌々と光を放っていた。若い男たちがいくつかのグループになり、建物の保護壁の下で背をまるめ、ショーウィンドーの前や木の下でしゃべったり、笑い声をあげたりしていた。女たちはふたり連れかエスコート役の男性と一緒に、道幅のある歩道をぶらぶら歩いていた。

おい、トーリー！　がっしりした体格の黒人がクリーパーに声をかけた。

エドじゃないか。最近どうだい？

おかげさんで。そっちこそどうだい？

わるかない。あたりがでたぜ。六十七ドルのもうけだ。

すげぇじゃん！

まぁな。アナトールはニカッと笑った。

なん番がでた？

七－九－八
どこでみつけたんだ？

女の子の玄関口からさ。

でてきたのか？

入るところだったのよ。うら窓からでたんだ。そいつの恋人《ダディ》がいきなり帰ってきやがったのよ。

そいつはたまげた！

マジなはなしだぜ。

アナトールは意気揚々と歩きつづけた。上着のボタンをはずして胸を膨らませると、ポケットからポケットへ筋肉質な腹部を交差して伸びる、懐中時計の金の鎖が威嚇するようにピンと張った。

やあ。

やあ。

彼はムラートのライト級ボクサー、リーンシェーンクス・ペスコッドとすれ違い、挨拶した。コモンウェルス・クラブで毎週土曜に開かれる試合で、白人ボクサーを二人打ち負かした男だ。

ロングフェローさん、おたのしみでいらっしゃる？

いかにもそのとおりで、ミセス・ガッキーン。ごきげんはいかがで？　クリーパーはわずかに媚びるような態度をみせた。

ミスター・ロングフェロー、調子はかなりいいわ。

ミセス・イモジーン・ガッキーンはこの通りの先にある評判の美容室のオーナーだった。毎日午後五時頃、アナトールはこの美容室で手爪の手入れをしてもらっていた。取り巻きの女性たちはこの習慣を知っていて、ミセス・ガッキーンの店は五時にはいつも混み合うのだった。この顧客が商売上重要な役割を果たしていることをよく理解していたので、彼女は毎回相当な額にのぼる代金をあえて取り立てようとはしなかった。そのうえ、クリーパーは彼女の垂れさがった顎下の肉をそっとなでて、魅惑的にほほ笑みかけ、勘定を五ドルや十ドルごまかすこともあった。

127丁目で向きをかえると、アナトールは北にむかって、またそぞろ歩きをはじめた。ところが、象牙の球がついた黒檀のステッキを振り回したり、くるくる回転させたりして、一見、無頓着を装っているようだったが、さっきより真剣だった。すれ違う女たちの顔を不安そうな面持ちでのぞき込んだ。あるときなど、頑として視線を返さない人と眼を合わせようと夢中になるあまり、白くて長いあごひげをはやした年配の黒人男性にぶつかったこともあった、老人は杖にすがり、足を引きずっていた。アナトールが受けとめるのがすこしでも遅かったら、老人は倒れていただろう。

こりゃどうもしつれい。もっとも魅惑的なほほ笑みをうかべて、彼は言った。

八十代の男もほほ笑み返した。

みたところ、老人はかん高い声で言った、このじかんにこの通りでいちばん目立ってるのはおめぇさんだな。

クリーパーの胸部はゆうに二インチは膨らみ、懐中時計の鎖が目一杯ひっぱられ、チョッキのポケットから鍵束がじゃらじゃら音をたててとびだした。鍵束を戻しながら彼は考えた、オレはこの罪のない老紳士に愛想よく寛大にふるまうことだってできる。オレの十分の一ほども女にモテる色《シー》男《ク》がハーレムにほかにいるか？　そぞろ歩きの連中《ブリック・プレッサー》が恐れるほどの筋肉の持ち主がほかにいるか？　あいつらはたいてい通行人について手厳しい意見を言うものだ。そんなふうにもの思いにふけっていると、彼の自尊心を思いがけず動揺させる出来事が起きた。ラファイエット劇場前のまばゆい照明の下に、ある人物のもったいぶった姿を認めると、独りよがりの上機嫌もどこかに消えてしまった。

数年前、ランドルフ・ペティジョンはハーレムのホットドック売りとしてスタートした。そびえ立つ建物にはさまれた一階建ての小さな店だったが、すぐに人気がでた。彼のつくるフランクフルト・ソーセージは最高だった。パンはできたてでマスタードも申し分なかった。ペティジョンはすぐに大成功をおさめた、諸経費は格安で——自分で調理してそのままカウンターから客に提供した——不動産投資するだけの金を貯蓄することができた、彼の投資した物件はまたたくまに価値が増大したのだった。次に、そのいくつかを慎重に売却した金でキャバレーを開店すると、すぐにハーレム人気の盛り場になった。ボリートくじで大儲けし、彼の絶大なる影響力はいまでは政界にも及びつつあった。

とくに理由はないが、アナトールはこの男が嫌いだった。この男に縄張りを荒らされたことは一度もないが、そういう不測の事態が起こりえなくはないことを、どういうわけか潜在的に知っていた。それに、どんな種類の力であれ、自分以外の者が力をもっていると知ることはクリーパーをいらだたせた。そう感じているのは彼の方だけだった。ウィンター・パレスというペティジョンのキャバレーで、アナトールは客たちの視線をしばしばくぎ付けにする存在であり、南部からやってくる黒人びいき《ジグ・チェイサー》の白人客らの特別のお気に入りだったので、店では歓迎されていた。

トーリー、調子はどうだ？　宝くじ王《ボリート》はやさしく親しみさえ込めてクリーパーに声をかけた。

やぁ、ランドルフ。

ぶっしょくしてんのか？

しなさだめしてんのさ。クリーパーは口数が少なかった。

クリーパー、おまえのファッションときたらまったくイカしてるぜ、宝くじ王《ボリート》の仲間の一人が口をはさんだ。

おまけにモテモテさ。別の男が言った。

宝くじ王《ボリート》は賞讃した。ファッションと女にかけちゃクリーパーのみぎにでるものはいねぇ。

アナトールの真珠の歯がむき出しになった。やめろって《ボトリット》、彼は言った。

店にあそびにこいよ、ペティジョンが誘った。うちのウィンター・パレスは冬だけじゃなく夏も営業してるぜ。

クリーパーはすっかり気を良くしてそぞろ歩きにもどった、ステッキを前後に揺らし、胸をそらして小声でハミングしていた。

　ダーリンの歯は海にうかぶ灯台みたい
　かれがほほ笑むと、その光はあたしを照らす[2]

やぁ、トーリー！

アナトールが色白《ハイイエロー》の少年の困ったような顔をのぞき込むと、光沢素材のスーツにパッチのついたブーツを履いた少年の態度がすこし威丈高になった。

デューク、調子はどうだ？

いまひとつってとこだ。ギグが中止になった。

またチャンスがあるさ。

もちろんよ。でも、それまでどうやって生きりゃいいっての？

クリーパーは助言を与えなかった。

でっかいツキがあるって顔だな、トーリー。デュークは哀れっぽい声で言った。

クリーパーは用心深く黙っていた。

おまえほどファッションの才能がある色男《シーク》はみたことないぜ。

クリーパーの胸はこの褒め言葉の効果を測定する計器だった。

マジではらへった。ホットドッグ買う金くれ。

クリーパーはズボンのポケットからバラバラの小銭をとりだすと、小銭の山から慎重に二十五セント硬貨を選びだし、困窮した知り合いにわたした。

とっときな……。気前のよい慈善家の貫禄だった……。むだづかいはやめとけよ？

そうするよ。チャンスさえものにできりゃ。ギグが中止になったのはオレのせいじゃねぇ。二十五セント硬貨を口に押し込むと、少年はふいに走りだし、わき道に姿を消した。

ひとつかみの金をせびり、口いっぱいに頬張って礼を言う。クリーパーはもの思いにふけった。

137丁目の角で大勢の見物人の連中にとり囲まれた。かれらの多くはリズムにあわせて手を叩き、少年たちは集まってチャールストンを踊っていた。アナトールはなにげなく見物人の輪に加わったようにみえた。ところが、踊っている人たちからはすぐに視線をそらし、見物人の輪をこっそり吟味しはじめた。すばやく隅々まで眼をはしらせると、ふいに探しものがみつかった。

彼女はビロードのように柔らかい澄んだ琥珀色の肌をしていた。こんなにきれいな女には会ったことがない、彼は思った、しかも、以前にはみかけたことのない女だった。ほっそりした身体を珊瑚色の絹布につつみ、琥珀色のストッキングをつけたすらりとした脚があらわになるほど、スカートは短かった。ターコイズブルーのクローシュ帽がボブにしたまっすぐな黒髪の大部分を覆っていた。すがりつくような優しい茶色の眼をしていた。彼はすぐさま視線をそらし、その動作の迅速さに満足をおぼえたほどだった、それでも、彼女がこちらをまったくみていないようでありながら、なにくわぬ顔でじりじり近づいてこようとしているのがわかった。若者たちのダンスにあわせて手拍子をつづけたまま、彼女はその意図を実行にうつした。ついに彼の横にやってきて、身体が触れそうなほど近くに立ったときも、彼女はチャールストンの複雑なリズムにしか興味はないというふりをしつづけた。アナトールも彼女の存在に気づいている素ぶりをすこしもみせなかった。

ふたりはお互いに知らんふりするゲームをしばらくつづけたが、しびれをきらしたのか勇気を奮いおこしたのか、彼女のほうから声をかけてきた。

あら、トーリーじゃない。

彼はふりむき、にこりともせずに彼女をみつめた。

あんたとお近づきになったことがあるとは思えないが。

たしかにそうね、ミスター・トーリー、それは事実。あたし、ルビーって名前。

彼はそれ以上聞く気はなかった。

ルビー・シルヴァーよ、彼女はフルネームを教えた。

彼は黙ったままだった。

今度は彼がなにげなく手拍子をはじめた。ひときわ身軽な六歳の少年が飛び跳ねていた。いいぞ！　いいぞ！　踊れ！

あんたのことは誰でも知ってるわ、ミスター・トーリー、誰でもね！　彼女の声はかまってもらいたがっていた。

クリーパーは手拍子をつづけた。

それで、あんたにあいたくてたまらなかったの。

クリーパーは険しい顔だった。あってどうする？　彼は撃ってでた。

知ってるくせに、ミスター・トーリー。わかってるはずよ。

彼は人だかりからすこし離れたところに彼女を連れていった。

いくらもってる？

今夜はだいぶ景気がいいのよ。ツキをよびたいっていう白人《オフェイ》にあったから。一〇ドルくれたわ。

クリーパーはこの問題を検討しているようだった。昨夜あった女の子は一五ドルくれたよ、彼は言った。それでも心が揺れているのがみてとれた。

左あしのストッキングにもう五ドルあるわ。これまであじわったことのないやりかたで愛したげる。

クリーパーの愛想がよくなった。あんたの顔にはみおぼえがあるようだぜ、ミス・シルヴァー、彼は言った。オレと腕を組んでくんないか。

ふたりは身体を触れ合わせながら、暗いわき道をぶらぶら歩いた。彼の手は珊瑚色の絹布を自在にまさぐり、柔らかい肌のぬくもりを確かめた。

おどりたい？　彼はたずねた。

ステキ、彼女は答えた。

おいで。

彼女は身をかがめ、まずは右、次に左の順でストッキングを手探りした。そして、紙幣を二枚わたすと、彼はそれをきちんと調べもせずに、チョッキのポケットに押し込んだ。

ウィンター・パレスは？　彼女がたずねた。

アナトールは嫌な顔をした。

いや、白人《オフェイ》と黒人びいきの客《ジグ・チェイサー》がおおすぎる、彼は言った。

ボウイ・ウィルコックスの店はいかすぜ。

西インド諸島出身のニグロ《モンキー・チェイサー》ばっかりだわ。

アトランティック・シティ・ジョーズは？

白人めあての黒人《ピンク・チェイサー》とダイクばっかりだわ。

じゃあどこがいい？

ブラック・ヴィーナス。

ふたりはしばらくしてから、レノックス街にある緑色の回転灯が両側についた入口に吸い込まれた。腕を組み、地下へつづく階段を降りていった。長い廊下を歩いていくと、そこはダンスフロアになっていて、官能的なジャズの響き、哀感のこもったスローなジャズがふたりの耳をなでた。ドアのところでは、礼装姿のウェイターが三人、クリーパーを大いに歓迎した。

おや、ありゃまさしくミスター・トーリーじゃねぇか。

こんばんは。

こっちで一緒に坐んねぇか？

オレんとこはどうだ？

ミスター・トーリー、オレんとこはどうだい？

アナトールは得意げに胸を膨らませてホール全体を眺めた。カップルたちはあまりに密着して踊っているので、かれらの身体は金管楽器のむせび泣き、粗野なドラム・ビートに揺れると、ひとつに溶けあってしまうのだった。女たちの肩甲骨には、男たちの黒い両手がぴったり押しつけられていた。その色は漆黒《ブルー》、濃藍《スモーク》、濃褐色《ディング》、濃灰《チャコール》、カカオ、褐色《シャイン》、黒《ジグ》とさまざまだった。

踊りましょうよ、ルビーは言った。

坐ろうぜ、アナトールは命令した。帽子係の女の子に麦藁帽《カンカン》を手わたし、前を歩くルビーに合図すると、ウェイターに案内されてテーブル席についた。

やぁ、トーリー！　隣のテーブルから友だちが声をかけた。

やぁ、ライシィー。

ビールを一パイント。クリーパーは注文した。

ウェイターは頭上に高く掲げたトレーを回転させながら、チャールストンのリズムにあわせて、うきうきステップを踏んで去っていった。

ベッドに灰でもまいとけよ、そうすりゃ優男《スウィートパパ》もぬけだせないだろ、ライシィーがクリーパーの耳もとで低くつぶやいた。オレの知ってる女なら「いとしいあの人はどこへいったのかしら！」[3]とでも歌うだろうよ。

うるせえ《ボトリット》。

ライシィーはくすくす笑った。おっと、口がすべったぜ！

ウェイターが戻ってきた、踊っている人たちのあいだを猫のようにたくみにすり抜け、空間の端から端まですり足で歩いていた。チャールストン！　チャールストン！　踊れ！　いいぞ！

トレーにはグラスが二つ、ジンジャーエールの小瓶が二本、砕いた氷の入ったボウルが載っていた。ウェイターは透明な液体の入ったボトルを尻ポケットから抜きとった。ウェイターはジンジャーエールをついだ。アナトールはジンをついだ。

ふたりでお茶を《ティー・フォー・トゥー》[4]！　彼は陽気ともいえる口調で言い、連れと乾杯した。

グラスの中身を一気に飲みほすと、彼女はくすくす笑った、トーリー、あんたはほんものの恋人《ダディ》よ、こころからあんたを愛してる。

誰もがあの娘を愛してる、[5]コルネットがメロディを鳴らした。

でも、あの娘はオレに首ったけ、ルビーが続きを歌った。彼女はためらいがちにクリーパーの腕に触れた。拒絶する様子がなかったので、彼女はその腕をそっとなでた。

一度でいいからさ、彼女は言った。

彼は彼女の機嫌をとった。近くに抱きよせ、彼女の身体を揺すりながら、ゆっくりとダンスフロアをまわった。かれらの踵は床のうえをすべるように動いた。ふたりの膝は誘うようにコツンとぶつかるのだった。ゆらゆら揺れるふたりの周囲では、個性的な衣装をまとった身体がいくつも揺れていた、黒色の身体、褐色の身体、薄褐色の身体など、万華鏡のようにさまざまな色が琥珀色の探照灯に神々しく照り映えた。スカーフの色もダークグリーン、サクランボ、アメジスト、朱、レモンとさまざま。気ままなドラム奏者はスティックを空中にほうり投げ、野生動物みたいに左右に首をふった。サキソフォン奏者は楽器の椀状の部分に、くたびれた山高帽をかぶせて音をミュートした。バンジョーが狂ったようにかき鳴らされた。バンドはいびきのような音をたて、息づかいは荒かった、ヒューヒュー音をだして笑っていた、まるでハイエナのようだった。その音楽はメンフィスの理髪店で靴磨きをして働いた日々をクリーパーに思いださせた。どの身体もしっかり抱き合ったままゆらゆら揺れ、ゆらゆら揺れた。疼くような音の渦にのみ込まれたカップルが眼をぎょろつかせたまま、ひとつの場所から動かなくなることもあった。すると、支配人が叫ぶのだった。おたのしみはそこまで！

終わりは唐突にやってくる。サキソフォン奏者は楽器の管の代わりに、黒い葉巻《シガー》の吸いさしをくわえた。神秘的な魔法が解けたかのごとく、踊っていたカップルはバラバラになり、茫然としたまま、自分たちの席へゆっくり歩いていった。音楽がないと、かれらの身体は魔法のリズムの神秘を欠いていた。通常の照明。さっきまでとは違う気分。笑い声とおしゃべり。ひとりの女が興奮して金切り声をあげた。クリーパーはズボンの尻ポケットからボトルをとり出して、二人分の飲み物をつくった。

ルビーはまた一息でグラスの中身を飲みほした。今度はジンジャーエールを飲むことを拒んでいた。彼女はもう一度、男の腕をなでた。彼女はもう一度、彼と視線をあわせようとした。彼の大きい褐色の眼は雌鹿みたいだった。

ハニー、あんたに愛ってやつをみせたげる、彼女は約束した。

クリーパーはぶつくさ言いながらも同意した。

これをなんてよぶか知ってる？　うっとりした調子で言った。

よぶってなにを？

ここよ。あたしがあんたにあった場所――ハーレムのこと。今夜はとくべつにここをうちらの楽《ニガー・ヘ》園《ヴン》ってよぶわ！　ここはうちらの楽園《ニガー・ヘヴン》だっていう気がするんだもん！

ダンスフロアでは、黄味がかった肌色の痩せぎすの女の子が歌いはじめた、彼女はブロンズ色のスパンコールで花模様を刺繍したピンクの絹に身をつつんでいた。

　ハニーはおちついた手つきであたしを揺らす。

　彼に抱かれていれば安心[6]……

クリーパーはジンを口に含み、もの思いにふけった。

第一部　メアリー

1

ドアをそっと閉めると、下の階で演奏しているバンドの金管楽器の喧しさから解放された、メアリー・ラヴは部屋の奥まで歩いていき、開いている窓のところで心をしずめていた。彼女はいつになく泣き出しそうだった、海から吹きこむ潮風が爽やかだった。アドーラ・ボニフェイスと週末を過ごすと決めたとき、それがどういう事態を意味しうるのか、彼女はよくわかっていなかった、そしてやっといま理解したのだった。普段まったく交流のないタイプの人たちと彼女は出会った――その心づもりをしておくべきだった。若い頃は舞台に出演し、その後は裕福な結婚生活を送っていたアドーラの周囲には、ハーレムの上品な家庭にはけっして招待されないような連中が集まっていた――しかも、彼女はかれらが気ままにふるまうのを許していた。たとえば、宝くじ王《ポリート》のランドルフ・ペティジョンがいた。金持ちで性格のよい男だから、アドーラは彼を招待したのかもしれない。富と性格のよさはメアリーも認めざるを得なかった。しかし、どのように彼が財を成したかを考えると、軽蔑したくなる気持ちを抑えなければならなかった。ホットドック、キャバレー、ギャンブルでさえも、人びとの生活の役に立っていることは確かだったが、ナンバーくじは無学な同胞の弱みに意図的につけ込む――しかも、当たる確率を考えれば非情ともいえる商売であり、そのことを彼女は容易に許すことができなかった。とはいえ、彼女の不興をかったのはペティジョンの経歴ではなかった。むしろ、階段の踊り場で声をかけたり、人気のない庭の隅やモミの垣根の陰で言い寄ったりする不快な癖のせいだった。このような迷惑な口説きに容易に対処できるほど、メアリーは恋愛経験が豊富ではなかった。ランドルフが自分のあとをつけて、アドーラの寝室に入ってこようとするかもしれないと思うと、彼女はいまでも動揺した。

アドーラやパーティの参加者たちの態度からして、このような行動に目くじらをたてる人はいないようだった。シルヴィア・ホーソーンは明らかに多少なりとも秘密めいたラムゼイ・メドーズとの情事を重ねるために来ていた、彼女の夫からしても、彼女の属するハーレムのより格式高い社交界からしても、この男の庇護をうけることは必ずしも彼女の評判を落とすことにはならなかった。ほかの人たちは二人組になり、人目を避けてよろしくやっていた。通りがかった小室にカップルが坐っていたら、ふたりは言葉を交わしていない可能性が高い。アドーラ本人は気まぐれな情事の相手として、アルセスター・パーカーが気に入っているようだったが、メアリーはどういうわけか、アドーラならなにをしても許せると感じた。

アドーラのことはなんでも知っていたし、どんなことを知ろうとも、メアリーは彼女のことがいつも好きだった。アドーラはかつて舞台で成功をおさめた、二〇世紀初めの黒人としてはめずらしいことだったが、彼女は裕福な不動産業者と結婚する前から安定した地位を手に入れていた、ハーレムの地価高騰のおかげで、不動産業者の夫は他者の追随を許さないほどの莫大な遺産を彼女に残した。じつのところ、彼女は多くの地区で眉をひそめられ、あまり歓迎されていなかった——もちろん、古風で閉鎖的なブルックリンの連中にはまるで受け入れられていなかった——にもかかわらず、アドーラは無視できない存在だった。あまりに金持ちで地位も影響力もあるので、彼女を無視することはできなかった。たしかに、彼女が同胞への慈善活動で目立ったことは一度もない。それどころか、病院が寄付金を必要としているときや、ある都市で暴動が起こり、防衛基金が呼びかけられたときでも、お祭り騒ぎをしていると思われかねなかった。さらに、彼女はまぎれもなく親切で愉快で、率直なもの言いをする人だった、おまけに美しかった、その女王然としたアフリカ的な物腰は、美女たちの多くがエチオピア的というよりはラテン的な愛らしさをもつなかで、際立った存在感を与えていた。メアリーは彼女の善良さと機知に惹かれ、さらに、彼女の方でもメアリーに好感を抱いたので、アドーラはメアリーのお気に入りの友人となった。メアリーはアドーラのことが本当に好きで、彼女とおしゃべりするために、ふたりが出会ったハーレムの大きなパーティにわざわざ出向くこともあった。そんなわけで、先週レノックス街のレコード屋でふたりが偶然出会い、アドーラがあなたやつれているみたい、図書館にこもりきりは健康に良くないわと言って、ロングアイランドの別荘で週末を過ごすよう誘ったとき、メアリーがその招待を喜んだばかりか、大いに乗り気だったのはもっともなことだった。

しかし、彼女はいまになって思いだした、一部の友だちが多くを語らずして、言葉というよりは表情をとおして、不愉快な経験になるかもしれないことをそれとなく伝えようとしていた。それでも、ひとたび行くと答えた以上、メアリーは約束を守ったのだった。

　彼女は金曜日からここにいた。いまは日曜の午後で、これから到着する人をたくさん乗せた自動車が何台か、ダンスの歓迎を受けていた、演奏しているのはニューヨークから連れてこられた有名なジャズバンドだった。この新参者たちは前日までの雰囲気に水を差すどころか、さらに盛り上げていた。パッカードの高級車で乗りつけた一行は、空になったジンの瓶をいくつも道路にほうり投げて、到着を知らせた。かれらに敬意を表して、みなのお気に入りのこのアルコール飲料の新しい箱がすぐさま開けられた。泉から自然に湧き出ているかのごとく、ジンは惜しみなく消費された、ウィスキー、スコッチ、ライウィスキーとバーボンもおなじくらい豊富にあった。そんなわけでペッティングが続いていた、いろいろ観察した結果、いくつかの事例はペッティングよりもっと汚らわしい語で言い表されるべきものであるように、メアリーには思われた。広大な邸のいくつかの部屋には、小さなテーブルでブリッジやピノクルに興じるグループが点在していたが、しばらくすれば金をめぐる言い争いや、ギャンブラーが愛の抱擁のつづきに戻りたくなって、騒動が勃発することは眼にみえていた。

　わたしは堅物ではないとメアリーは考えようとした。もっと好ましい状況だったなら、こんなふうに注目されて喜んだかもしれないと納得しようとした。わたしは好みにうるさく、目立つのが好きではないだけ、と自分に言い聞かせた。それでも、ここにいる集団から自分が完全に浮いていることは認めざるを得なかった。

　とにかく、これは誰のせいでもない、自分のせいだわ、彼女はもの思いにふけった。分別をはたらかせて、来ないと決断すべきだった。とはいえ、無作法なことはしないでおこう。あと十六時間くらいなら、愚かなことをしたり大声で助けを求めたりせずに——そんなことしてもほかの人たちは笑うだけだろうけど——あの好色なサテュロスをなんとかかわせると思う、そして、明日にはハーレムにある自分の部屋に帰っていることでしょう、あいかわらず貧乏だけど、ありがたいことにいくらかの知性はある。こんな早まったこともう二度としないわ。

彼女は憂鬱な気分をふりはらった、自分のことを考えるのはもうたくさん、と両肩が意識したように動いた。持ちまえの楽観主義をいかして、そうはいってもこの窓からの眺めは最高だわと彼女は結論した。眼下のプールはシダレヤナギの陰に覆われ、その大枝は芝生のうえに広くはりだし、水面には黄色いスイレンが浮き、ローズロータスの花が優美な長い茎のうえで揺れていた。さらに奥、両側に木々のはえた緑の草地のむこうには海があり、陽光の下、数人の人たちが泳いでいた。そのうち二、三人は砂にあおむけに横たわっていた、彼らの褐色の手足は太陽に照らされ、ブロンズのように輝いていた。ほかの人たちはあたり一面に水しぶきをあげていた。若者が飛び込みをしようと、塔をのぼっていくところだった。ほかの人たちよりすこしだけ明るい肌色であることに彼女は気づいた、濃厚なクリームで希釈されたコーヒーのような色で、彼女の好きな色合いだった。塔の頂上で、頭のうえに両腕を高くかざすと彼は一瞬静止した、彼女はそのわずかな瞬間に、均整のとれた身体のプロポーション、短く刈り込んだ黒い縮れ毛が強調している見事な頭のかたちをみてとった。ゆるやかな放物線をえがき、彼が飛び込んだところだった、両手で水面を突き破り、その姿はみえなくなった。メアリーはうれしくなって思わず声をあげた。それほど完璧な身のこなしだった。ゾクゾクするわ、彼女は言った。それは何度も繰り返された、笑い声の大きさや水しぶきの量はその都度異なった、それから、その若者はいそいで砂浜を走っていき、脱衣所に姿を消した。

メアリーは窓から離れて室内に視線をうつした。彼女の悩み——不満という語のほうが適切だったろう——は消えていた。さっきより気持ちが優しくなり、思いやりと共感にあふれているように感じた。部屋そのものも心地よく感じられ、彼女の気分にふさわしかった。室内にはたくみに襞をほどこした桃色のタフタがかけられ、一定の間隔で襞を固定している銀の宝冠のうえには淡いブルーの羽飾りがついていた。ゆったりしたソファに虎皮の敷物をかけたものが寝台で、柱部分はなかった、敷物の下からグリフィンの鉤爪を模して造られた土台がのぞいていた。マゼンタと銀色のクッションが一面に散らばっていた。そのほかの家具はドイツ帝政様式の重厚なもので、ピンクグレーのダマスク織であつらえられ、椅子のアーム部分には銀製の白鳥の頭がついていた。つぎに、メアリーの視線はタフタの天蓋の下にある化粧台をとらえた、ブラシや櫛、鼈甲細工の箱と一緒に、クリスタル、ルビー、サファイアの壜や香水瓶、口紅や軟膏を入れたエナメル加工の小容器が並べられていた。これらの道具一式は豪奢なものを好むメアリーの心をうっとりさせ、まぎれもない幸福をあたえた。この家にアドーラとふたりきりだったら最高の時間を過ごせただろう、と彼女は考えはじめていた。室内を横切って化粧台の前に立ち、彼女は鏡に映る自分の姿をじっとみつめた、ふたりの銀の天使が羽ばたきながら鏡を守り、神聖な雰囲気を添えていた。ランドルフ・ペティジョンから特別な関心を寄せられていることで、虚栄心がくすぐられたわけではないが、彼女は鏡のなかの分身をみて、意外と悪くないと思った。肌は濃い琥珀色で、クレープ織のポンペイレッド色のシンプルなドレスがその肌色を引き立たせていた。整った顔立ちで、瞳はひときわ濃い褐色だった。分け目をつくり、左右になでつけられた髪は、首筋のちょっと上のあたりで低くまとめられていた。まったく申し分ない容姿だった。表情だってほかの人より明るいし天真爛漫だわ、彼女はうれしかった。それなのに、これをあるがままに受け入れて、楽しもうとしないなんて愚かだったわ！　こんなに美しい品物に囲まれることはもう二度とないかもしれない。メアリーはため息をついた。

ドアの掛け金をはずす音がして、彼女がふり返ると、アドーラが入ってくるのがみえた、ぐったりと疲れ果てた様子で、ピクアア・セントパリスに一方を、アラビア・スクリブナーにもう一方の側を支えられていた。侍女チャーミアンとアイラスに付き添われるクレオパトラのようだった、メアリーはあとからそう思った。

部屋のなかに誰かがいる気配を感じとって、アドーラはすこしだけ元気を取り戻した。

あら、メアリー、彼女は叫んだ。あんたがいなくてみんな寂しがってたのよ。こんなところでひとりでなにしているの？

疲れちゃったの、メアリーは説明した、この窓から庭でもみようかと思って、ここまで上がってきたのよ。

あたしも疲れたわ、ひじかけ椅子に腰をおろしながら、アドーラはため息をついた、下にいる黒《ニ》んぼ《ガー》(原註二)たちにはうんざり。黒んぼ《ニガー》なんか大嫌いって思うことがあるわ。ミセス・セントパリスがキンキン声でへつらうように言った、アドーラ、なにか膝を覆うものを持ってきましょうか？　あたりを見まわすと、コロマンデル屏風のところにレモン色の化粧着がかかっているのが眼に入った。彼女はそれを両腕にかきよせ、崇拝する女神の四肢にひろげた。

膝は大丈夫だから、アドーラは言った。それより足が。……

ミセス・スクリブナーはすぐさま床にひざまずき、窮屈なサテンの靴を脱がしにかかった。

足が……あの黒んぼ《ニガー》野郎たちめ。

メアリーは黙ったまま、うなずいた。

かわいいメアリー、あんたのことじゃないわ——アドーラはご婦人方二名の存在には眼もくれず、この留保のせりふを口にした——あんたのことじゃないのよ。下にいるインクみたいな色の指をしたクズどものこと。まぁ、そのうちの何人かは別だけど、だいたいはあたしの酒をのみ、うちで食事をして、あたしのおごりで大騒ぎするためにここにやってくる。あたしが貧乏だったら近寄ってくることはないでしょうよ、誰一人としてね。

あら、アドーラ、ミセス・スクリブナーが異議を唱えた、あなたに会うためなら掘建小屋であっても訪ねてきますわ。

うーん、アドーラは曖昧に答えると、窮屈な靴から解放された両足を前に伸ばし、絹のストッキングをはいたつま先をくねらせた。ベルを鳴らしてちょうだい。

ミセス・セントパリスは壁のベルを押した。

アドーラについ眼が奪われていることに気づいて、メアリーははっとした。彼女は美しかった、そのことに疑いの余地はなかった、美しくて女王の威厳があった。ほとんど黒色といえる肌に、幅の広い鼻、厚みのある唇。頭と釣り合いのとれた耳、両肩と釣り合いのとれた頭をしていた。アフリカの王者の威厳をそのまま受け継ぐタイプだった。ピカピカ光る瞳の輝きとおなじ濃紫色のシフォンの化粧着を身につけていた。黒檀のような額には透明の鎖が巻きつけられ、ティアドロップ型のエメラルドが一粒きらりと光っていた。

ベルの呼び出しに応えて女中が入ってきた、ぶすっとした表情をしていることにメアリーは気づいた、裕福な黒人家庭に雇われているニグロたちがおなじ表情を浮かべているのをみたことがあった。わたしたちって人に仕えるのが嫌いなのね、彼女はもの思いにふけった。

ネリー、シャンパングラスを四つ、それと氷を入れたボウルを持ってきてちょうだい、アドーラは命じた。

返事も聞こえたという合図も一切なく、女中は部屋をあとにした。

あたしの室内履きはどこ？

我先に衣装棚にいそぐあまり、追従者たちはぶつかってしまい、おたがいを睨みつけた。楽な靴に履きかえると、かつてのミュージック・ホールのスターは女王の威厳をもって立ちあがり、衣装箱の方によろよろと歩いていった。薄いシフォンとレースの布類の山に手をつっこんで鍵の束をひっぱりだした。ひとつ選んで戸棚の鍵をあけると、藁にくるんだ酒瓶が傾いた状態でずらりと並んでいるのがメアリーの眼に入った。そのなかから一本を選ぶと、アドーラはひじかけ椅子にまたゆったりと腰をおちつけた。

なにか飲まなきゃ、彼女は言った、シャンパンでなくちゃだめ。これを飲むといつも元気がでるの。

ネリーがグラスと氷を入れた銀のボウルを運んできたところだった。小さなコーヒーテーブルを女主人の椅子のそばに寄せて、運んできたものをそこに置くと、入ってきたときとおなじように無言で出ていった。

ネリーはクーリッジとおなじくらいおしゃべりなのよ。冷やしたグラスに酒をそそぎながら、アドーラは言った。ミセス・セントパリスとミセス・スクリブナーは貪欲に眼をぎらつかせたが、アドーラはそのメッセージを無視した。

メアリー、あんたのよ、彼女は言った。

メアリーは近くまでいき、差しだされた装飾付グラス《ゴブレット》を受けとった。つぎに、アドーラはしぶしぶといった態度で、ほかのご婦人方にも飲み物を供した。

メアリー、坐ってちょうだい。

メアリーは言われたとおりにした。

あんたが好きよ、メアリー。だから、あんたの成功を祈って飲むことにするわ。

あら、いいわね、追従者たちは口々に言った、メアリーの成功を祈って!

それだけ言うと、ご婦人方はさっさと酒を飲みはじめた。

ありがとう、でも、どういう成功を望んでいるのか自分でもわからないの、メアリーは答えた。

女の成功と言えばたったひとつ、アドーラは声を張りあげた、少なくとも黒人女性にとって、つまりそれは良い夫をもつこと、黒人女性にとっての良い夫とはお金持ちの夫のことよ。

結婚したいかどうかなんてわからないわ、メアリーは言い返した。

ばかなこと言わないで！　黒人女性にできることなんて、ほかになにがあるっていうの？　あんたは図書館員だけど、白人の図書館員とおなじ給料はもらえっこない。あいつらはあんたを分館の責任者にさえしてくれないでしょうよ。それも、あんたがほかの人に劣っているからではなく――ほかの人より優れているかもしれない――あんたが黒人だからなのよ。あんたが看護婦であってもおなじこと。黒人女性にとっての唯一のチャンス――男みたいに医者にも弁護士にも牧師にも不動産業者にもなれないんだから――それは舞台に立つことだけど、あんたは舞台なんてとても無理！　だって、チャールストンすら踊れないんじゃないの！

踊れるわ――すこしなら。メアリーは固い表情で笑った。

そう、でもすこしじゃだめよ。いずれにしても、あんたみたいなタイプはもう舞台では必要としてないわ、ついでに言えば、あたしみたいなタイプもね。いまあたしが働きたいと思っても、仕事はみつからないでしょうね。興行主《シャイン》、とくに黒人興行主は色白の人《ハイイエロー》を探してるの。まぁ、かれらを責めるつもりはないけど。あたしだって黒んぼ《ニガー》にはうんざりよ、いまいましい黒んぼ《ニガー》たちにはもううんざり！

アドーラはむずかしい顔でワインを口に含んだ。

美容院を開業するかもしれないじゃない。メアリーは冗談めかすのに必死だった。

そうね、そうかもしれない。でも、美容院はハーレムのあらゆる街角にすでに四〇軒はあるわ。ブラック・スター・ラインのような事業をはじめる可能性だってあるし、雪《コカイン》の売人とか葬儀屋になるかもしれない、でも、あんたはどれもやらないでしょうね。

　ミセス・セントパリスとミセス・スクリブナーのグラスはこれみよがしに空だった、ふたりの表情はもの欲しげで、ほとんど腕を差しださんばかりだった。アドーラはそれに気づかないふりをして、自分のグラスに酒をそそいで話をつづけた、朗々と落ちついた声は、低く心地よく響き、舞台仕込みの堂々とした貫禄があった。南部を巡業中によく聴いた古い歌があるわ、黒《ニガー》んぼでいるってつらいでしょ？　っていう歌。聴いたことある？

　返事を待たずに、アドーラは椅子に寄りかかって、ささやくように歌いはじめた。

　　つらいでしょ、つらいでしょ
　　黒《ニガー》んぼ、黒《ニガー》んぼ、黒《ニガー》んぼでいるってつらいでしょ？
　　つらいでしょ、つらいでしょ？
　　だって、もらえるはずの金ももらえないんだもの。[2]

　そう、たしかにそうだわ、考え方次第なのかもしれないけど。現実と向き合わない人たちにとってはつらいわね。いまはあたし、いつも現実と向き合うように心がけてるの。メアリー、あんたが結婚してくれたらうれしいわ、熱心に懇願するような口調で彼女は言った。

　でも、好きになってくれる人もいないのにどうしたらいいの？　メアリーは照れくささを笑いとばそうとした。

あら、あんたもよく知ってるはずよ、どうしてもあんたを手に入れたいと狙っている人物が近くにいるってこと。

メアリーは心から驚いて、女主人をみつめた。

彼がわたしと結婚するつもりだとは思わないでしょ？

あまりにびっくりしたので、アドーラが誰のことを言っているのかわからないふりをするのも忘れて、彼女はたずねた。

すぐにでも結婚するわよ。今日の午後にだって。客たちのグラスはそっちのけで——メアリーのグラスの中身はじつはほとんど減っていなかった——アドーラは自分のグラスにもう一杯酒をついだ、追従者たちは渋い顔をした。

感情が入り乱れて、メアリーはすぐには言葉を発することができなかった。

それで、メアリー、あんたはどう思うの？

さしつかえなければ……さしつかえなければ、それについてはなにも言いたくないわ。

ばかばかしい！……ドアを強くノックする音がした。……またあの黒《ニガー》んぼたちよ！　ピクア、誰が来たのか見てきてちょうだい、アドーラは命令した。

ランとアルよ。

アドーラの表情が和らいだ。優しい表情のようにすら見えた。あら、なかに入れてあげて、彼女は言った。

でっぷりした宝《ポ》くじ王《リート》はキザな褐色の顔にしわくちゃの笑顔をたたえ、金をはめこんだ鼻眼鏡を装着していた、一緒に入ってきたのは、すらっとした紅茶色の肌の若者で、青のフランネルの外套と白のズボンにスニーカーという装いだった。

あら、あんたたちちょうどよかった、炭酸水《シャンパン》を飲んでるところよ、アドーラが大きな声で言った。

オレたちもあんたと炭酸水《シャンパン》の両方を探してたとこよ、宝《ポ》くじ王《リート》は言った。

とくにきみをね、アルも言った。

あら、そういうことなら、ふたりともあたしのグラスから飲んでいいわ、アドーラが勧めた。さぁどうぞ。グラスを手わたすと、アルはグラスの残りをぐいと飲みほした。アドーラは瓶を逆さにした。ほんの数滴しかなかった。アラビア、もう一本もってきてちょうだい、そう命じながら彼女の視線は窓の方に歩いていくアルを追いかけた。

入口を猛打する音がまた聞こえた。

なかに入れてあげて、アドーラはため息をついた。ここじゃ独りになろうとしても無駄ね。なかに入れていいけど、シャンパンを戸棚にしまってスコッチウィスキーを出してきてちょうだい。

あちこち探したんですよ、アドーラ、ドアが開くなり、ハンサムで人気のある若い歯医者のドクター・リスターが大声で言った。その後ろから大勢なだれ込んできた、太って陽気なルーティ・パノーラはヴァイオレット色のモスリンのドレスを着ている、人形がそのまま大人になったみたいだった。シルヴィア・ホーソーンはボブの髪型がきまっていて、混血っぽいすらっとした身体に色鮮やかな毛糸の刺繍をした亜麻色のリネンのドレスを着こなしていた。ほほ笑み、琥珀のパイプを使ってタバコを吸いながら、ラムゼイ・メドーズの腕に寄りかかっていた。アーウィン・ラトローブ、ルーカス・ガーフィールド、ガイモン・フッカー、カルメン・フィッシャー、ホープ・ローズマウント、それから最後に入ってきたのは見慣れない男だったが、飛び込みするところをメアリーがみていた人物だった。

ドーラ、ここでダンスしてもいい？　シルヴィアはたずねた。ほかの場所ではもうほとんど踊っちゃったの。

女主人がいらいらと同意の合図をおくると、シルヴィアは蓄音機をセットした。たちまち回転しはじめ、「愛しいちいさなキジバト」の曲が聴こえた！

敷物をまくって！　シルヴィアは叫んだ。

ラムゼイは彼女の言葉にしたがい、三組のカップルがたちまち踊りはじめた。

前年の春、ジェイムズ・クロウやエスクワイアなどのニグロ・レヴューに主演していたルーカス・ガーフィールドがウクレレをかき鳴らす真似をしながら歌った。

あぁ、恋しくてたまらない！
ちいさなキジバトがいてくれたら
クー、クー、クーと囁いてくれる[3]……

ルーティ・パノーラはベッドにひっくりかえっていた。虎皮の敷物のうえに、ヴァイオレット色のモスリンのドレス姿で彼女はどさっと横たわり、かかとを蹴りあげて、巨大なゼリーでできた大皿料理みたいにプルプルと身体を震わせて、歓喜の叫び声をあげていた。ドクター・リスターはメアリーをフロアに引っぱりだし、彼女もそれなりに乗り気で踊ったが、それというのも、さしあたりペティジョンから逃れられるのが有難かったからだった。アドーラは室内履きの踵の部分で拍子をとっていた。子分二人とアルセスター・パーカーは音楽のリズムに合わせて、両腕を動かしていた。

蓄音機の動きが緩慢になるとノイズが増えた。男たちは飲み物をとりにいき、女たちは口紅を塗りなおした。開いている窓のほうにメアリーの足は自然と向かった。突然、まわりの騒音を貫いて、背後で低い声がするのが聞こえた、まるで喧騒を切り裂く雷のようだった、彼女の身体はなぜか震えた。

居心地が悪そうですね、差し出がましいかもしれませんが、その声の主が言った。

彼女がいそいでふりかえると、飛び込みをしていた男が立っていた、本心では真実だとわかっていたが、面識のない人に言い当てられて、彼女はむっとした。

なにをおっしゃりたいのかわかりませんわ、彼女は言い返した。

いや、あなたもわかっているはずです、彼は動じることなく言った。ラ・ボニフェイスはいい人だけど、彼女がパーティに招くのはクズばっかりだ。

ほかの方とくらべて自分が特別に優れているとは思いませんけど。すました顔でそう言ったあとで、言わなければよかったと彼女は後悔した。彼は自分のことをどう思っただろう？

まぁ、僕らはみな似たりよったりでしょうけど、彼は答えた。好き嫌いの問題にすぎません。あなたがこれを好むとは思えませんがね。

ルーティが酔っぱらって絶望し、泣きじゃくっているところだった。ルーカスはまだウクレレの真似をして歌っていた。

どうだっていいじゃないか？
おれはおまえに夢中
どうだっていいじゃないか？
おまえはおれに夢中
熱い紅茶にいれた
あまい角砂糖みたいに
愛なんてどうせ続きっこない
溶けてなくなっちゃう
どうだっていいじゃない[4]……

ちょっと！　シルヴィアが叫んだ。黙って、ルーカス。お願いだから。

メアリーはにっこりした。お会いするのは初めてかしら、彼女は言った。

バイロン・カッスンです。彼は自己紹介した。ペンシルベニア大学を出たばっかりです。ここにはニューヨークで知り合った連中と一緒にきました。誰かに頼んであなたを紹介してもらいましょうか？

いえ、結構よ。彼女はいそいで言った。もうあまり緊張していなかった。わたし、メアリー・ラヴです。

なんと言えばいいか、ミス・ラヴ……今度は彼がうろたえる番だった……こんな連中のなかにいるとあなたは目立ちますね。話しかける前から、あなたのことを好きにならずにはいられなかった。

わたしの方が先にあなたに気づいたのよ……飛び込みしているところをみたの。

彼はにっこりした。あれは僕の唯一の特技なんです。

とても見事でしたわ。あれ《い》お仕事なんですか？

まだ職についていないんです。作家志望なんですが、彼は言った。

作家なのね！　メアリーは興奮して叫んだ。

いえ、作品はまだあまり発表していません。『オポチュニティ』紙に一つ二つ掲載されましたが、それでは生きていかれません。大学では見込みがあると言われました。それがどういう意味かわかっています、「黒人にしてはなかなかいい」ということなんです、彼はさらに言った。それでは満足できません。誰にも負けない書き手になりたい。ここはひどく騒がしい、もうすこし静かなところをみつけられませんか？

どこもかしこも騒がしいの。下の部屋にはジャズバンドがいる。どこか別の場所に行ってもみんなついてくるわ。騒音から逃れようと思ってここに上がってきたんだけど、効果のほどはお祭しのとおりよ。ニューヨークに帰ったら、わたしに会いにきてくれませんか？

僕、ニューヨークには住んでいないんです。明日フィラデルフィアに帰ります。いつか戻ってきたいのですが。

いつ？

わかりません。彼はにっこりした。小銭をかせがなきゃ。作家修行中になにか仕事をしなきゃなりませんが、なにができるのかさっぱりわかりません。

凄まじい悲鳴にさえぎられて、ふたりがふりむくと、シルヴィアとラムゼイが足首を片方ずつひっぱり、ルーティをベッドから引きずり下ろしているところだった。ルーティは虎皮にしがみつき、脚をばたつかせ、金切り声をあげながら床に落ちた。

ちょっと、敷物に気をつけてよ！　アドーラが注意した。

大丈夫よ、ドーラ、シルヴィアが答えた。元どおりにしておくわ。

ラムゼイは叫んでいるルーティを解放すると、彼女が立ち上がるのに手を貸し、猥雑な歌を口ずさみながらふたりで一緒に踊りはじめた。

　やがて
　やがて
　私はこの重荷をおろすだろう[5]……

ねぇ、ちょっとあんた！　ルーティはラムゼイを拳で殴った。

窓辺のふたりにランドルフ・ペティジョンが近づいた。

ミス・メアリー、あんたに話しかけるチャンスがみつかんなかった、彼は話しはじめた。

バイロン・カッスンはどこかへ行ってしまった。彼をひきとめる権利が自分にはないことにメアリーは気づいた。

ちょっといいたいことがあるんだが、そいつをいう時間はもうあんまりのこってねぇ、宝くじ王《ポリート》はさらに言った。あんたとオレはちがう世界に生きてるが、あんたはオレのもんだ。オレはりっぱでちゃんとした女を妻にしたい……メアリーはなにか言おうとした、ちょっと待ってください。オレはエレガントじゃねぇ。あんたみたいに教育があるわけでもねぇ、でも金ならもってる、たくさんある、それに愛もある。あんたをしあわせにしてやる、あんたはオレがのぞむもの、りっぱな女になってくれる。あんたがのぞむなら苦労人長屋《ストライヴァーズ・ロウ》[6]に住んだっていい……

メアリーはやっとのことで彼の話をさえぎることができた。ごめんなさい、ミスター・ペティジョン、どうしようもありませんわ、彼女は言った。だって、あなたを愛していませんもの。

そんなことかまわねぇ、彼は甘くささやいた。オレがその気にさせてやる。

それはむりですわ、メアリーはさっきより強く言った。

宝くじ王《ポリート》は驚いて彼女をじっとみつめた。まさか断るはずないよな、彼は言った。オレは待つつもりだし、しばらくなら待つが、あんたを手にいれなきゃなんねぇ。あんたはオレののぞみどおりの女だ。

部屋のなかは大混乱の様相を呈していた。人びとはブラック・ボトムとチャールストン[7]をひとりで、あるいはカップルで踊っていた。蓄音機はひっきりなしに音を鳴らしつづけていた。酒類は惜しみなく消費された。ガイモン・フッカーはふざけてスコッチの瓶を窓からつきだし、中身を空っぽにした。とうとう、アドーラの我慢も限界に達したようだった。立ち上がると、彼女はドアの方向を指さした。

出ていってちょうだい、みんなひとり残らず！　彼女は命令した。車庫でも台所でもトイレでも前庭の芝生でも海でも勝手に行きなさい。あんたたちがどこへ行こうと知ったこっちゃない、でも、この部屋からは出ていってちょうだい。

招待客のリストから自分の名前が外されるかもしれないと恐れ、人びとはこの警告に耳を傾けてドアにむかって退散した。メアリーが横を通りすぎると、アドーラが手をのばした。

あんたはいいのよ、彼女は言った。あんたはここに残ってちょうだい。

2

オリーヴ・ハミルトンはウォール街の白人弁護士のもとで、秘書兼速記者の責任者として働いていた——オリーヴも八分の七は白人だった——メアリーは彼女と一緒に、エッジコーム街にあるアパートの六階に住んでいた。その快適な大通りは岩だらけの崖に面しており、上にはシティカレッジがそびえていた。ふたりともたいした稼ぎはなかったが、家族からときおり届くありがたい小切手で給料を補い、不自由なく暮らすことができた。とくに、オリーヴは料理が上手だった。メアリーは卵を焼いて、コーヒーを入れることはできたが、それ以上の料理の才能はなかった。

それぞれの寝室があり、居間は共同で使っていた。居間はせまいが快適だった。家具は布張りのソファとラウンジチェアが数脚、机、電燈つきのテーブル、蓄音機があった。窓には青い花柄のインド更紗のカーテンが掛かっていた。壁にはベリーニやカルパッチョの複製画が額に入れて飾ってあった。これらはメアリーがイタリア旅行中に収集したものだった。

オリーヴには贅沢好みの傾向があった。化粧台の周囲にはピンクのサテンにレースをあしらった布地がかけられ、ベッドカバーにもおなじ素材の布が使われていた。化粧台のうえには象牙細工の化粧道具が並んでいた。他のものにかかる費用を大いに節約して手に入れた贅沢品だった。そのわきには「黒水仙《ナルシス・ノワール》」の香水瓶があった。壁とテーブルのうえには、たくさんの友人たちの写真が額に入れて飾ってあった。一角におかれたフランス製の梳毛糸の人形は落胆した表情を浮かべていた。

メアリーの好みはもっと落ちついたものだった。彼女の部屋には絵画が一枚、『モナリザ』の複製画があるだけだった。ベッドカバーは無地の白色だった。飾り気のない化粧台には安物のブラシ、櫛、鏡以外の品物はほとんどなかった。本棚にはジェイムズ・ブランチ・キャベル、アナトール・フランス、ジャン・コクトー、ルイス・ブロムフィールド、オルダス・ハクスリー、シャーウッド・アンダーソン、サマセット・モーム、エドマンド・ゴス、エリナー・ワイリー、ジェイムズ・ハネカーなどの本が並んでいた。黒人作家たちによるサイン入りの本——チャールズ・W・チェスナット『女まじない師』、ジェイムズ・ウェルドン・ジョンソン『五〇年』、ジーン・トゥーマー『さとうきび』、クロード・マッケイ「ハーレムの陰」、W・E・B・デュボイス『黒人のたましい』、ウォルター・ホワイト『フリントの火』、ジェシー・フォーセット『混乱がある』もあった。さらに、書き物机のうえには、銀の写真立てに入った父親の写真があった、それから図書館から持ってきた十冊あまりの新刊本がたいていずらりと並べてあった、これは時流に遅れることなく、現代作家の最良の作品を読んでおこうという思いからだったが、職業的な努力でもあり、常連の利用者がなにを読もうか迷ったときに助言することができた、かれらがなにを読もうかよく迷うものだということも彼女は知っていた。

　メアリーの生活はシンプルだったが充実していた。暇な時間はほとんどなかった。一週間に六日、図書館で働いていた、それと遅番が一回あった。普段は午後五時頃に図書館をでると、セントラル・パークに散歩にでかけた。それから帰宅して着替えをし、オリーヴが夕飯をつくるあいだ、読書か繕い物をした。夕方には来客があることが多かった。ふたりはハーレムの文学サークルの若い男女全員、それからたいていの若い学校教師、医者、弁護士、歯科医と知り合いだった。スタンフォード・ホワイトがデザインしたおしゃれな家の建ち並ぶ139丁目や、そのほかのこざっぱりした地域に居をかまえるもっと裕福な人たちとも一定のつきあいはあったが、かれらを家に招くことはなかった。大晩餐会やブリッジ・パーティにかれらがメアリーとオリーヴを招待することはあった。ふたりが踊りにでかけて、そこでかれらに出会うこともあった。オリーヴが皮肉っぽく語ったところによれば、裕福な人びとのあいだで、『アトランティック・マンスリー』『ヴァニティ・フェア』

『アメリカン・マーキュリー』『ニュー・リパブリック』などの雑誌に記事が載りはじめた若い知識人たちとつきあうのが流行しているということだった。若い知識人たちは過度に謙虚ぶることなく、めったにない注目を浴びてよろこんでいたが、裕福な連中のことを内輪ではかなり笑いものにしていた。時代は移ろい、金、白い肌、ストレートに矯正した髪ではなく、頭脳こそが上流社会に気に入られる合言葉になったのだ。ブルー・ヴェイン・サークル[8]の限界はどんどん大きくなっていた。

ふたりは評判のよい演劇や音楽会、レヴュー、歌のリサイタルはほとんど観ていた。節約のため、ダウンタウンではたいてい桟敷席に坐った。オリーヴの肌は十分に白く、メアリーもラテン系の外見にみえたので、チケット売り場でオーケストラ席の券を求めても、無作法な対応はされなかった。しかし、一、二度ふたりが肌の黒い黒人男性にエスコートされて劇場にでかけたとき、屈辱的で不愉快な目にあった。一度目は、場内係がかれらを席に案内したあとで、劇場支配人が通路を歩いてきて、チケットの半券をみせるよう要求した。彼は半券を調べたあとで手違いがあったと告げ、別の公演日のチケットだと主張した。しかし、支配人は半券を無効にはせず、かれらをロビーに案内すると、今晩のオーケストラ席は売り切れたので、桟敷席になら変更してもいいと言った。ふたりは教訓を学んだ。それ以降は、オリーヴがいつも半券の管理を引きうけ、半券の提示を求められたら、数字が判読できるようにもちあげ、半券から指を離さないようにした。

不便な時間帯にダウンタウンにいる場合、どこで食事をするかという問題が生じることもあった。オリーヴ一人なら肌が白いので心配する必要はなかった。メアリーの場合、オリーヴと一緒ならうまくごまかすことができた。しかし、同伴者があきらかにアフリカ的容姿をもつ場合には困難が生じた。あるときなど、とても濃い肌色の黒人で、国際的名声のある人物がふたりのエスコートをつとめたが、ホテルの食堂から追いだされた。給仕長はオリーヴの知り合いで、彼女にニグロの血が流れていることに気づいている様子だったが、彼の説明によると、彼自身は黒人の客に料理を提供することに異存はないが、あちらのX――はまぎれもない黒人なので、このレストランの常連客が近くに坐ることを嫌がるかもしれない、ということだった。たったひとつの色がタブーであるようだった、白人や黄味がかった肌の人、あるいはスペイン系の特徴をもつ人たちと親しくつきあい、褐色人種であっても南ヨーロッパ出身だとウェイターを信じこませることができるくらい、外国語の単語がすらすら口をついて出るのは社会・経済的に有利だとメアリーは思うことがあった、でも残念ながら、ハーレムのいくつかの公共の場では逆の問題が生じることを、オリーヴは過去の苦い経験――黒人男性に同行してニグロ専用のレストランに行ったという理由で警官の嫌がらせをうけた――から学んでいた。

自分たちの存在そのものに関わるこのような問題について、ふたりはとりわけハワード・アリスンという若い男性と議論するのが習慣になっていた。アリスンの父親は奴隷として生まれ、九歳のときに解放された。後年、彼は巡回説教師になった。家族は生活を切りつめ、なんとかハワードをハーヴァード大学にやることができた。その後、彼はコロンビア大学の法科大学院に進学した。弁護士として開業をはじめたばかりで、彼にはまだ依頼人がほとんどいなかった。ハンサムで背が高く、濃い褐色の肌をしていて、黒人問題の厄介な側面に真剣に関心をもつだけの個人的動機があった。

ある晩、夕食後に彼がやってきた――オリーヴは彼が来ることを知っていて、大きなポットにコーヒーを用意していた。リチャード・フォート・スィルという若い男と一緒だった。彼はとても色が白くて、オリーヴと同様、黒人だと思われることはなかった。

コーヒーを飲んでタバコを吸うと、かれらは開放的になった。

もちろん、ハワードは言った、ここに前からいた人たちと較べれば、僕たちの状況はそこまで悪くはない。少なくとも僕たちにはハーレムがあるからね。

スィルがクスクス笑いだした。新しいニグロ[9]のメッカ！　逃れの街《シティ・オブ・レフユッジ》[10]！　彼はシニカルに叫んだ。

ハーレムだってわたしたちのものかわからないわ、オリーヴが言った、最近では白人がたくさんこの辺のキャバレーに来てるもの。しかもいくつかの場所では、小規模の人種隔離《ジム・クロウ》をしようとしたのよ！

考えてもみろよ！　ハワードが言った。僕たちは白人とつきあいたいわけじゃない――現在、強要されている以上には、かれらとのつきあいを望まないってことだけど――僕たちは白人の劇場やレストランから締め出しをくっているのに、僕たちの場所にはいたるところに白人の姿があるというのは面白くない、それも僕たちの肌の色が問題っていうだけで、中国人やヒンドゥー教徒は入ることができるんだ――僕だって、ターバンかアラブ人みたいなマントを着ればどこへだって行ける――あとは、娼婦ならどこの国籍でも入れてくれるんだ。おかしいよ、黒人牧師が入場を拒否される場所に白人の娼婦が入れるなんて。

そのとおりだ、先生《カウンセラー》、スィルはゆっくり言った。どの階級でも刑務所に入ってしまえばおなじだろうし。マーカス・ガーヴェイ[11]だって、ほかの囚人仲間とおなじ待遇を受けているだろうよ。……彼は椅子にゆったりと腰かけ、片手をだらりとのばしているので、手にもっているタバコが敷物を焦がしそうだった。……白人《オフェイ》たちがたがいに質問しあうあのお決まりの問い――自分の姉妹がニグロと結婚してもいいのか――にすべては集約される、彼は話をつづけた。親愛なる黒人の兄弟よ、社会的平等とはすなわち、二つの人種の性の混交を意味することを理解しなければならない。スィルの口調は辛辣な皮肉をおびていた。

そうだな、ハワードは笑った、白人《バックラ》たちはもっと早くにそのことを考えておくべきだったな。ディック、きみが生まれる前にね。きみはどうやってそんなに白くなったんだい？　南部ではシャーマン将軍が海へ進軍したって説明するのさ。[12]

みんなは笑った。

かなり強くて勢いのよい軍だったに違いないわ、オリーヴが言った。あなたもよく知ってると思うけど、南部のすべての白人《オフェイ》には腹違いの黒人の兄弟がいるのよ、とくに西インド諸島では、どれほど多くの異人種間の幸福な結婚があったか知っているでしょう。黒人の天才について白人《オフェイ》たちの言うこととときたらとくに傑作よ。だって、かれらはプーシキンが天才だ、デュマは天才だとは認めるけど、それは白人の血を引いているからだって言うんだから！　起きてしまった以上、人種の異なる男女の結婚は大いに結構なことだと思うけど、どうかこれ以上は起きませんように！

あなたもよく知っているでしょうけど、空になったカップを下に置きながらメアリーが口をはさんだ。わたしいたちのなかでもっとも優秀な人たちが、白人たちよりも激しく異人種間の結婚に反対しているのよ。社会的な障壁がとり払われたなら、反対する人たちは今より少なくなるとは思うけど。

そして、社会的な障壁がとり払われたなら、ハワードが言った、もう一つの大きな要因、つまり白人に限りなく近い人びとが現在享受している優位性も消えてなくなるだろう。だって、白いニグロ――ディック、きみやオリーヴもそうだけど――は呼び止められて何者かを問われることなしに、どこへでも、どんなホテルや劇場にだって行くことができる。僕たちの仲間でそれ以上のことをしている人がいくらでもいるのは知っているだろう。

ブーダ・グリーンは白人のふり《パッシング》しているわ、オリーヴが言った。このあいだの日曜日に五番街で彼女に会ったの。白人の男性と一緒で、彼女、こっそりウィンクを送ってよこしたわ。あとで電話をかけてきて全部話してくれた。彼女を責めることはできない。わたしにはできないことだけど。どんなことがあっても、わたしは自分の人種を貫くわ。

ディック・スィルの表情がさっきより険しくなったことに、メアリーは気がついた。

きみはそう言うけど、彼は言った、どこまで本気なんだろう。黒人だと言わなければ、仕事を得ることがどれだけ容易になるかを考えてみればいい。だって、黒人の劇場でさえ肌が黒すぎる娘を雇ってくれない。あいつらの世界、つまり白人世界では、きみがかれらに近い肌の色でなければ見向きもしないさ。オリー、きみがもし黒人だったら、個人秘書として雇われるなんて一瞬でも考えただろうか？　そんなことはあり得ないと知ってるはずだ。僕にしてもおなじことだ。だから、僕はそれをすべて考え抜いたうえで白人としてふるまうことにする！

ディック！　三人が同時に叫んだ。

そうさ、彼は挑発的な口調でさらに言った。今日、明日ではないかもしれないけど、いつかかならず白人になりすまし、人種の境界線をこえて、白人の女と結婚するつもりだ。あいつらが僕たちをこんな目に遭わせていることへの報いさ。僕たちみたいに白人っぽい外見の持ち主が白人になりすます運動をはじめたい。そのうち、黒人問題なんてなくなるだろう。ニグロなんて一人もいなくなるだろうよ。

たしかに、これまでにそれを実行した人はかなりたくさんいる、ハワードが言った。ニューヨークだけで八千人ほどいるって聞いたよ。

わたしにはできなかった、オリーヴが言った。どうしてもできなかった。なぜかわからないけど、自分は黒人だっていう感じがするのよ。

自分が黒人だって感じる？　ディックが叫んだ。なにを感じるというんだい？　もしきみがブラジルに暮らしていて、白人の血が一滴でも流れていたら、きみは白人とみなされる。ここでは反対だ。有色人種がきみのためになにをしてくれたというんだい？　なにを？　ディックは完全に興奮していて、問いつめるように言った。

そりゃ、かれらが特別なことをしてくれたわけでも、危害を及ぼしたわけでもないけど、どういうわけか、精神的にわたしはかれらに属している。それは確かだわ。自分が白人だって気がしないもの。ブーダの場合とおなじで、あなたがなにをするにせよ、それはあなたの問題だわ。わたしにはできなかった、それだけのこと。

メアリーは調停をはかろうとした。わたしたちって、リスみたいにカゴのなかのおなじ場所をぐるぐる回っているだけね、彼女は言った。解決する方法ってあるのかしら？　解決方法があると考えたいときもあるけど、そんなことどうでもいいと思うこともある。この話題に触れないようにすれば、仲間同士ですごく楽しいことがたくさんあるから、そこまで重要ではないと思うことがある……彼女は口ごもった……思慮のない白人がときどき無作法なことをするとしてもね。ディック、笑いたければ好きなだけ笑っていいけど、ハーレムはたしかにメッカみたいな場所なのよ。いくつかの点では、黒人であるほうが有利でさえある。たしかに、黒人であることは舞台のうえではハンデにはならない。むしろ財産みたいなもの。それに最近では、白人編集者たちがニグロを斬新で興味深いテーマだとみなしはじめているわ、白い象か黒いバラみたいなものね。かれらは黒人作家の書くものならどんなものでも印刷してくれるわ。……

　ずっとは続かないよ。ディックは激しい口調でさえぎった。実力を認められたいなら、黒人芸術家だってじきに白人芸術家と対等のレベルで闘わなければならなくなるさ。白人《オフェイ》だって「黒んぼ《ニガー》にしては上出来だ」と言いつづけるのに嫌気がさしているにちがいないよ。

　ハワードは考え込んでいた。僕は思うに――彼がついに口を開いた、すこしもったいぶった口調だわ、メアリーは思った――いわゆる人種問題の解決策はある。……ほかの人はみな彼をみつめた。……ブッカー・T[13]が全面的に宥和を支持していたことは知っているだろう、それからデュボイス[14]が現われて積極的政策を支持した。どちらの方法も効果がなかったのはじつに単純な理由による、根本的、あるいは一般的に言って、白色人種は黒人問題に関心がないからだ。集合体としてのかれらはかなり無関心だ。この問題がかれらを悩ませることはない、だから忘れてしまうのさ。そのことをハーヴァードでさんざん学んだ。この問題について、かれらは議論をすることもなければ、ほとんど考えてみることとさえない。むしろ気づかないふりをする傾向にある、ニグロ《ジグ》がかれらを困らせて、そいつをリンチしたり、暴動を起こしたりするまでは。

それから、若い黒人知識人たちの支持する方法というのがある、彼はさらに言った、あいかわらず真剣な口調だった、僕たちは過去二年間かれらからいろいろな話を聞いたが、それはたんに平等の精神を身につけ、黒人芸術家の作品をとおして人種の壁をすこしずつ打ち破るというものだった。それもうまくはいかないだろう、芸術家にとっての状況はまた別だけど。ポール・ロブスン[15]やローランド・ヘイズ[16]やカウンティ・カレン[17]はもちろん理由さえあれば、どこへでも行くことができる。かれらは白人の晩餐会に招かれるだろうが、そのことがほかの人たちにどう影響するのかわからない。

そうかしら？　オリーヴは言った。

だって、かれらが出会う白人は、かれらを天才、つまり例外的な存在とみなすだろう。そう、白人たちは心のなかで考えるだろう、かれらはたしかに並外れて優秀で愉快な人間だ、すべてのニグロがかれらのようでないのは残念なことだ、と。つまり、白人たちはいつまでたっても、僕たち上品な中流階級が陥っている苦境に眼をむけることはないんだ。

なんだ、解決策があるんだと思ったのに、メアリーは言った。

いや、あるさ。言うのは簡単だが実行するのは難しいんだ。たんに経済的なことだよ。僕たちが集団で金持ちになればたちまち力を獲得するだろう。自分の財布に影響がでるとなれば人種の境界線を維持することはできない、どんなに凶悪な偏見をもっていようとも。僕たちが金持ちになれば、たちまちどこへでも本当に行きたい場所に行き、やりたいことができるだろう。白人は嘲笑するかもしれないが僕たちを認めるだろう。ユダヤ人をみろよ。北方系人の多くがかれらを軽蔑しているが無視はできない。そうするにはかれらが経済的に重要な存在でありすぎるのさ。

先生《カウンセラー》、でもそれはブッカー・Tの時代遅れの仮説にすぎないよ、ディックが口をはさんだ。いま言ったようなことはすべて彼が言っている――たしかに、そこまであからさまにではないけど――それでなにが起こったか? 僕たちの誰かがすこしでも金を蓄えると、白人世界は嫉妬にくるうことになる、僕たちの仲間内でもおなじことさ。

たしかに、おなじようなことをブッカー・Tは試論として言った、ハワードは認めた、しかし、彼が想定した以上に僕たちは迅速に動かなくてはならない。彼は土地をもち、そこを耕すよう勧めた。土地を獲得して売ったほうがいい。僕たちが成功すると、南部では下層白人《プアホワイト》が妬み、ハーレムではニグロ《シャイン》が妬むというのは本当だ。簡単なことではないと言ったはずだ。僕たちはみな、克服できない深刻なハンデを抱えている。それでも……

静かにしてちょうだい、ハワード、オリーヴはあくびをしながら大声を出した。お勉強の話は今夜はもうたくさん! クララ・スミスでも聴きましょうよ。蓄音機のねじを巻き、レコードをかけた。ブルース歌手の驚異的なうめき声が小さな部屋に響いた。

電車にとびのって
きれいな町に行きたいの。
電車にとびのりたい、神さま！
きれいな町にいきたいの。
ここいらの人は憂鬱でいじわる。[18]

メアリーの両頬を涙がつたっていた。ほかの人たちはまじめな表情を浮かべ、黙ったままうなだれて坐っていた。

ちょっと、オリー、ディックは不満そうに言った、これじゃ逆効果じゃないか。陽気なやつをたのむよ！

3

アドーラの家でパーティがあった週末から、いつのまにか四、五週間が経っていた、そんなある日、メアリーは最近の出来事を反芻しながらあることに気づいて驚いた、彼女は少なくとも週に一度、母親に手紙を送っていたが、ランドルフ・ペティジョンからの結婚の申込みについてはなにも書かなかったのだ。結婚の申込みは滅多にあるものでなく、重大な事柄なので、日々の細々とした出来事について実家に書き送るなかで、さらっと触れられていて当然だった、彼女は母親に全幅の信頼を寄せており、いつもなんでも話してきたからだ。自分の本心を探る練習として、そんなことが可能であるとしての話だが、メアリーは机にむかって、省略した話の部分を補い、なにが起きたかとそれに対する自分の反応をできるだけ誠実に包み隠さずに書いた。最後の一行を書き終えてから、この出来事についてもっと早くに書かなかった理由がわかった。彼女は恥ずかしかったのだ。こんな男に関心をもたれてしまったと母親に打ち明けるのが恥ずかしかった。不思議にも思えたが、彼女は別のことにも気づいていた。バイロン・カッスンと意気投合して、想像力を激しく掻き立てられたのだ。オリーヴはメアリーの性格がそっけないと指摘することがよくあった。あんたは冷たいってみんな言っているわ、感覚的なところがないって、オリーヴは文句を言った。たまには自分の好きなようにふるまってみたら？　彼女の批判にはいくらかの真実がある、メアリーは内心認めたが、自制心を失うことはなかった。彼女は性に奔放であること、好意を抱いていない男性に話しかけられたり、触れられたりすることすら本能的に嫌っていた。白人側から受け継いだ性質のせいかもしれないと考えることもあったが、オリーヴのほうがずっと白い肌なのに、そのような淑女ぶった態度とは無縁だった。とにかく理由はなんであれ、この点に関して、自分が知り合いの女の子たちとは違うことにメアリーは気がついた。ニグロの血は流れていた、温かくて情熱的でひたむきなものとして。彼女の嗜好や先入観は生まれついた人種の側にあった。官能的に愛することでは友だちの誰にも引けをとらない、彼女はそう確信していたが、ほかの人よりも相手を慎重に選ぶことは事実だった。とはいえ、ほかの人たちが不道徳だというわけではない。かれらはあまり真剣な関係を持とうとしないのだった。それでいて、暗がりでキスしようとする相手から逃げ出すことはない。メアリーにとって、暗がりでよく知らない相手とキスすることはひどく不快だった。彼女が求めるのは光のあたる場所での――ふさわしい相手とのキス、でもふさわしい男性が現われたことはこれまで一度もなかった。いま、バイロン・カッスンのことを考えながら、心の奥から本心が引っぱりだされ、それが意味する内容をすこしずつ理解しはじめると彼女は震えた。この男性にもう一度会えるのを期待していると感じて、彼女ははっとした。バイロン・カッスンについては母親への手紙になにも書かなかった、その事実に気づいても、あえてそうする気にはならなかった。

　九月半ばだった。空は雲に覆われ、小雨がぱらついていた。オリーヴはまだ仕事から帰宅していなかった。メアリーはひとりで家にいたが、散歩でもするのがいまの気分にはちょうどいいと思った。ウールのドレスのうえに青いセーターとレインコートをはおり、大きなベレー帽《タモシャンター》をかぶって出発した。風が強くなり、大粒の雨になっていた。雨粒が頬をうち、髪とくるぶしを濡らした。快い身震いがはしり、彼女は自然の恵みをありがたく思った。

　楽しい一週間だった、彼女は考えた。アフリカの原始的な彫刻の見本をいくつかの個人コレクションから借りることでもっぱら忙しかった、貴重な見本を展示し、アフリカ各地域の多様な部族の創造性をしめすという点で、彼女は驚くべき成功――運が良かっただけ、と彼女は言ったが――をおさめた。しかも、いくつかの作品はだいぶ古いもののようだった。奇妙な美しさをもつ頭部彫像は十世紀かもっと前に、美的調和と精巧なデザイン性をそなえた箱は十四世紀につくられたものだと言われていた。メアリーは古い作品の感触がわかるようになりつつあった、柔らかくなめらかな質感は上等の中国磁器のようで、木の質感も後の時代につくられた木目の粗いものとはまったく別物だった。最近では、彼女は初期の意匠についても多少知っていた、初期のものは愛らしい形象をしていて、あとの時代になりポルトガルの影響でつくられた網目模様《トレーサリー》よりも素朴だった。……楽しい晩餐会にも一、二度出かけたわ、ウェストン・アンダーウッズ家でハイチ領事の新しい秘書に会った晩のことを思いだすと、彼女はとくにうれしそうだった。彼はフランス語しか話さないので、語学を練習するチャンスと彼女はよろこんだ、この若い男性が忍耐強く会話につきあったのは、彼女にたいする露骨な興味ゆえだったかもしれない。コクトーやモランやプルーストについてよく知っている人に会うのは楽しいことでもあった、かれらについて知っているということは、これらの作家とフランス文学全般との関係を知っていることを意味した。彼は『バトゥアラ』の作者のルネ・マラン[19]とは実際に面識があった。……ある晩は、ギルド劇場で『武器と人』をハワードやオリーヴと一緒に観た、別の晩は、金のない女友だち数人が催した家賃《レント》捻出パーティに参加して、五〇セントを払ったお返しに、お気に入りのドレスの胸もとに、ジンとオレンジジュースのカクテルをかけられた。翌朝、カルボーナが染み抜きをしてくれたが、完全にはきれいにならなかった。この大惨事を引き起こした張本人は不器用な若い男だったが、彼女のドレスが台無しになったことよりもジンの消失——自分の不注意によりグラスの中身が空になったこと——のほうに、機嫌をそこねていたようだった。しかし、この出来事をべつにすれば陽気な夕べだった。二部屋続きのアパートで蓄音機の音楽にあわせて踊った——大きい方の部屋の面積はおよそ十二フィート×八フィートだった——彼女は二時まで踊った。ほとんどの人が毎晩のように踊っていた。なぜなのかしら？　メアリーは自問した。わたしたちは忘れたがっているってことかしら？　ガートルード・スタイン[20]『三人の女』のなかのメランクサというニグロの物語を彼女は思いだした。図書館で働く白人の助手が、この本を読むように彼女のところに持ってきたのだ、それ以来、彼女のおすすめの本になったが、その一冊以外には入手不可能のようだった。この小説の暗記した一節を彼女は思いだそうとした。

　キャンベル医師がメランクサに話しかけている「わたしがあなたに喋っていくことからわたしのいおうとしていることを、あなたがわかるのは簡単なことではありません、それにおそらく、わたしが好きな善良な人たちの中には、わたしが善良であらねばならないやり方について、メランクサさん、あなたほどに考えていない人もいますしね。でもそんなことは問題じゃないんですよ、メランクサさん。わたしがあなたに話していおうとしているのは、メランクサさん、ただ単に刺激を得るためにいろんなことをするのは信じない、いや絶対にダメだということなんです。あのね、メランクサさん、わたしはたくさんの黒人たちがやっている生き方をいっているんです。ただ一所懸命に働き、自分の仕事に気を配り、家族ときちんと暮し、お金を全部貯金して、だからまあ子供を立派に育てるためにいくばくかもっているわけで、それでまた規則正しい生活をし、そういう慎みのある生活からすべての新しい生き方を獲得する、というようなことをするかわりに、黒人たちはただうろつきまわったり、たぶん酒でも飲んで、考えつくありとあらゆるくだらないことをしているんです。それもただいつもやっているそのくだらないことが好きだからでなくて、ひたすらに刺激が欲しいためなんですよ。そうでしょう、メランクサさん、わたし自身も黒人です、でも残念じゃない、ただわたしは黒人たちが善良に、注意深く、いつも正直にできるだけ規則正しい生活をしているのが見たいんです。それにわたしはね、メランクサさん、そういう生き方をすればだれでも楽しく過ごせるし、幸福で正義を通し、仕事が忙しくて、刺激を得るための新しい手口のためにくだらないことをしている必要がないと思うんです。そうなんですよ、メランクサさん、わたしはあらゆることが善であって平穏なのが本当に好きなんです。それにわれわれ黒人全部にとって、それが最高の道だと心から思うんです。なんていえばいいか、メランクサさん、そうじゃなくて、わたしのいう生き方だけを除外して、こういうことをいおうとしているんです。わたしはね、その他にどんなこともいおうとしていなかったんです、メランクサさん、わたしが本当の善良ということについて喋っている時に、いおうとするのはそれなんです。それはね、メランクサさん、信仰をもっとかあらゆる種類の人たちを好きにならないということではないんです。それに、メランクサさん、違った種類の人間があなたの生活に定期的に入りこんでくる時に、あなたがいつでもそのひとたちと知り合いになりたいと思ってはいけない、などとわたしはいってるのじゃありませんしね。わたしがいつもお喋りのなかでメランクサさんにいいたいことは、だれもがただうろつきまわって、刺激を求めているなどと考えようとしてはいけないということなんです。わたしはそういった態度なんですよ、メランクサさん、そういうのはわれわれ黒人にはひどく悪いことですからね。わたしが喋っていることで何をいいたいのか、今あなたがすこしはよくわかってくれているのだということがわたしにはわからない。でもあなたは、わたしが喋っているうちにいおうとしていることが、今はきっとわかってくれていると思いますよ」[21]。……その晩、低いバリトンの声——ポール・ロブスンにすこし似た声だった——と素朴な信仰心をもった、見慣れない若い男が黒人霊歌《スピリチュアル》を歌った。メアリーは思いだして、そっと口ずさんだ。

ああ、力をお貸しくだせぇ、力をお貸しくだせぇ
あたしの望みはただひとつ、神の愛。
力をお貸しくだせぇ、力をお貸しくだせぇ
あんたは神の言いつけで愛してるにちがいねぇ。

主がとき放ってくだすったとあんたは言う
あんたは神の言いつけで愛してるにちがいねぇ
どうして隣人をあらしめないんだい
あんたは神の言いつけで愛……

黒人霊歌《スピリチュアル》の面白いところは、メアリーはもの思いにふけった。わたしは信心深くはない。わたしの知っている人のなかに本当に信心深い人は誰もいない。わたしたちはたいてい異教徒、生まれながらの異教徒だけど、奴隷だったとき、わたしたちはおのずと宗教にすがって喜びを感じた、宗教は永遠の幸福と来世での親族——川のあちこちに売られていった家族との——との再会を約束してくれた。一部の者から抑圧がとり除かれたいま、わたしたちはごく自然に異教信仰にもどった。い

まも抑圧のもとにある者――女中や貧しい者たち――はすすんで祈り、叫び声をあげるが、かれらに本当の信仰心があるとは思えない――宗教は人生の苦役から逃れる術にすぎないのではないか。かれらはナンバーくじや日曜日にダンスをすること、ほかにもキリスト教が禁止するあらゆることをやめはしない。かれらは日曜日に教会で楽しく過ごすが、それは平日にキャバレーで楽しむのとおなじだ。しかし、黒人霊歌《スピリチュアル》を作曲した人たちには本当の信仰心があったにちがいない、だからこそ、わたしたちの多くを感動させ、驚愕させ、泣いたり叫んだりしたい気持ちにさせるのだろう。

メアリーはセントラル・パークに到着したが、途中で、一人も知り合いに会わなかった。彼女は小道をすすんだ、濡れた砂利がブーツに踏まれて音をたてた、枯葉についた雨滴が風で吹きとばされ、両頬に打ちつけた。彼女は空き地を通りがかると、数日前にそこで奇妙な儀式を目撃したことを思いだした、英領西インドのある島からやってきた黒人たち――かれらはレノックス街ではモンキー・チェイサーと呼ばれていた。ルドルフ・フィッシャー[22]はその一人をめぐる物語をつくり、かれらに対してハーレムの人たちがしばしば抱いた不信感、より露骨な嫌悪をなんとうまく描いたことか――が本物のバットとウィケットを使ってクリケットをしていた。彼女はそこにしばらく立ち、かれらの様子を眺め、コックニー訛りの会話を聞いていた。わたしたちはなんという民族だろう！彼女は考えにふけった、世界中のあらゆる未知の土地に投げ入れられ、それを好むかどうかは別にしても、自分たちを軽蔑する人びとの習慣、マナー、規則に同化している、それでいて、いかなる場所でも、あらゆる困難にもかかわらず、わたしたちはなんらかの固有性を維持し、しかもそれをうまく活用している。アメリカに暮らす黒人以外の人種で、あるいはどこの国の人間でもいいけど、黒人霊歌《スピリチュアル》よりも優れたものを生み出した人はいるかしら？　おなじくらい優れたものなら？　彼女は誇らしげに問うた。しかも、黒人霊歌《スピリチュアル》は鞭うちに耐える無教養な奴隷から生み出されたものだ。無名の黒人詩人、という美しい名でかれらを呼んだのはジェイムズ・ウェルドン・ジョンソン[23]だった。……

アパートに帰ると、オリーヴが台所にひざまずいて大量のクリームを掃除していた。

どうしてかしら？　オリーヴはぶつくさ言った、冷蔵庫を開けると必ずなにかがとび出してくるの。

手伝おうか、オリー？

じゃあメアリー、オーブンのなかのふすま入りマフィンが焼き上がっているかみてくれないかしら。

オリーヴに言われた仕事を片づけ、メアリーは自分の部屋に行った、濡れた服を脱ぎ、身体を洗ってタオルでよく乾かし、化粧着をはおれば、夕食の準備は完了だった。

ふたりがテーブルにつくと、オリーヴはすぐにぺちゃくちゃしゃべりはじめた。

今日の午後、ジョージ・リスターのところに寄って、予約を入れようと思ったの。そしたら驚いた、あの男《シーク》ったら人気があるのよ。歯医者としての腕がいいからなのか、顔のせいなのかは知らないけど。待合室は大混雑だった。アビシニアン・バプティスト教会の日曜ミサみたいだったわ。

レノールはどうしてた？

うん、ジョージが言うには大丈夫らしいわ、それから、もちろん可愛らしい赤ん坊だって言ってた。

レノールに会いにいかなくちゃね。

うぅん。オリーヴの口のなかはフライドチキンでいっぱいだった。しばらくしてから彼女が言った、ハワードに仕事の依頼が来たのよ。

うそ！　すごいじゃないの、オリー！

そう、地主のせいでひどい目に遭っている貧しいおじいさんを弁護するんですって。家賃法に訴えることになるみたい。そんなわけだから、彼には一文も入らないでしょうね、彼女はさらに言った。

かわいそうなハワード！　身を立てるまでの道のりはすごく険しかったわね。

まったくよ！　でも、彼は根性があるわ。どうやって辛抱できるのか不思議に思うくらい。

誰でもいつかは始めなくては。でも医者や弁護士は広告を出せない、十分な経験がないと思われてしまうもの。

たしかに、でもジョージの繁盛ぶりをみてよ。

だって、腕のいい歯医者は少ないのよ。

少なくとも、顔のいいのは少ないわね。

ふたりはしばらく黙って食事をした。

ハワードのこと、どこで聞いたの？　メアリーはたずねた。

彼が電話してきたのよ。……メアリーはオリーヴの声に不自然な響きがあるのに気づいた。……

ジョージのところでセルジーア・ソーヤに会ったわ。

ゴシップをいろいろ聞かされたでしょう。

彼女ったら、すごい早口でペラペラうわさ話をしたわ。ブーダ・グリーンがあのミスター・エディーと結婚するんですって。

彼、知らないの？

彼に教えるる人はいないでしょうね。笑えるわ、濃厚なチキンの肉汁をマッシュポテトにかけながらオリーヴは話をつづけた、わたしたちって白人をだますのがそんなに好きなのかしらね。

もちろん、南部で綿摘みをするニグロ《ジグ》については理解できるわ、彼女は言った。何世紀ものあいだ白人《オフェイ》側の詐欺や裏切りに耐えなければならなかった、でも、わたしたち――あんたやわたしみたいな人間――もおなじことしてる。白人の詐欺や裏切りに悩まされたことはないけど、白人《オフェイ》に嘘をつくという点では、程度の差こそあれ、わたしたちもほかの人たちとおなじだわ。うちのボスがなにか質問して、正しい答えを言うと黒人の名誉を傷つける場合は、かならず本能的に嘘をつくもの、ボスは本心から関心があるんだけどね。どうしようもない。わたしたちはそんなふうに似たり寄ったりなのよ。

オリーヴの顔に満面の笑みがこぼれた。

なにがおかしいの、オリー？　メアリーがたずねた。

ボスが話してくれた、彼の家の黒人執事についての傑作な話を思いだしていたの。ある日、サムが何時間か遅刻して、火事があったと遅刻の理由を説明して謝った。ボスは心配して、家財道具をだいぶ失くしたのかい？　と彼にたずねた。もってたものぜんぶ焼けちまった、とサムは言った、家はまる焼け。レンガすらのこってねぇ。一、二日後にボスが新しい住所をたずねたら、サムは答えた。えっ、おんなじとこに住んでますよ。

メアリーは笑いながら、ふすま入りマフィンにバターを塗った。

セルジーアはほかになにか言ってた？　彼女はたずねた。

オリーヴは眼を見開いた。あら、あんたがゴシップに夢中なのはうれしいわ。うまくいけば人間らしくなれるってもんよ。お次は、ワイドパンツ《オックスフォードバッグス》に夢中になるにちがいないわ。

からかわないでよ、オリー。

からかってなんかいないわ、あんたがもうすこし心を開いて、恋愛感情に感染するのを恐れなくなったらいいと思うだけ。あんたは愛の予防接種でも受けたにちがいないわ。……わたし、ハワードと結婚することになるかも、すこし当惑したように彼女は言い添えた。……そのことをたった今思いだしたという言い方だった。

オリー、すごくうれしいわ。メアリーは自分の席から立ち上がって友だちにキスした。いつ決まったの？

昨日の夜、そのつもりだと彼に伝えたんだけど、今日になって決心がついたわ。すぐにもそうするつもり。彼がいっぱしの大実業家になるまで先延ばしにするつもりはないわ。待っても仕方ないものね？

さみしくなるわ、オリー。

わたしもよ。オリーヴは衝動的にテーブルの反対側にまわり、親友に抱擁をかえした。でも、これからもしょっちゅう会おうね。

メアリーは台所にいき、香りのよいプディングを盛りつけた中国風《シノワズリー》の青いデザート皿を持ってきた。

セルジーアによると、ラスカ・サルトーリスがパリから戻ってきたらしいわ、オリーヴが言った。伝説のラスカが！　どこに滞在しているの？

アパートがみつかるまで、シルヴィアのところに数週間いるんですって。セルジーアが言うには、トランクをたくさん持って帰ってきたようよ、ポアレやヴィオネのドレス、ルブーの帽子、扇、靴、ショール、香水など、レヴューのキャスト全員に行きわたるほど大量なんですって。

オリーヴを手伝って、テーブルの片づけと皿洗いをしたあとで、メアリーは着替えをしに自分の部屋へもどった。オリーヴはハワードが来るのを待っていた。メアリーはヘスター・オルブライト家のパーティにいく約束をしていたが、まったく楽しみではなかった。ヘスターは三八歳の未婚女性で、セント・ニコラス街のアパートの四階に母親と暮らしていたが、その母親というのが、耳が遠くて不満屋でおしゃべりで退屈な老婦人だった。五年ほど前に、ふたりはワシントンからハーレムに移ってきた。移住の本当の理由は誰にもわからなかった、というのも、ヘスターによれば、ワシントンの社交界はハーレムよりずっと優れているらしかったから。彼女には余計な比較をして人を不愉快にする癖があった、どこでも好きな場所で快適に暮らせるほど、オルブライト家が裕福であるらしいことを考えるとますます不思議だった。実際、ハーレムの生活費は首都よりも高かった。

オリーヴは以前に言った、ここで暮らしてわたしたちがいかに劣っているかを指摘するのが楽しいんじゃないかしら。……ヘスターとその母親がハーレムを見下しているとしても、ブルックリンに対して同様の特権を享受することはできなかった。ブルックリンの連中はふたりの存在など眼中になかった。

ヘスターは地味だった、男性の関心をひくには地味すぎたが、異性を惹きつけてやまない魅力が自分にあると思い込むほど自信過剰だった。お高くとまっていてすぐに憤慨する。おまけに、彼女は他人の行動だけでなく、考え方についても極端に批判的だった。彼女は物の嗜好について、芸術、服装、行動一般の嗜みについて独特の考えを持っていた。ハーレムで存在感を増しつつあった新しい文学者のグループに対して、彼女はとくに攻撃的で敵対心をもっていた。もっとも、かれらは年長の知識人たちによって育てられ、ニグロ至上主義がついに実現したことをしめす、もっとも前途有望な人たちと考えられていたのだが。彼女が敵意を抱くのは、この若手のグループがワシントンの社交界の上品な優雅さよりも、ハーレムの生活の薄汚さや悪徳を好んで書くためではないかとメアリーは思った。

一年に二度ほど、メアリーはある漠然とした寛大さにつき動かされるのだった——このかわいそうな女の子に親切にしてあげなくては、自分がそう考えているのがわかった——ヘスターはメアリーを家に招待し、メアリーはできるだけ多様な人たちとつきあうことが図書館員としての義務だと思い、律儀に招待を受け入れるのだった。

しかし、鏡のまえで服装を点検し、淡い青色のドレスのしわをのばしながら、今夜はでかける気になれないと彼女は悲しい顔をした。その日の午後、いろいろじっくり考えていたところだったので、オリーヴの報告にいくらか動揺していた。家に残って、ハワードやオリーヴと一緒に過ごすほうがよかった、あとで自分の部屋にもどってゆっくり考えて、煩わしい心の動揺をしずめることだってできるだろう。しかし、かならず行くと返事したことを思いだした、それに、約束したことはかならず果たすというルールを、彼女はいつもかたくなに守っていた。それでも、日よけを巻きあげて窓を開けるとため息がでた。雨があがったわ、おかげでオルブライト家のアパートまでの短い距離を歩いていくのもそれほど億劫に感じなかった。

九時をすこしまわった頃だった、ヘスターはドアを開けて彼女を迎え入れた――オルブライト家に召使いはいなかった。

メアリー、ショールはそこにかけてちょうだい、ヘスターは命令し、客を小さな居間にとおした、居間では、皺だらけのかぎ鼻の老女ミセス・オルブライトがひじかけ椅子の王座から、補聴器の笏をふってみせた。心地よい暖炉の火の向かい側には、ハーレムにあるＹＭＣＡでなんらかの役職にあるオーヴィル・スノウズが坐っていた、メアリーは彼を嫌っていたが、それは彼が退屈だからで、それ以上の個人的な理由があるわけではなかった。彼の褐色の丸顔はエチオピアの月のように虚ろで、それをみるだけで彼女はイライラした。

ミセス・オルブライト、ご機嫌いかがですか？　メアリーは老婦人に挨拶した。

おひさしぶりねぇ。ヘスターの年老いた母親がしわがれ声をだした。

メアリーは自分の手のひらをオーヴィル・スノウズの手に遠慮がちに重ねた。

ミセス・オルブライトは建築請負業者の未亡人で――ミセス・オルブライトがそう言うのを直接耳にした者は誰もいなかったが――格下の相手と結婚したように感じていると理解されていた、もっとも、なにひとつ不自由ない彼女の今の生活は、この奇妙な謙遜表現のおかげなのだが。とにかく、このエピソードに関する彼女の気持ちがどうであれ、マントルピースの眼につく場所に故人である夫の写真を飾ることで、世間のしきたりに少なくとも一つは譲歩していた。感じのいい顔をしている、メアリーは写真の男性をみつめて思った、彼女はしばしばそれを眺めて、まったく異質のふたりが結婚した理由を理解しようとした。白い巨大な口ひげが、正直そうな黒い顔つきの中央を覆っていて、ひとなつこいセイウチのような感じがあった、唇の左端から左目までつづく白っぽい深い傷跡が人間味を添えていた。いつだか知らないが、かみそりで切りつけられたにちがいない、メアリーは考えた。この非道で無礼な行為に、ミセス・オルブライトはさぞかし震え慄いたことだろう！

今宵、老婦人はかなり穏やかな気分のようだった。一時的ではあれ、暖炉の火が彼女の冷たい心を解きほぐしていた。ミセス・オルブライトが暖をとって、ゆっくりもの憂くうなずきながら、くつろいだ様子で飲みものを口にしているのをみて、メアリーは少なくともそんな印象を受けた。

今晩はごく一部の人にしか声をかけなかったの、ごく一部の人だけ、ヘスターは説明していた。こじんまりした集まりのほうが好きなの。ずっと親密《アンティーム》ですもの。

そう、たしかにずっと親密《ボーク・ボーク・プリュ》だ。オーヴィルが賛同した。「人間がこの地上で必要とするものなんてほとんどない。それを必要とするのも長いことではない[24]」と引用した。それから、最近メトロポリタン美術館に行きましたか？　とメアリーにたずねた、あまりに唐突だったので「はい」と答えさせようとしているのかと思ったほどだった。

いいえ、彼女は後ろめたさを感じ、言葉につまりながらも答えた。

あそこの絵画はとても美しい。とてもとても美しい《トレ・トレ・ボー》。オーヴィルは小さな手をこすり合わせながら言った。興奮のせいで、褐色の丸い顔と禿頭が光ってみえた。僕は芸術が大好きなんですよ《ジェイム・ボーク・ラール》。彼はつけ加えた。

なんだって？　ミセス・オルブライトが叫び、補聴器をさらに高くもちあげた。ヘスター、オーヴィルはなんて言ったの？

芸術が大好きだって言っただけよ、ママ。

わたしもよ。……老婦人は顔を輝かせた。……いつだって芸術が大好きだった、子どもの頃から。前に暮らしていたワシントンではみんな――わたしたちとつきあいのある人たちってことだけど――家に絵画を所有していました。ヘスター、ウィレット家をおぼえてる？

ええ、もちろんよ、ママ！　忘れるはずないでしょ！　ウィレット家の人たちはわたしたちの大切な友だちです、彼女は客たちに説明した。すごくエレガントなの！　すばらしいセンス！

そう、ウィレット家はアート・ギャラリーを所有しているの、ミセス・オルブライトはさらに言った、細長い美しいギャラリーで木や鳥の油絵を展示しているわ。ヌードはなし。そういう不快なものはないの。どれもみんな魅力的で上品。この土地の知り合いのなかに、すばらしい絵画を持っている人がいるとは思えないわ。ニューヨークはワシントンとはだいぶ違いますもの、彼女はため息をついた。

ねぇ、あちらの絵画をご覧になって。ヘスターが指さした画布には滝、廃城、質素な橋のうえで重たそうな桶を運んでいる乳搾りの女性が描かれていた。これをありがたく鑑賞するよう勧められるのは、メアリーにとっておそらくこれが十回目だった。あの絵画はある紳士からパパに贈られたもので、ヘスターは話をつづけた、パパはその人のために家を建ててあげたの。リッジウェイ・ナイトの作品よ、彼女はおごそかに言い添えた。

とてもとても美しい《トレ・トレ・ボー》、オーヴィルは言った。いつみてもすばらしい。

とってもきれいね、メアリーは言葉につまりながら言った。そんなに芸術に興味があるのでしたら、アフリカ彫刻の展覧会にも来ていただけるかもしれませんね。

なんだって？　ミセス・オルブライトがたずねた。

図書館の展覧会ですって、お母さん。ヘスターはメアリーに話しかけた。アフリカ彫刻！　あんな恐ろしい低俗なもの！

わたしはすばらしいと思うわ、メアリーはすこし興奮気味に言った。

大声をだす必要はないわ。ちゃんと聞こえます、ミセス・オルブライトは野蛮ともいえる金切り声をあげた。耳の遠い人がしばしばそうであるように、彼女は訪問客が声をはりあげるのを嫌った。

異教の野蛮人の作品よ、ヘスターは激しく反論した、あれは芸術とはなんの関係もないわ。

野蛮人《ソヴァージュ》！　オーヴィルは声を荒げてフランス語で言った。野蛮人《ソヴァージュ》！

わたしたちの祖先だわ、メアリーは言った。

もちろん、ヘスターは答えた、誰だってさかのぼれば野蛮人に行きつくけど、そんなことを暴露したって仕方がない。だって、その生き物を前にみたことがあるけど、わたし恥ずかしかったわ。縮れ毛の恐ろしい未開人なのよ！　まったくいかがわしい男だった。彼女は身震いした。

猥褻、部屋にいる人びとのためにオーヴィルは同義語で言い換えた。

なんだって？　老婦人がたずねた。わたしが聞こえたかどうかなんて誰も気にかけてくれないんだから、彼女は泣き言をいった。

アフリカ彫刻は猥褻だっていう話よ、ママ、ヘスターが叫んだ。

わい？　え、なに？　耳の遠い女性はたずねると、まわりを睨みつけた。

悪趣味ですねって、娘が声をはりあげた。

誰が悪趣味だって？

アフリカの木製彫刻のこと。

もちろん、そうよ！　じつに悪趣味だわ、ミセス・オルブライトは憤然としてさらに言った、当たり前じゃない。ワシントン……

ありがたいことにじゃまが入った。呼び鈴に応えると、ヘスターはコンラッド・グラッドブルックの来訪を告げた、若い内気な学校教師とその妻だった。メアリーはかれらとほとんど面識がなかった。ミセス・グラッドブルックはとても色黒でとても小柄な女性で、首をそらしてくすくす笑う神経質な癖があった、笑うと二列の白い歯がむき出しになり、舌足らずな発音が知的でない印象を与えた。グラッドブルック夫妻の到着後ほどなくして、ウェッブ・レヴェレットの声が玄関から聞こえてきて、メアリーはよろこんだ。少なくとも彼は歌がうまいわ。あらウェッブ、おいでくださってとてもうれしいわ、ヘスターが彼を出迎えた。コートをかけてくださいな。これで音楽が聴けるわ。

音楽にはまだすこし早いんじゃないかい？　ウェッブは言った。

もちろん、まずはコーヒーを召し上がれ。

ヘスターが部屋をでていくと、程度の差こそあれ、誰もが当惑をあらわに坐っていた、といっても、ミセス・オルブライト以外の人たちということだが。これといった理由もないのに、ミセス・グラッドブルックはときおり上体をそらしてくすくす笑った。幸運なことに、彼女は会話が中断するたび、当たり前じゃないの！　と猛然とつぶやくミセス・オルブライトの背後に坐っていた。しばらくしてヘスターがもどってきた、トレーにはシェフィールド製の銀のコーヒーポット、砂糖壺、クリーム入れが載っていた、とても古風で美しい、メアリーは思った、そのわきには繊細な磁器のカップが並べられていた。

ママ、コーヒーをついでくれる、ヘスターが言った。

まだ雨は降っていますか？　オーヴィルはあとから来た客にたずねた。

もうやんでいるみたいですよ、コンラッド・グラッドブルックが答えた。

彼の妻は神経質にくすくす笑った。

ママ、雨はやんだんですって、ヘスターが言った。

まだ降ってるなんて言った覚えはないね、母親は怒りっぽく答えた。ミセス・グラッドブルック、クリームはご入用かしら？

お願いします、訊かれた婦人はかろうじて弱々しい声をだした。

クリームはご入用かって聞いたんですがね？　ミセス・オルブライトがどなった。

お願いしますっておっしゃってるわ、ママ。

あぁ、そうだ、ウェッブはメアリーに話しかけていた。あなたの展覧会を観にいきました。とってもすばらしかった！

メアリーはお礼を言ったが、その話題を続けようとはしなかった。今晩は展覧会の話はもうこれ以上聞きたくなかった。彼女はコーヒーをかき混ぜながらたずねた、ジョン・ボリヴァーの新しい小説はお読みになりました？

サンドイッチを勧めていたヘスターが代わりにこの質問に答えた。あら、わたし読んだわ。なんて下品な物語！　あんな下品な人たちのことをなぜ書けるのかしら？　だって、ここハーレムにだって医者や弁護士はたくさんいますし、ワシントンにいけば本物の社交界がありますわ。なにもあんなおぞましい人たちをひっぱり出さなくてもいいでしょうに。あんなもの誰も読みたくありません。

まったく同感です、オーヴィルが言った。まったく。邪なる考えの者に災いあれ《オニ・ソワ・キ・マリ・ポンス》。

メアリーはおもわず微笑んでしまった。この場に不在の作家をすこしばかり擁護しようとしたのだろう、彼女は力説した、彼のえがく環境は医者や弁護士の生活よりずっと斬新でおもしろいですわ。

あらメアリー、どうしてそんなことが言えて？　ヘスターがたずねた。そんなこと言うなんてもってのほかだと思うわ。

メアリーは絶望的な気分だった。ウェッブ、歌ってくれない？　彼女は懇願した。

あぁ、そうだ《ウィ》。歌ってください《シャンテ》、お願いします《シィル・ヴー・プレ》！　オーヴィルが叫んだ。

ウェッブは歌がとてもうまいの、遠慮しているグラッドブルック夫妻にヘスターが教えた。ミセス・グラッドブルックはくすくす笑った。

玄関に巻きとり譜《ピアノロール》を取りにいってから、ウェッブはアップライト・ピアノのところに行った。そこでしばらくごそごそしたあと、一曲を選びだし、楽器の演奏にあわせて歌いはじめた。

　東の空に高らかにさえずるヒバリをお聞きなさい
　　お日様ももうのぼってます
　燃える車を引く馬は花杯の朝露で
　　喉の渇きを癒《いや》してます
　キンセンカもその眠たげな金の瞼《まぶた》を開いてます
　こうして美しいものはみな起き出してます　お姫様
　　負けずにいそいでお起きなさい[25]

ウェッブはすこし不安定なテナーの声で歌った。喉の奥にひっかかったような音色になることがあった。どうやってコントロールすればいいのか、よくわかっていないらしい、メアリーは気がついた。彼が歌うあいだ、ほかの人たちは硬直して坐っていた、歌がおわるとヘスターがすばらしい！　と言った。

おなじ見解を客たちは小声で口ぐちに繰り返した。

もう一曲歌ってちょうだい、ヘスターが提案した。ママ、聴こえる？

もちろん。

ウェッブはまた楽譜をひっかきまわして、やっと別の曲を選びだした。

シルヴィア姫はどんな人？
若者たちがあこがれる
美と貞淑をかねた人。
賛美の的となるように
天の恵みを受けた人。
ただ美しいだけでなく
その心根もやさしい人。
盲目の神キューピッドが
その目にきたり宿る人。[26]

とってもすてき、あくびをかみ殺しながらヘスターが言った。
古典的だし、いい感じです、オーヴィルが言った。お見事。
ふと悪戯心がおこってメアリーは質問した、黒人霊歌《スピリチュアル》はご存知かしら？
一、二曲なら、ウェッブが言った。
それなら一曲歌ってくださいな。
ウェッブは聴衆の方をむいて立った。ヘスターの顔はこわばっていた。
黒人霊歌《スピリチュアル》は伴奏なしで歌います、彼は説明してからとても素朴な調子で歌いはじめた。

ともに歩こう、子どもたちよ
疲れ果ててはいないか
ともに歩こう、子どもたちよ
疲れ果ててはいないか
天国にある大きな野営地で会おう。

嘆き悲しみ、決して疲れることはない
嘆き悲しみ、決して疲れない
嘆き悲しみ、決して疲れない
天国にある大きな野営地で会おう。[27]

この歌の感情が歌い手を支配し、声を変化させ、歌唱の重大な欠点を忘れさせてくれることにメアリーはすぐに気づいた。訛りなしの歌詞でも、歌は誠実に響いた。おまけに聴衆も！　なんという変化！　ミセス・グラッドブルックは泣いていた。ミスター・グラッドブルックとオーヴィルはリズムにあわせて身体を揺すっていた、ミセス・オルブライトはビートにあわせて、補聴器を指揮棒のように上下に動かした。

しばらく沈黙が続いたあと、誰に言われるでもなく、ウェッブがもっと陽気な曲を歌いはじめた。

エゼキエルは輪をみた
空中の高いところに
エゼキエルは輪をみた
空中の高いところに
そして、その小さな輪は信仰により回転する
そして、その大きな輪は神の恩寵により回転する
輪のなかにもうひとつの輪
空中に浮かんでいる。[28]

この素朴な信仰の歌をウェッブが演奏したとき、メアリーは奇跡のような光景を目撃した。ヘス

ターの肩がリズムにあわせて左右に揺れ、唇は歌詞をなぞっていたのだ。

4

数日後、メアリーは七番街の店からでてきたアドーラとばったり出会った。

あたしが田舎から帰ってきたのに、ちっとも会いにきてくれないじゃない、ミュージック・ホールの元歌姫は文句を言った。知らん顔して通り過ぎたほうがよかったかしらね。

怒らないでよ、メアリーは言った。わたしが働いているってこと、あなたも知っているでしょう。あたしよりは忙しくないはずだと思うけど、アドーラは言い返した、でも、あんたがどうふるまおうと気にしない。あんたのこと好きだからしがみついて離れないわ。さあ、家まで一緒に来てちょうだい。

メアリーはよろこんで誘いを受けると、ロールスロイスに乗りこんだ、紫色の制服姿の運転手がドアを閉め、ふたりを乗せた車は西139丁目までの短距離を移動した、ハーレムでは誰もが苦労人長屋《ストライヴァーズ・ロウ》と呼んでいる場所だった。この一角には赤褐色の煉瓦造りの家が建ちならび、通りの両側には街路樹がつらなっていた、ここは二十世紀初め、ハーレムがまだドイツ人居住区だった頃、スタンフォード・ホワイトによって設計された。いまでは富裕層のニグロに占拠されていた、バンド・リーダーをつとめるフレッチャー・ヘンダーソン[29]やプロボクサーのハリー・ウィルズ[30]のように、国際的名声を得ている人物はごくわずかで、ほとんどが弁護士、医者、不動産業者、裕福な美容院店主だった。メアリーは『オポチュニティ』紙の社説で読んだ内容を思いだした、黒人は食べ物や衣服よりもストレートヘア・アイロンや美白用の薬剤により多くの金をつぎ込んでいることが、広告統計で裏付けられたという記事だった。そこから連想してメアリーは考えた、とくに皮肉なのは、有色女性たちが髪をストレートにしようとこんなに苦労しているのに、白人女性たちは恐ろしい目に遭ってまで髪にウェーブをつけようとしていることだ。

アドーラの家はこの街区の中心付近にあった、この心地よい通りに面しているほかの家と同様、家に入るには歩道から階段を数段上らなければならなかった。女主人は玄関でしばらく立ち止まると、レザーのブルゾンを脱ぎすて、メアリーにもおなじようにするよう命じてから、客間のある二階に案内した。

ちょっと坐っててちょうだい、アドーラは席をすすめると、さらに上につづく階段に姿を消した。

メアリーは立ったままでいた。待っているあいだに室内をみてまわった、この家に来るのは初めてだったし、美しい部屋への興味は尽きなかった。贅沢品好きの性質はどのくらい遠い祖先から引き継がれたものだろうと考えることがあった、ちょうどいい機会に恵まれたときには、その性質がいつも顔をだすのだった。とはいえ、自分の好みに耽溺するだけの経済的余裕はなかったので、普段はそれを意識下にうまくおし込めておくことができた。しかし、他人を妬ましく思う気持ちはなかった。実際、美しい品物が自分の所有物であったとしても、彼女はそれを所有することより、アート・ギャラリーの品物を評価したり讃美したりすることに幸せを感じた。

室内のほとんどの家具はルイ一六世様式のものだった、メアリーはメトロポリタン美術館の年代別展示室で長い時間を費やして学んだので、それがすぐにわかった、そして、椅子はもとの金襴布を最近になって張り直したものだと見抜くことができたのがうれしかった。壁には淡いラヴェンダー色のサテン地がかけられ、あちこちに絵画が飾られていた、フラゴナールやブーシェの写生画、あるいはそれらにとてもよく似たものだった。ティーテーブルのうえには、ターコイズとアメジスト色の粘土でつくられたセーブル製のティーセットが並んでいた。絨毯はオービュッソンのものだった。マントルピースのうえには時計と二本の燭台、これもセーブル製だった。その真ん中に銀の額縁に入った写真が数枚置かれていた。そのうちの一枚が、とくにメアリーの関心をひいた。

イヴニングドレスに身をつつんだ女性の写真だった、ヴィクトリア朝風の長椅子にペキニーズ・スパニエル犬二匹と一緒に坐っていた。誰だかわからないその人物は、長椅子の肘おきにさりげなくもたれかかっていた、膝のうえには見事な花模様の刺繍をほどこしたスペイン風のショールがひろげられ、その長い房飾りは床にたれさがっていた。その婦人は抜群の美貌の持ち主だった。明るい褐色の肌――わたしの肌色とおなじ、メアリーは思った――黄白や黄褐色よりもだいぶ黒いが、ネグロイドの顔だちではなかった。むしろ、スペインかポルトガル系のようにみえた。ほっそりした鼻に、誘うような官能的な口もと。小ぶりの耳たぶにはティアドロップ型のパールがぶら下がっていた。ウェーブのかかった黒髪は額からタイトになでつけられ、耳にかかるくらいの短いボブヘ《シングル・カッ》ア《ト》にしていた。その女性は最先端のファッションに身をつつんでいた、しかも、それをどんな人種や肌色の人とも異なる独特なスタイルで着こなしていることに、メアリーはすぐに気がついた。ハーレムに暮らすようになってまだ日は浅いが、メアリーはニューヨークの白人用の劇場に何度か出かけたことがあった。レストランで白人女性を観察する機会は頻繁にあった。そのうちの何人かとは個人的な知り合いでもあった。ハーレムの美女たちなら誰でも知っていた。大衆演芸《ヴォードヴィル》やニグロ・レヴューに出演している有名なダンサーや歌手もみれば誰かすぐにわかる。ところが、こんなに鮮烈な印象と人を惹きつける際立った魅力をもつ人物は、白人でも黒人でも、誰一人思い浮かばなかった——彼女はよく考えた末、容姿端麗なミセス・ロリラードは例外だと思い直した。

メアリーは重厚な銀細工の額縁に入った写真を手にとり、さらにじっくり眺めようとした。静止した写真の平面においてさえ、その婦人は凄まじい活力にあふれていた、その印象をつくっているものは何なのか？　メアリーにはわからなかった。それでも、この人物のしなやかな身体がとてもセクシーであることにはすぐに気がついた、その性的魅力はレンズをとおしてネガにとらえられ、この紙に永遠に焼きつけられていた。アドーラが部屋に入ってきた、メアリーは写真をマントルピースのうえに戻した。

素敵な部屋ね、彼女は言った。

気に入ってくれた？　あたしに似合ってるかしら？　室内装飾家が特別にあつらえてくれたの。チャーミングだわ、でも、あなたにはスペイン風の家具のほうが似合うと思うけど。

ええ、食堂はスペイン風なのよ。いまからお見せするわ。家具がとても重くて、部屋を掃除するのにピアノ運搬人を呼んできてもらわないといけないの！

これ、すばらしい写真ね。

彼女、きれいでしょう?

きれいなんてもんじゃない。美人だわ。誰なの?

アドーラは驚いたように彼女をみつめた。どうして知らないの? ラスカ・サルトーリスよ。

じゃあ、これが有名なミセス・サルトーリスなのね。帰ってきたっていう話はオリーに聞いたわ。

写真の人物の身元が判明したことで、いろいろな記憶がよみがえり、彼女の脳裏を駆けめぐった。ラスカ・サルトーリス! なにしろ、彼女はハーレムの伝説的人物のような存在だった、パリで裕福なアフリカ人と結婚したが、結局、キャバレーのドラム奏者との宿命の恋を成就させるために夫を捨てた。しかし、またしても運命は彼女に味方した、というのも、彼女が姿を消した夜、夫は脳卒中で息を引きとったのだ、彼女の罪について、夫はあきらかになにも知らなかったようで、数ヶ月前に作成された遺言が読まれたとき、莫大な財産の大部分を彼女が相続することが判明したのだった。この金を相続する頃には、彼女はドラム奏者との関係にうんざりして久しく、興味はほかに移っていた。一般的にみて、ラスカのわがままな冒険の噂を、ハーレムの人たちが好意的に受けとったとは言いがたい、人びとは大いに動揺したとさえ言えるだろう、しかし、彼女を知る者は彼女に好意をもっているようだったし、そのほかの人たちもおそらく、メアリーに情報を提供した人物と同様、彼女が帰省するときにはその富と美貌、機知と魅力の虜になったのだろう。まぎれもなく型破りな人間だけど、情報提供者は語っていた、ラスカはラスカだってこと。彼女とつきあうということは、つまり彼女を許すってことなの。こうして写真をみると、その言葉の意味がわかるとメアリーは思った。

そうなの、彼女、帰ってきてるのよ。アドーラは言った。あんたがここで暮らすようになってから、まだそんなに日が経ってないってこと忘れてた。たった二年ちょっとなのよね？　驚いた！……本当に過去をふり返っているようなまなざしだった。……ハーレムがまだなかった頃のことを思いだすわ、53丁目のマーシャルで軽く食事して、フロレンスに音楽を聴きにいって。いまでもあの赤と緑の壁紙を思いだせる。ああいうのが今もあったらなぁ！……アドーラはため息をついた。……あれからキャバレーもたくさんできたし、キャバレーにはエンターテイナーもいるけど、マーシャルやフロレンスには到底及ばないわ！　自分がまだ若かったから、当時の方がよかったと思うのかもしれない。バロン・ウィルキンズの店[31]も当時はダウンタウンにあった。かわいそうなバロン！シセレッタ・ジョーンズ[32]、ブラック・パティのことね、それからアーネスト・ホーガン[33]、ウィリアムズ・アンド・ウォーカー[34]、コール・アンド・ジョンソンのコンビ[35]とか、あんたは名前も聞いたことないでしょうね……

どれも聞いたことあるわ、メアリーは答えた、どのエンターテイナーもわたしが来る前に流行っていた人たちだけど、バート・ウィリアムズと、もちろんロザモンド・ジョンソンは観たことある。……

そう、ボブ・コールはかわいそうにあんな最期だったし、ホーガンも死んだ、ジョージ・ウォーカーもバート・ウィリアムズもアイダ・オヴァートン[36]もみんな。……アドーラの眼には涙が光った。……みんなあたしの友だちだった。舞台で共演していたの。あの頃はよかったわ。かれらがやってたような黒人演芸は、ニューヨークではもう二度と観られないでしょうね。だって、最近の若手の青二才はなにもわかっちゃいない……かれらにできるのはチャールストンを踊ることくらいね。それさえできない人だっているんだから！　ジョージ・ウォーカーが気どって歩く《ドゥ・ザ・ストラット》とこ、あんたにみせたかったわ！

アドーラは話をつづけた、ラスカに会ったのはその頃だった。彼女、ルイジアナから出てきたのよ。父親は伝道集会《キャンプ・ミーティング》[37]をやるような宗派の田舎牧師だった。大声で叫んで諫言するの。地獄の業火とか、イスラエルの民の嘆きは永遠につづくとか知っているでしょ？　アーメン！……その類の儀式の記憶にくすぐられて、アドーラは腹の底から笑いころげた。……いま聞けたら絶対おもしろいのに。……彼女はハンカチで涙を拭った。……メアリー、あんた南部には行ったことないのよね？

ないわ、メアリーが答えた。

そう、アドーラは話をつづけた、ラスカは最初、ルイジアナの未開拓地の学校で教えていた――彼女、ニューオーリンズのストレート・カレッジ[38]で教育を受けたの――それから伯父さんが急に亡くなって――その伯父さんは心ある白人《バックラ》の親戚からケンタッキーの土地を相続していたのね――その土地を彼女に残したの。それで、ラスカには音楽の才能があったから――父親の集会でハルモニウム・オルガンを弾いてた――だから彼女、お金ができると勉強のためにニューヨークに出てきたわ。

牧師の家庭で育つと、たいていなにが起こるかは知ってるでしょう、チャンスをつかむと、羽目をはずして堕落する。そう、ラスカはたしかに羽目をはずしたわ、でも、以前の彼女は堕落してはいなかった。いつも品位は保っていた。彼女がマーシャルで羽目をはずして騒ぐのをよくみたわ——当時は彼女も子どもだったのよ——朝の三時まで昔風のピジョン・ウィングやホーダウンなんか踊って——農園にいたとき、南部のいろんなカントリーダンスを覚えたらしいの。彼女、新しい踊りも得意だったわ、ターキー・トロットとかバニー・ハッグとか。ひと通り踊って気がすむと、ピアノの前に坐って、アップテンポなゴスペルや陽気な黒人霊歌《スピリチュアル》を歌ったものよ。

パリにはどうして行くことになったの？　メアリーがたずねた。

サルトーリスっていう男がフランス政府の仕事かなんかでここにやってきた。彼はフランスのどこかの地方の役人だったの。彼女に一目惚れして、ふたりはすぐに結婚した。結婚したとき、彼はすでに年配だったし、彼女が彼のことを愛していたとは思えない、でも、ラスカはたいていの人より自分の欲しいものをよく知っていて、それを追い求めるの。あの子には物事を貪欲に追い求める才能があるわ。

前にもここに帰ってきたことあったわよね？　メアリーがたずねた。たしか……

そのとおり。何度も帰ってきてるわ。でも、そうねぇ、ここ二年ほどは帰っていなかったはずよ……アドーラは考え込んでいた……バート・ウィリアムズが死んで、どれくらいになる？

メアリーは左右に首をふって微笑んだ。わからない、彼女は答えた。

そのとき以来だわ、ラスカがここに戻ってくるのは。

彼女、そもそもなぜ帰ってきたの？

知るもんですか！　飽きたんじゃないかしら。あたしがラスカだったらパリを離れないけど。あそこでは肌の色による偏見がないし、特注の服地のコレクションをみせびらかすにはうってつけの場所だわ！　でも、ここの人たちには——ラスカの存在はちょっと刺激が強すぎる。彼女を自宅には立ち入らせないっていう人もいるんだから。彼女、ハーレムではいつも騒ぎを起こすの、わざとじゃないと思うんだけど。どうしようもないのよ。彼女、活力がみなぎってるから男《パパ》たちを狂わせてしまうの……アドーラは眉をひそめた……うちの人には構わないでくれるといいんだけど。さもないと痛い目に遭うことになるわ……アドーラは切りつける真似をした。

　でもね、アドーラは話をつづけた、ラスカはあたしがあんたに期待したことをやっただけよ、あんたはあたしに逆らったけどね。もちろん、レニーはサルトーリスほどの教養はないけど、その十倍の現金を持ってるはずよ。あれだけの金があれば、ハーレムでなんでも好きなことができたのに。

　でも、わたしはラスカじゃないもの、メアリーは反論した。恋愛にかんしては、うまくいく見込みはあまりないわ。

　だって、レニーはあんたのことが好きなのよ、アドーラは言った、あたしの家であんたに初めて会ったときから好きなの、まさに理想のタイプだって言ってた……突然、彼女は探るようにメアリーの眼を凝視した……あんたまさかレニーの噂をなにか聞いて、そのせいで怒っているんじゃないわよね？　彼女は質問した。

　怒ってなんかいないわ、メアリーは答えた。彼のことを好きになれないってだけ、それだけよ。

　それなら大丈夫、あんたが愛について話すのはわかるわ。あたしだって、愛していなかったら結婚できなかった。問題なのは、レニーとおなじで、愛のためには犠牲をたくさん払わなければならないってこと。あの男の子たちはあたしが劇場で大もうけしたことを知ってる、だから、あたしがなにか求めると、そうね……それでもいいのかも……たまにならわからないけど。彼女はため息をついた。……たしかに、レニーはあんたが自分を愛してるかどうかなんて気にしてなかった、彼女はさらに言った。彼はきちんとした女性、立派な人間という印象を自分に与えてくれる人を妻に迎えたがってた、本物の名士たちともうすこしお近づきになれるようにね。あんたがぴったりだと思ったのよ。彼、すごくがっかりしてるわ。

ごめんなさい、メアリーは言った。仕方がないわ。どうしても無理だったのよ。

さあさあ、可愛い人！　アドーラは歩いていき、前かがみになってメアリーにキスした。さあさあ、そのことはもう忘れましょ。

玄関のドアが開いてまた閉まる音がした。それから、慎重でゆっくりした足音が階段に響いた、アルセスター・パーカーがそっと部屋に入ってきた。

やぁ、ドーラ。こんにちは、メアリー。おどおどした様子だった。

どこ行ってたの？　アドーラがきびしい口調でたずねた。

プールに行ってただけ、アーウィンと遊んでた。

あら、随分長いこと行ってたのね、アドーラは不満そうに言った。出かけるときあんたを探したんだけど。

プールに行ってただけだよ、アルはぼんやりとおなじセリフをくり返した。

じゃあ、上の階に行っててちょうだい。メアリーと話してるところなの。

男の子はなにも言わず、すぐに言われた通りにした。

彼が階段の奥に姿を消すと、アドーラは泣きくずれた。

あたしの人生は塵と灰みたいなもんよ、彼女はすすり泣いた。誰もがあたしをそんなふうに扱うわ、汚泥みたいにね。男たちは出ていったと思えばまたもどってきたり、あたしの気持ちなんか考えてもいない、それに、若くてキレイなフラッパー娘がいれば……こんな仕打ちったらないわ、彼女は叫んだ。かれらを汚泥みたいに扱ってみるんだけど、それもうまくいかないの。あたしが叫ぶのが聞こえても気にも留めないんだから。

かれらって？　メアリーはたずねた。

っていうか彼のこと、アドーラは口ごもった。アルのこと。絶対に別れない！　絶対に！　彼女は叫んだ。彼はあたしを捨てるもんですか！　ほかの男とは違うわ！　アルはあたしを愛してる！

5

どうして恋愛に積極的になれないんだろう？　彼女は疑問に思った。自分が潔癖性の堅物ではないことはわかっていた。では、身持ちが堅すぎるということはあり得るだろうか？　若い男性たちと劇場に行くのは楽しかった。かれらとダンスしたり、話したりするのは好きだったが、彼女のなかの説明しがたいある気質が、それ以上の親密な関係に発展することを阻むのだった。

彼女は頭の空っぽな男の子たちとたくさん知り合った、ハーレムではかれらは「色男《シーク》」と呼ばれ、たいていの女の子はかれらに夢中で、既婚女性たちはかれらをめぐって口論を繰り広げるのだった、軽薄で生意気な男の子たちで、恋の冒険のことしか頭になく、口説きおとした獲物について仲間同士で赤裸々に話すのだろう。この男の子たちはあきらかに彼女のタイプではなかった。友だちのなかでも、より真面目な若い男性となるともちろん話は別だった。たとえば、ハワードは彼女の好みのタイプだったが、ハワードと結婚するなんて考えられなかった。いずれにしろ、ハワードはオリーのものだったし、彼みたいな男性に求婚されたことはなかった。自分の性格のなかに、求婚されることに抵抗を感じる原因があって、誰も求婚してくれないのはそのせいだ、彼女はそう思いはじめていた。

彼女は人種について、狂信的ともいえる信念、同胞愛をいだき、黒人の可能性をひたむきに信じていた。ニグロのあらゆる個性を心から愛し、そのような個性をもった人でありたいと切に願っていた。それがどういうわけか、彼女に非はないのだが、ニグロの個性の多くは彼女とはかけ離れていた。つまりそれは彼女が生涯独身、ヘスター・オルブライトみたいな辛辣なオールドミスになる運命だからなのだろうか？　でもヘスターでさえ、遺伝的に受け継いだ性質を無意識に感じていた。あの晩、彼女は黒人音楽に身体を揺らしていた。別の場所でも、おなじ現象を何度かみたことがあった！　シューベルトやシューマンといった、ニグロのたましいにまるで訴えかけるところのない、黒人には似つかわしくない音楽を、退屈そうに我慢してもったいぶって聴いていた友だちが、直後に、炸裂するジャズや福音教会の霊歌《スピリチュアル》の荘厳さに夢中になるのを何度みたことか、おぼろげな生物学的方法で、かれらはアフリカのリズムの拍子を識別しているにちがいない。

野蛮人！　心の底から野蛮人なんだわ！　彼女の場合、遺伝的に受け継いだ性質は失われ、弱まっていた。この原始的性質は遺伝的に受け継がれると、貴重で重要な強みとなった、あらゆる文明的人種がこの性質を回復するのに必死だった——これはピカソやストラヴィンスキーの芸術を説明する事実だ。彼女もたしかにこのアフリカのビートを感じた——それは情動に訴えかけ、完全に興奮させた——が、彼女にはそれを感じているという意識があった。ドラムと刺激的なリズムに対するこの愛、燃えるような色彩——熱帯特有の晴れわたった気候にのみ存在する色彩——に対するこの純粋なよろこび——この暖かくて性的な情動、これらすべてを、彼女は頭で理解することで所有していたにすぎなかった。オリーヴはこれらの性質を本能的に備えていた。ハワードも同様だった。ヘスターでさえもある程度そうだった。アドーラのなかでこの情熱的な本能は脈打っていた——メアリーが自己憐憫をいだく真の理由はそれだった。メアリーは自問した、どうしてみんなとおなじようにできないいんだろう？

わたしたちみんな野蛮人なんだわ、彼女は何度もつぶやいた、誰だってそう、でもわたしには無理！　昔、誰かが言っていたのを彼女は思いだした——それはおそらく真実だと彼女の理性は告げていた——ニグロが計画殺人を犯すことはない。かれらは激情にかられて人を殺すのだ。殺すと決意した人間から一時的に逃れることができれば、永遠に逃れられる可能性が高い。翌朝にはその男は気が変わっていて、決意したことも忘れてしまっているだろう。その人物に言わせると、ニグロの毒殺者は存在しないのだそうだ。ニグロはすみやかに死をもたらす道具、ナイフ、剃刀、拳銃を用いるという。

もっとリラックスして、色や騒音やリズムや肉体的興奮を楽しんだり、ほかの人たちとの交流の輪に加わったり、叫び声をあげるとか、細い槍《アセガイ》を投げるみたいなことができたらいいのに！　でも、そうしたらわたしではなくなってしまう、自分に言い聞かせた。ほかの人みたいに、自発的に行動するのでなければ意味がない。自分は自分だ。いつかわたしにも遅ればせながらこの本能が芽生えるかもしれない。

オリーヴの結婚式の準備はどんどん進んでいた。オリーヴは料理とおなじように裁縫の腕前も抜群だったので、空き時間の多くを針仕事にあてていた。彼女がこしらえていたのは、世界中の富を所有し、それを手に入れるためなら、いくらでもお金をつぎ込むことのできる女の子たちでも羨ましく思うような花嫁道具だった。繊細なシフォンとリンネルの下着類には、刺繍と縁飾り縫い《ヘムステッチ》がほどこされ、レース、リボン、蝶結び、はめ込み縫いが華やかにあしらわれていた、それから色とりどりのドレス。これらの衣装の服地を買うように、オリーヴの父親は一五〇ドル分の小切手を送ってくれていたが、半端布を買える店や大型デパートが宣伝する安売りを利用すれば、この金額は十分すぎるほどだった。

晩になって、ハワードが訪ねてくると、まち針を何本も口にくわえたまま話をしたり、せっせと針を動かしたりしながら、彼女はほとんどの時間を針仕事に費やした。薄い布地の端を軽くほうって、ピンと張った状態で彼におさえてもらい、大きなハサミで慎重に裁つこともあった。この動作はごく自然な流れで抱擁と情熱的なキスに行きつくのだった。メアリーは居間にふらりと入っていき、この光景に出くわすことがあった。かれらは気にしていなかった——人前でも照れていなかった——がメアリーのほうが気になった、かれらが考えてもいないこと、おそらく意識してもいないことまで察知してしまったからだった。ハワードはオリーヴの男であり、オリーヴはハワードの女であることを彼女は察知したのだった。それは結婚以上のもの、原始的で神聖な営みだった。おたがいの愛情を維持するためには、どちらも戦いを——必要とあれば殺しも——辞さないだろうと彼女は思った。そのことに気づいたことで、彼女は自分に欠落しているものをこれまで以上に強く意識した。数世紀のあいだに、この生命の本能がどうして失われてしまったのか？

　彼女は幼少期のこと、母親と父親のことを思いだした。母方の祖父は奴隷の身分から解放されたあと、自分の身体を保護する権利とともに、一片の土地を与えられた。彼はその土地で成功をおさめ、娘をフィスク大学[39]に進学させることができた。ウィリアム・ラヴと結婚する前は、母親も学校で教えていた。父親のことを考えると、愛しさのあまり、メアリーの眼にはいつもすぐに涙が浮かんだ。彼女にとって、父親は理想の男性だった、真面目でハンサム、背が高くて威厳があり、正直で誠実、公正で知的、その性格は表情と物腰に表われていた。彼は優しくて親切だったが、ジョージア州で起きたとくに凄惨なリンチ事件の話を新聞で読むと、ひどく激昂して、最初に出会った白人を殺してやると息巻きながら、リボルバーをつかんで出ていこうとした、メアリーはそのことを思いだすといまでも軽い戦慄を覚えた。母親もいつにも増して動揺していたが、とても苦労して、思いとどまるよう彼を説得しなければならなかった、実際、あらゆる手段をつくして説得が試みられ、母親はその渾身の腕力をふりしぼることさえした。彼は出かけなかった。脱力した指先からリボルバーが落ち、彼の眼には、彼女のあまりによく知っている我慢づよい諦めの表情がもどってきた。メアリーは当時五歳だったが、ベッドに行くよう命じた母親の声ににじむ苦悶、奮闘が報われたあと、ひじかけ椅子にぐったり腰を下ろした母親の憔悴した蒼白い顔をいまでも覚えていた。それ以来、両親がこの出来事に触れたことはなかったが、メアリーはそれを忘れたことはなかった。

父親は中西部の田舎町で育ち、白人の学校に通った、最初は地元の公立学校、そのあとは州立大学に通った。恵まれない同胞のために行動するという理想が、幼いころから身に染みついていた。のちに、この理想は情熱となった、弁護士として開業して、家族が快適に暮らし、娘を教育するだけの金を蓄えると、できるだけ多くの時間を講演に割き、ニグロの問題を白人聴衆に説明したり、若い世代の黒人たちに産業や成功の理想について話したりするようになった。

メアリーは心から父親を愛していたので、最近届いた手紙で、彼がめずらしくニューヨークを訪れるつもりだと知ると、誇らしいよろこびで胸がいっぱいになった。十月初旬のある朝、彼はやってきた。図書館の仕事を代わってくれる人がみつからず、メアリーは駅まで迎えにいくことができなかった。そこで、ミスター・ラヴは客として世話になるアーロン・サムナーの家に荷物を運び、それから娘に会いに図書館を訪ねた。

パパ！　メアリーは出迎えた。

彼は心を込めて彼女にキスした。ふたりはとても仲がよかった。メアリーは父親をみつめた――背は高く、明るい褐色の肌、白髪のまじった短い巻き毛に、おなじ色の口ひげ、いくらみつめても見飽きることがなかった。わし鼻で、高くてかたちのよい頬骨をしていた。時どき、メアリーはふざけて彼をオセローと呼んだ。実際、父親は彼女の思いえがくムーア人のイメージそのものだった。本当にそうだったりするかしら？　昔の奴隷商人は、アフリカ沿岸で誘拐する個人の事情に配慮したりはしなかった。奴隷は奴隷でしかなく、黒人とおなじように白人も連れてこられた。アフリカ全土から奪い去られた不幸な人間たち、アフリカのさまざまな部族を代表する者たちだけでなく、アラブ人、エジプト人、ムーア人、それにスペイン人やポルトガル人までも狩り集められた。これらのまったく別々の人種がアメリカで一緒になり、子を産んだ、さらに、その子どもたちはフランス人、スペイン人、イギリス人、インド人の血と混ざった。混血の割合がどれくらいであろうと、この文明国でニグロとして知られている者たちはその結果であり、純血のアフリカ人に向けられるすべての偏見を分かち合っていた。

母さんはどう？　メアリーはたずねた。読書室と隣接する小部屋にふたりは腰をおろした。

元気だよ、父親は答えた、すごく羨ましがっていた、おまえにものすごく会いたがっているからね。

どうして一緒に連れてこなかったの？

長旅だしお金がかかるからね、ここには僕も数日滞在するだけなんだ。ニューアークで講演するという口実があったからね。夏になったら帰っておいで。

夕方、メアリーはアーロン・サムナーの家に食事に招かれた。この家に行くのはいつも楽しかった、感じのよい気楽な雰囲気があって、贅沢好みでも芸術家を気どってもいなかった。布張りの長椅子やひじかけ椅子にゆったり腰かけることができた。ペルシャ絨毯はふっくらして歩き心地がよかった。電球はおちついた色のかさで覆われ、多くの蔵書と数枚の絵画はいずれも居心地よさを基準に選ばれていた。それは期待どおりの効果をあげていた。

ミスター・サムナーはジョージア州の裕福な両親のもとに生まれ、フィスク大学で教育を受けた、大学の最終学年のとき、彼は幸運にも北部出身の若い白人男性と知り合った、大学施設を調査しにやってきて、のちに、施設維持のためにかなりの大金を寄付した人物だった。しばらくすると、その人物はミスター・サムナーをニューヨークに呼びよせ、彼の事業の重要な役職に就けてくれた。頼りがいのある従業員として働きはじめ、ミスター・サムナーはすこしずつ友人の完全なる信頼を勝ちとり、最後には事業の収益を得るまでになった。ミセス・サムナーはフィラデルフィアの仕出し業者の娘だった。遠い昔、実家がそれなりの財産を築いたので、彼女はフランスの女子修道院で教育を受けたのだった。彼女も父親にならって、娘二人をパリの学校に通わせた。

ほかの人が到着する前に、父親とおしゃべりしたかったので、メアリーはすこし早めに着いた。最初の客がやってきたと知り、ミセス・サムナーが居間にきて、ふたりに加わった。四十歳すぎだが溌剌としていて、威厳のある女性だった。少なくとも一年に一度はパリを訪れ、洋服はすべてそこで購入していた、たいてい春に、娘たちの帰省にあわせてパリに行き、娘たちと一緒にニューヨークに戻ってくるのだった。今宵は、亜麻色のクレープ地のドレスを身につけていたが、すばらしく形のよい肩と完全におなじ色なので、すこし離れたところからだと背中がむきだしのようにみえた。首もとには、緑玉髄《クリソプレーズ》の長いチェーンがぶら下がっていた。

次に、小説家のギャレス・ジョンズがやってきた。この白髪の中年男が緊張していることに、メアリーはすぐに気がついた。黒人の家に夕食に招かれるのは初めてだったらしく、成功しているとはなかなか言いがたいものの、彼なりに気楽にふるまおうと頑張っていた。

ミセス・サムナー、素敵なお住まいですな、彼は言った、いくらかうわずっていたが、その声は驚きの印象をかろうじてとどめていた。

居心地はいいんですよ、ミセス・サムナーは答えた、ミス・ラヴとお父様をご紹介しますわ。

もちろん、よろこんで。ギャレスは頭を下げた。

お会いできてじつにうれしいです、ミスター・ラヴは答えた。この冬はニューヨークにおられるんですね？　パリに住んでおられるものと思っていました。

いつもは外国に住んでいるんですが、ギャレスは説明した、この冬はスタムフォードの近くに家を借りています。アメリカをテーマにした本を執筆しようと思いまして。

『セーヌ川のふたり』を読みました、おもしろかったですわ、メアリーは言った、図書館でとても人気のある本です。以前は十五部あったと思います。いまではどれもぼろぼろになってしまいましたけど。

ギャレスはびっくりしているようだった。

ニューヨークでゆっくり仕事するのは難しいですもの、ミセス・サムナーが言った。田舎を選ばれたのは正解ですわね。

快適だしとても便利なんです、町中からはせいぜい一時間ですし、ギャレスは言った。

そのとき、コンサート歌手のギャルヴァ・ウォールデックとハイチ領事の新秘書レオン・カズィックが到着した。おたがいを紹介しあっているところに、カクテルと、小さな薄切りパンにキャビアを塗ってゆで卵を刻んで散らしたオードブルの皿をもって、女中が現われた。

あなたの展覧会すごくよかったわ、ギャルヴァはカクテルをすこしずつ飲んでいるメアリーにむかって興奮して叫んだ。それから、カズィックのほうを向いてフランス語で言った、マドモアゼル・ラヴは――メアリー、あなたのことをいつもマドモアゼル・アモールと言いたくなってしまう――アフリカ彫刻のすばらしい展覧会を企画したのよ。

なんと興味深い、秘書は答えた。去年の夏にブリュッセルでおなじジャンルの作品を数点みました。どれも本物でした。ご存知かもしれませんが、最近では、ドイツ人がこの種の彫刻の模造品をつくっています。とても精巧にできていて、本物とほとんど見分けがつきません。

そうなんです、おかげで複製品をたくさん拒否しなければなりませんでした、メアリーはフランス語で説明した。本物だけを展示したはずですわ。

まったく、その展覧会をみておきたかった！　ギャレスは叫んだ。知らなかったのです。

作品はまだ所有者に返却されていません、メアリーは言った。図書館においでいただければ、いつでもおみせしますわ。

明日、ミセス・ロリラードと一緒にうかがってもいいですか？

よろこんで。一日中おりますわ。

キャンパスプはどうしているの？　ミセス・サムナーがたずねた。

パスプは元気ですよ、ギャレスは答えた。次の木曜日の食事会に、僕もご一緒させていただけるそうです。

あなたもいらっしゃるのね、うれしいわ。……ミセス・サムナーはカクテルにまだ口をつけずにテーブルのうえに置いた。……ドクター・ランカスターを待ったほうがいいかしら。C・P・T《黒人時間》を厳守なさっているのかもしれないわね。

ミスター・サムナーはギャレスにむかって言った。仲間内ではジョークみたいなものです。みんな時間にルーズで。それについての伝承まであるんです。最後の審判の日を告げるトランペットが鳴り、白人たちが墓場から出てきて、まっすぐ天国に向かうのがみえる。二日後、天国の門に坐っていた天使たちが、西の方角で黒くて濃い雲が発生するのを眼にして、ものすごい嵐がくると警告しようとあわてて戻った。いや、ちがう、聖ペテロは天使たちに言った、黒人たちが審判にやってきただけだ。

時間については、あなたがたに限った話ではありませんがね、ギャレスが言った。

ミスター・サムナーは妻のところに行って話しかけた、おまえ、ドクター・ランカスターのために二日も待つわけにはいくまい。

ベルが鳴ったおかげで、この問題について決断をくだす必要はなくなった。

やっとおみえになりましたよ、ミセス・サムナーが告げた、彼がコートを脱いだら、すぐに食事にしましょう。

ダイニングルームはアイボリーと青の配色の大きな部屋だった。テーブルにはレースのカバーがかけられ、そのうえには高価な銀食器と磁器があった。中央には、青いガラス細工の鉢がおかれ、マゼンタ色の頭部をもたげたダリアの花束が鏡に映っていた。

　メアリーはギャレス・ジョンズとドクター・ランカスターのあいだに坐った。どちらも会うのは今夜が初めてだった。医師はワシントンに住んでいて、メアリーの父親と同様、ニューヨークを訪問中だった。どうみても、彼はギャレスとおなじくらい色白だった。髪の色は燃えるような赤だった。

　最初は一般的な話題だった。外交官をしている客人への礼儀から、ミスター・サムナーがハイチのことを話した。そこから、ヴァージン諸島の状況をめぐる議論になった。

　それにしても不可解なことです、ミスター・サムナーは主張した、フランス、有色のハイチ、デンマークの支配を経て、ヴァージン諸島の黒人たちがアメリカ海軍軍政府、それも人種偏見をもった南部白人を抱える軍政府に統治されることになるとは。

　憲法修正条項第十八番[40]の厳格な適用——少なくともその表向きの適用ということですが——により諸島地域の最大の収入源が破壊されていると聞きました、ミスター・ラヴが意見を述べた。

　それはつまり、ギャレスは憤慨してたずねた、あの馬鹿げた法律が保護領にも押しつけられているということですか？

　その通りです、ミスター・サムナーは言った、おそらくニューヨーク市よりもっと厳しいでしょう。

　ヴァージン諸島を訪れたことがあります、ミスター・ラヴは続けた。聖ウルスラに導かれて船出した一万一千人の乙女にちなんで名づけられたことはご存じでしょう。コロンブスは聖ウルスラの日にあそこに上陸したのですから。

彼女は言った、愛しい神さま
あなたの祭壇に
四月の雪のようにはかない
マーガレットとヒナゲシと
バラの花束を
おきました
でも、ここに、彼女は言った
誰の眼にもふれない場所
草むらに、ラディッシュや花の
ささげものをします
それから、彼女は涙をながした
主がお受けとりにならないのを恐れて[41]

メアリーが引用した。
ウォレス・スティーヴンズをご存じなんですか！　ギャレスが興奮して叫んだ。

すべて諳んじて言えるわけではないですけど、さっきのと、「クラヴィーアを弾くピーター・クインス」、「アイスクリームの皇帝」、それから……
「紅茶」！　ギャレスはさえぎった。ああ、どうか、わたしのために「紅茶」を思いだしてください！

象の耳みたいな葉の植物が公園で
厳寒でしおれたとき
小道の葉っぱが
ネズミのように駆けたとき
あなたのランプの灯が
パラソルと日覆いの
かがやく枕のうえにおちた
ジャワの傘みたいに。

魚料理をもっといかが？　ミセス・サムナーがたずねた。
ギャレスは重たい大皿をもった給仕が自分のうえにかがみ込んでいるのに気づいた。
こんなに美味しくては断れませんな、彼は答えた。
話題が変わったすきに、ドクター・ランカスターはメアリーに話しかけた。

ミス・ラヴ、ワシントンにいらしたことがありますか？　彼はたずねた。

いいえ、一度もないんです。行ってみたいと思っているんですが、チャンスがなくて。

そうですか、あそこの生活も変化に富んでいて楽しいですよ。いつも誰かしらハワード大学[42]から来ていて、ブリッジをしたりおしゃべりを楽しんだりできますが、きっとここの方がもっと面白いんでしょうね。ハーレム……

メアリーは茶目っ気たっぷりにほほ笑んだ。きっとこうおっしゃりたいのでしょう。新しいニグロのメッカ！

おそらく、彼は答えた、でも、そうなんでしょう？

そうだと思いますわ。ただ、わたしたち――わたしたちの一部――はそれを聞くのにもううんざりしています。

僕たち、外部の人間にはとてもすばらしいものにみえます、まるで夢のようです、白ワインをすこしずつ飲みながら医師は話をつづけた。ローマとおなじくらい大きな黒人の街！　そんなこと数年前には予想できなかった。ここにはなんでもあります。商店、劇場、教会、図書館……

それからキャバレーも、メアリーがつけ加えた。それが最初にくるべきでしたわね。

そうですね、キャバレーは僕たちの生活のきわめて重要な部分だと思います。ワシントンに帰る前に一、二度見物にいかなくては。キャバレーに行くなんて何年ぶりだろう……彼はいったん話をやめて、フォークでマッシュルームを皿の奥に押しやった……まったく奇妙な人生を送ってきたものです。

彼女はなにも言わなかったが、興味をそそられて彼をみつめた。

ご覧のとおり、僕はブルー・ヴェイン・サークルに入っていたかもしれないような外見です。そのせいで、いろいろ不思議な目にも遭いました。若い頃は、だいたい白人のあいだで暮らしていました、白人として生活していたのです……あとで黒人に戻りました。全体的には、こっちの方が気に入っています。

そうだろうと思いますわ、メアリーは答えた。

彼はもの思いにふけりながら話をつづけた、不思議なことに、おなじように感じている人間に一度も出会ったことがありません、僕の経験がみんなと異なるせいかもしれない——不思議なことに、彼はおなじフレーズをくり返した、白人と暮らすときには白人の心理をもち、黒人と暮らすときには黒人の心理をもっているのです。

メアリーは彼をみつめた。そういう人をほかに誰もご存じないとおっしゃるの？　彼女はたずねた。

そうとも言えませんが。じつはなかなか複雑でして。人種のあいだで引き裂かれて、どうしていいかわからないことがあるんです。

メアリーはなにも言わなかった。彼女は周囲をみまわした。ギャルヴァ・ウォールデックはレオン・カズィックとフランス語で会話していた。ギャレス・ジョンズとミセス・サムナーは活発に議論していた。

一人もご存じない？　メアリーは声を低くして質問をくり返した。

まぁ、ほかの人がどう感じているかは本当にはわかりませんがね。つまり、そういう感情について、僕に本音を語った人が誰もいないということかもしれません。

ギャレスがメアリーのほうを向いたので、彼女はなぜかほっとした。

ロザモンド・ジョンソンの黒人霊歌《スピリチュアル》についての新しい本[43]について話しているところです、彼は説明した。僕はまだ読んでいないんですが。

黒人霊歌《スピリチュアル》はお好きですか？　メアリーはたずねた。

もうすっかり夢中です。ミセス・サムナーは「泰然たれヨルダン河よ《スタンド・スティル・ジョーダン》」を僕に聴かせたがっているんです。

すばらしい歌ですわ、メアリーは言った。テイラー・ゴードン[44]が歌うのを聴かなくては。

お恥ずかしいことに不勉強のようでして、ギャレスが答えた。彼はミセス・サムナーに話しかけた。どなたでしょう？　たしか名前は……

メアリーはテーブルをはさんだ反対側で、カズィックがフランス語で話すのを聞いていた、プルーストは河に似ています、ナイルのような大河です、いくつもの場所にむかって流れていき、流れていくにつれ勢いを増し、いくつもの街や島を抱きとめ、最後には巨大な河に合流し、海へとそそぎ込む！

では、明日探してみます。……彼女はふたたびギャレスに耳を傾けていた。……彼は思いつめた表情で話をつづけた、じつはニグロについての小説を書きたいと考えています。

メアリーは笑った。あなたもそうなんですね。わたしたちってそんなに注目されていますの？

いつかニグロが白人についての小説を書くようになるでしょう、ドクター・ランカスターが言った。

そうなってほしいものです、ギャレスが言った。

すでに書かれていますわ、メアリーが言った。

デュマのことをおっしゃっているのでしょう、ドクター・ランカスターが言った。

あるいはプーシキンとか、ギャレスも加わった。

いいえ、アメリカの黒人チャールズ・W・チェスナット[45]ですわ。彼は白人の視点から小説をいくつも書いています。

初めて聞く名前です、ギャレスが驚いたように言った。タイトルをいくつか教えてくれますか。彼は鉛筆と紙きれを取りだした。

そろそろ、ミセス・サムナーが立ち上がった。書斎でコーヒーにしましょう、彼女が告げた。暖炉のまえの坐り心地のよい椅子で、コーヒーを飲みながら会話はつづいた、もっと時間が遅くなると飲み物はウィスキー・ソーダになった。

ハーレムの人たちはかなり読書家のようですね、ダウンタウンの連中よりたくさん読んでいるようだ、ギャレスがメアリーに言った。どうやってそんな時間をみつけるんでしょう。

だって、わたしはそれが仕事ですもの。

あなたはそうでも、ほかの人たちは……オルダス・ハクスリーを問い合わせる電話があるとおっしゃっていましたね。

正直言いますと、たいていの利用者はA・S・M・ハッチンスン[46]のほうが好きですわ。

そのほうが人間的ですよ、ギャレスは言った。まったく模範的な人たちなのかと恐ろしくなりはじめていたところです。

呼び鈴の音がした。

ロバート・カッスンの息子だわ、ミセス・サムナーが告げた。フィラデルフィアのロバート・カッスンをご存じでしょう、彼女はギャルヴァ・ウォールデックに急に話をふった。バイロンは『ディックとねこ』[47]のディック・ウィティントンみたいに、身を立てるためにニューヨークに到着したところですの。

猫も一緒だといいんだけど！　ギャルヴァが大きな声をだした。

猫はどうか知らないけど、タイプライターは持ってきているかもしれないわ。彼は作家志望なの。

メアリーの手は震えていた。心臓がドキドキした。そのときドアが開き、戸口を背に立っていたのは彼だった。

自己紹介を終えると、彼はまっすぐに彼女のところにやってきた。

運命にちがいない、彼は言った。あのロングアイランドでの大狂宴の日以来、ニューヨークに来るのはひさしぶりなのに、到着した当日にこうしてあなたに出会った。

メアリーはにっこりした。それがご不満なの？　彼女はたずねた。

この問いに答えずに、彼は彼女の手をとった。そうに違いないと思ってたんです、彼は叫んだ。あなたの指は黄金の菊の花びらみたいだ。あなたの指が印象に残っていました。

メアリーはどぎまぎしてしまい、返す言葉がみつからなかった。

ギャレス・ジョンズはまだメアリーの近くに坐っていた。ミスター・カッスン、言葉の才能がおありのようですね、彼は意見を述べた。作家だとうかがいました。

まだこれから、というところです、バイロンは答えた。書きたいのですが、骨の折れる仕事ですね？　あなたの成し遂げられたことを考えると、なかなか書きはじめられません。

それでは、僕の本を読んでくださっているんですね。

誰もがあなたの本を読んでいます、ミスター・ジョンズ。

では、僕の作品のことは気にしないでください。批評家や民衆はいつだって新しい作家を好むものです。公式の解さえ発見してしまえば、僕みたいな年寄りにはうんざりなのです。何についてお書きになるつもりですか？

わかりません、ミスター・ジョンズ、まさにそこなのです。人はどうやって書きはじめるのでしょう？

そうですねぇ、率直に申しあげれば、書きはじめるための最善の方法はとにかく書くことだと思います。書く内容はたくさんあります。ギャレスは部屋のなかをみまわした。

これを書いても仕方がない、バイロンは不満そうに言った、すこし熱くなっているとメアリーは思った。イーディス・ウォートンの描く人びとに似すぎています。

それなら、あなたの同胞の下層の人たちはエキゾチックです。優れたすばらしい性質があります。それにあのユーモア！　なんとエネルギッシュで、なんと豊かな言語感覚でしょう！　いきいきとしていて新鮮！　ニグロについて文学ではまだそれほど触れられていません。

下層の同胞のことはあまりよく知らないのです。バイロンの口調は冷めていた。

なら、大学生活についてでも……

白人の大学に通ったんです。バイロンは背を向けてしまった。

あなたの友人を怒らせてしまったようだ、ギャレスはメアリーに言った。どうしてだろう。

あら、そんなことありませんわ。大作家に会って、気後れしているだけだと思います。驚いたことに、メアリーはバイロンを擁護していた。これまできっと本物の小説家に会ったことがなかったんですわ。

ギャレスは肩をすくめ、タバコに火を点けた。

どうでしょう、彼は言った、「泰然たれヨルダン河よ《スタンド・スティル・ジョーダン》」を歌ってくれるよう、ミス・ウォールデックを説得できるでしょうか？

6

翌日、メアリーがいつものようにクレイグの店に昼食にいく途中で、ランドルフ・ペティジョンに出くわしたのはまったくの偶然だったのかもしれない。意外なことに、この出来事はそれほど彼女を動揺させなかった。なにかが防護壁の役割を果たしていた。それがなんであるのか、彼女は突きとめようとはしなかった。以前よりも平常心でいられることがわかっていたので、宝くじ王《ポリート》が立ちどまって手をさしだしたとき、それを愛想よく握りそうになったほどだった。彼女はランドルフ・ペティジョンを気の毒に思ったし、彼が与えたがっているものを受け入れるほど、自分が世間知らずではないことがちょっと残念でもあった。プロポーズを断わられて、彼はあきらかに動揺しているようだった。プライドを深く傷つけられ、それまで抱いていた人間についての理解に混乱が生じていた。それは彼女にもわかった。話の内容ではなく――実のところ、彼は重要なことはなにひとつ言わなかった――話し方からそれを感じとることができた。欲望を退けたことで、この男がますます自分を尊敬していると知り、彼女はぞくぞくするほどうれしく、照れくさくも誇らしい気持ちだった。彼女はそのまま通りすぎたが、すっかりご満悦で虚栄心をくすぐられてもいた、しかし、持ち前のユーモアの精神が前面に出てきて、自分の心情を分析すると、次のように忠告したのだった。これはおまえの手柄なんかじゃない。やむを得ずとった行動にすぎない。ランドルフ・ペティジョンのプロポーズを断ったのも誘惑を退けたわけじゃない。実際にはその逆だ。

内省の結果、クレイグの店に入ったとき、メアリーはさっきよりも謙虚な気分だった、知り合いに一人二人会釈してから、空いているテーブル席に腰をおろした。父親と一緒に食事をとることになっていたが、彼女は待たないことにした。父親は待ち合わせの時間を守れない人だった。実際、彼には時間の感覚がまったくなかったが、しばしば笑いながら自己弁護して言うには、遅刻は同胞の典型的な特性なので、遅れることを神聖な義務とみなしているということだった。

メアリーがスープをスプーンで口に運ぼうとすると、背後で会話する声が聞こえた。

シルヴィアが彼女に口出しする筋合いはないわ。

シルヴィアは当然の報いを受けているだけよ。ラムゼイ・メドーズと浮気してるんだもの……セルジーア・ソーヤの声だとメアリーは気づいた。

彼女、感づくと思う？

ううん、もし気づいたとしてもラスカみたいな人生を送るだけよ。彼女、銃の扱いがとてもうまいの。ご存知だったかしら……

話し声が小さくなりそれ以上聞きとれなくなった、メアリーは思った、なぜいつもこの女性の名前が出てくるのだろう？　彼女はこのエキゾチックな人物にいくらか好奇心を抱きはじめた。どうして会ったことないのだろう？　出会ったら彼女のこと気に入るかしら？

メアリーはスープを飲み終わっていた。彼女は持ってきた本を開いて読みはじめた。今度はウェイトレスが卵料理を運んできた。……父親が到着したのは、昼食をほとんど食べ終えた頃だった。

先に食べちゃったわ、彼女は謝った。図書館に戻らないといけないの。

大丈夫だよ、彼は言った。こんな時間だなんて気づかなかったんだ。いつも時間に遅れるよ。

時計を持っているのにね。

彼はにっこりした。ところが全然みないんだよ。時計というより宝石みたいなものだと思っている、大きなダイヤモンドみたいなもんさ。

まったくパパったら。彼女は彼の手を軽くたたいた。じゃあ、午後はなにをするつもりなの？

学校を一、二箇所訪ねたい、ハワード大学のディーキンス教授に会うことになっているんだ。今日は彼、ニューヨークに来ているらしい。

ハワード大が大変なことになっているというときに！　メアリーはため息をついた。

まさにそのことについて彼と議論したいんだよ。この騒動[48]についての彼の考えを知りたいんだ。仲間内ですら円満な関係を築くのは大変なのに、我々の問題に白人たちまで絡んでくるとなると、ほとんど不可能だ。メアリー、ますます輝いてみえるね。昨夜はすこし疲れているようだと思ったが。

そう思う？　今日はわたしとってもいい気分なの。古い歌だけど知っているかしら、

　世界は水差しのなかに、
その栓はわたしの手のなかにある。

まさにそんな気分！

おまえがそんなふうに言うなんてうれしいよ。

昨日の夜はちょっと心配事があったの、彼女は認めた。

なにが原因だったんだい？

わからない。なんとなく、ってだけ。もう大丈夫。

心配するな、メアリー。心配したってどうにもならない。ギアの壊れた機械をつくることにしかならんよ。

それはわかってるけど、憂鬱でつらいときもあるのよ。彼女は腕時計をちらりとみた。……もうすぐ二時だわ。戻らなきゃ。……上着をはおりながら、彼女は父親にキスした。……オセロー、今夜はわたしと一緒にニューアークに行くってこと忘れないで！

その一時間後、Ａ・Ｓ・Ｍ・ハッチンスンやゼイン・グレイ[49]についての問い合わせに、彼女の我慢はそろそろ限界に達していた。図書館の若い利用者たちの読書の質向上に努めていることを彼女は誇りに思っていたが、この日はあらゆる努力が徒労に終わっていた。シャーウッド・アンダーソン[50]やノーマン・ダグラス[51]の本を何度も薦めてみたが、あからさまな敵意ではないにしろ、無関心な反応を引き起こしただけだった。この一時間で十回目だったが、彼女は辛抱づよくジーン・トゥーマーの『さとうきび』[52]を若者に薦めた、その若者は相槌をうっていたが、話の結論を待たずして言った、『鉄扉のある鉱坑』[53]を借りたいんだけど。

貸出中です、そう告げることができて彼女はうれしかった。

じゃあ、それを書いた人のでなにかほかにある？

それはあった。少年のカードにスタンプを押しながら、彼女はくたびれた表紙の本を手わたした。少年が立ち去ると、その後ろに別の人物が並んでいた、視線は上げなかったが、彼女にはそれがわかった。

こんにちは！　遠慮がちだが優しい口調で、迷惑ではないか図りかねているという感じだった。

あら、あなたでしたの！　彼女は叫んだ。お会いできてとてもうれしいわ。くだらない作品ばかり貸出すのにうんざりしていて、恐ろしく不機嫌なんですの。元気づけが必要だわ。

どんな作品を読んでもらいたいのです？　バイロンはたずねた。

そうね、ジーン・トゥーマーの『さとうきび』を今日貸出すことができていれば、いくらかましな気分だったでしょうね。

僕が借りますよ、バイロンが言った。まえから読みたいと思っていた本です。

カードをお持ちではないでしょう、メアリーが言った。わたしの本ではないのよ。個人的にお貸しすることはできませんわ。

では、カードをつくりますよ。どれくらいの頻度で借りかえることができます？

お望みなら毎日でも。

そいつはいい！　あなたに毎日会えるってことになりますね。

メアリーは笑った。わたしに会うのに、ここに来る必要はありませんわ。それに、いつも貸出カウンターに坐っているわけではありませんの。どうして自宅に来てくださらないの？

誰も誘ってくれないからですよ、彼が言った。招待してもらえるのを心待ちにしていたんです。

何事も待つというタイプにはみえませんけどね、メアリーは言った。

誤解しないでください、彼は力説した。僕、本当はとても内気なんです、田舎からこの大都会ハーレムに出てきたただの子どもです。

ここは逃れの街《シティ・オブ・レフュッジ》。

彼はにやりとした。新しいニグロのメッカ！　ほらね、合言葉は全部知っているんです。僕って新しいニグロだと思います？

わたしの知っているなかでは最新ね。

だといいな。でも、うぶだと思われたくないんです。

ちょっと脇に寄ってくださいな、その女の子にゼイン・グレイの本をわたさなくては。

僕もカードをつくってきます、彼は言った。

しばらくして彼がもどってきた。大家の名前を言わされましたよ、彼は言った。僕の人柄と支払い能力を確認するみたいでした。

ブラッドストリートの信用格付であなたの評価は？　彼女はたずねた。

最低です。

動物は可愛がるほうですか？

お知りになりたければ、おたくのペットに会ってみればわかりますよ。

うちにはいないわ。

まぁ、僕の暮らしている家は南部出身の気のいいおばあさんが切り盛りしていて、子どもが二人います。彼女はかれらを移動性運動失調症と早発性認知症って呼んでいます。かれらは僕を気に入っていますよ。すでにバイロンおじさんと呼ばれています。

あなたのせいで仕事にならないわ。なんてことかしら、メアリーは心のなかで思った、わたしったら真面目ぶってる！

あなたの仕事をもっと邪魔したいです。メアリー、ミス・ラヴって呼んでもよろしいですか？

そうしてちょうだい、バイロン、彼女は笑いながら言った。

いつ会いにいけばいいですか？

返事をするまえに彼女は考えた。父親は翌日までいる予定だった。

明日の夜、都合がよろしかったら。

彼は首を激しく横にふった。今晩行って待ちます。

彼女は意見を変えなかった。明日の夜に。

何時？

そうね、九時頃かしら。

六時半に行きます。

その午後ずっとメアリーはいつになく上機嫌だった。利用者の読書の質向上のための提案もせず、彼女は機械的に本を手わたした。四時半頃、ギャレス・ジョンズがキャンパスプ・ロリラードと一緒にやってきた、鑑賞眼のある人たちのためにアフリカの木製彫刻のコレクションを展示することは、彼女に特別な満足感を与えた。帰りがけに、ミセス・ロリラードはイーディス・デールをつれて、もう一度来ると約束した。

翌日の夕方、メアリーが興奮を抑えきれない状態であると気づき、オリーヴは話しかけた。

メアリー、いったい全体どうしたっていうの？　友人はたずねた。今晩やってくる新しい男《シーク》のせいで情緒不安定なんじゃないでしょうね。

メアリーは否定したが、あとでハワードもいる夕食の席で、オリーヴはふたたび攻撃をしかけた。

メアリーがついに恋に落ちたわ、彼女は告げた。彼女の男《シーク》が今晩くるの。わたしたち外出した方がいいわ、彼女は意味ありげにつけ加えた。

誰なんだい、メアリー？　ハワードがたずねた。

オリーの言うのはナンセンスだわ、メアリーは反論した。昔からの知り合いよ。バイロン・カッスンっていう名前、彼女はぎこちなく説明した。

聞いたことない名前だな、ハワードが言った。どこの出身なんだい？

おとといの夜、サムナー家で彼に会ったのよ、オリーヴが説明した。たしかに昔からよね！

ちょっとオリー、ちがうってば。去年の夏、アドーラのところで会ったのよ。

本当に恐ろしいこと！　真剣な交際にちがいないわ。……オリーヴは驚いて友人をみつめた。……彼のこと、わたしになにも話さなかったなんて変ね。

そのときは、彼のことそんなによく知らなかったのよ。深み[54]にはまりつつあると気づき、メアリーは話題を変えることで難を逃れようとした。マミー・スミスをみたことある？　彼女は質問した。

彼女、今週リンカーンにくるのよ。

ひゃー！　ハワードは天を仰いで大笑いした。こりゃ、いやでも察しがつくな。メアリーは今晩、僕たちにリンカーンに行ってもらいたいそうだ。

そんなつもりで言ったんじゃないわ、わかっているくせに、メアリーは異議を唱えた。

納得いかないわ、オリーヴはもの思いにふけった、メアリーが男に首ったけだなんて！　まぁ、そいつを一目みてやるまでは、わたしたちを家から追い出そうとしても無駄よ。

外出なんかしてくれなくていいわ。

どうするかはあとで決めましょう、オリーヴは険しい表情で言った。ハワード、皿の片づけを手伝ってちょうだい。メアリーは身支度を整えなきゃいけないから。

もう支度は全部できているの、メアリーは反論した。エプロンして手伝うわ。

あら、だめよ。オリーヴはこの申し出をきっぱりと断った。あんたは部屋にもどって、髪によく櫛をいれなさい。今晩すでに四回も髪を結いなおしたのよ、彼女はハワードに説明した、でもまだ納得がいかないんだと思うわ。

オリーヴとハワードは台所に引っ込んだ。ドアは閉まっていたが、ふたりが話したり笑ったりするのがメアリーには聞こえた。自分について、自分の恋について、ふたりが話し合っていると知っていたので、彼女はそれが腹立たしくもあり、うれしくもあった、ふたりが自分をからかっているのは腹立たしかったが、そのからかいに幾らかの根拠があると思うとうれしかった。髪をもう一度だけ結いなおしてみれば、ちょうどいい感じになるかもしれないと思った。

一時間後、彼女は時計をみた。九時半だった。ほとんど間をおかずしてベルが鳴った、オリーヴが台所のドアを開け、部屋を通り抜けて玄関にいく音がした。待ち人の声が聞こえるか、メアリーは耳をすました。彼女はがっかりした。ディック・スィルだった。ハワードとオリーヴと一緒に、彼も台所に引っ込んだ。自分の部屋にいても、かれらが笑っているのが聞こえた。今度はディックに話しているのだった。彼女は本を読もうとしたがうまくいかなかった。ブラインドを上げて、窓の外をのぞいた。通りには誰もいなかった。彼女はもう一度髪型を整えた。それから、ふと思いついてオリーヴの部屋にいき、ナルシス・ノワールの香水を数滴もらってハンカチと両耳の後ろにつけた。

次にベルが鳴ったのは十時半だった。メアリーは玄関に走ったが、ドアを開けたのはオリーヴの方が先だった。

じゃあ、あんたが新しい男《シーク》なのね、オリーヴは彼を出迎えた。

そうみえます？　彼は笑ってから大きな声で言った、こんにちは、メアリー。

調子はいかが？　メアリーが声をかけた。コートと帽子を置いて、ミスター・アリスンとミスター・スィルに挨拶してちょうだい。

ふたりの若者は台所のドアのところでにやにやしながら立っていた。

おふたりにお会いできてうれしいです。

ロバート・カッスンとはご関係がおありで？　ディックがたずねた。

僕の父親です。

彼のことは聞いたことがあります。以前はフィラデルフィアにしょっちゅう出かけたものですから。

バイロン、どうぞお掛けになって、メアリーが言った。

そうよ、お願いだから、皆さん坐ってくださいな、オリーヴも言った。

ハワード大学に行ったんですか？　ディックが質問した。

いいえ。ペンシルベニア大学です。白人の大学に行ってみたかったんです。白人の世界でやっていかなければなりませんから、彼はさらに言った、その役に立つかもしれないと思ったんです。

役に立ちました？

それはわかりません。

バイロンは作家志望なのよ、メアリーが言った。

作品を書きたいんですが、修行中は生活費を稼がなくてはなりませんからね。

あてでもあるんですか？　ハワードがたずねた。

いいえ、とくには。文筆業が安定するまで生活費を稼ぎたいというだけです。

白人《オフェイ》たちのなかで暮らすのはさぞかし愉快でしょうなぁ、ディックが苦々しく言った。

どういう意味です？　バイロンがたずねた。

あいつら、大学では身の丈以上のふるまいをさせないようにしませんでした？

バイロンは黙っていた。

あいつらはあなたをパーティに招待しましたか？

いいえ、バイロンは答えた、そんなに悪くはなかったですよ。

まぁ、ここだってそんなに悪くはないですけどね、月並みなニガーに徹し、自分の立場をわきまえるかぎり、スィルは言った。あいつらは選択肢だって与えてくれますし。エレベーターを動かしたり、ピアノを運んだりすることだってできる。

ディック！　メアリーは必死で懇願した。

本当のことよ、オリーヴが叫んだ。話をつづけさせて。

僕なら構いませんよ。前にも随分聞いたことがある話です、バイロンは言った。それよりはましな仕事がみつかるでしょう。もしだめなら、ハーレムを試してみますよ。ダウンタウンの方がいい金になると思っただけです。

ハーレムを試す、そうですか？　ディックは皮肉っぽく唇をとがらせた。それだってそんなに簡単にはいかないと思いますよ。ここにいるハワードは弁護士だけど、同胞は黒人弁護士には用がない。問題が起きれば、かれらは白人弁護士のところにいく、かれらは白人の銀行にいき、白人の保険会社にいく。かれらは125丁目の白人の店で買い物をする。かれらの多くは白人の神に祈るんだ、彼は激しい口調で言った。同胞の助けを得ることはまずないと思います。

バイロン、彼の言うことを信じちゃだめよ、メアリーは叫んだ。うまくやっていけるわ。あなたならきっと……ためらいから彼女の声は震えた。

オリーヴが眼をぎらつかせた。ちょっとメアリー、彼女は反論した。あんたはうまくやっているんだっけ？　白人の女の子たちより給料が安いうえに、あんたの半分も経験や能力のない白人の女の子たちが先に昇進していくんじゃなかった？

それは本当よ、メアリーは低い声で言った、でもお願いだから、彼のやる気を失わせるようなことは言わないでちょうだい。

大丈夫です、バイロンは答えた。僕はやる気まんまんですし、なにかしら仕事はみつかるでしょう。まぁみていてください。なんだって別にいいんです。プライドは高くありませんから。

まぁきみ、ハワードが言った、健闘を祈るよ。僕たちはできることは何でもする、誰だってそうさ、でも、ほかのやつらときたら……

かれらは同胞に頑張ってほしいとは思わないんでしょうか？

ねぇ、きみ、いままでどこで暮らしてきたんだい？　ディックはたずねた。思うわけないよ。同胞との闘いはより熾烈なんだ……あらゆる面でね。あいつらは成功をおさめるニグロに嫉妬の炎を燃やしている。勝ち組のニグロが大嫌いなんだ。まったく手におえなくなる。黒人《シャイン》ではなく、白人《オフェイ》のなかでうまくやっていこうとする人が多いのはそのせいさ。

ディック、それはちょっと大げさに言いすぎだ、ハワードが言った。

そんなことない。もっと言わせてくれ。ローランド・ヘイズ[55]を支持しているのは誰か？　フロレンス・ミルズ[56]を支持しているのは誰か？　白人の聴衆、それとも黒人の聴衆？

とにかくディック、フェアに頼むわ、オリーヴが言った。金がふんだんにあるのよ、あいつらには。

そのとおり、ハワードが叫んだ、あいつらには金がふんだんにある。僕がつねづね言ってきたことさ、体制に挑み、世の中の尊敬をあつめるには金が必要だってね。

どこで調達するっていうんだい？　ディックは激しい口調でたずねた。

おだまり《ボトリット》、オリーヴが言った。マーカス・ガーヴェイの集会と勘違いしているようね。バイロンとメアリーのための夜がだいなしだわ。ディック、ハワードとあたしと一緒にいらっしゃい。リンカーンでマミー・スミスをみるわ。

ショーはもう終わってるわよ、メアリーが言った。

まぁ、どっちみち散歩したいし、オリーヴは言った。

キャバレーはどう？　ハワードが提案した。

最高！　ディックが叫んだ。きみたちは話でもしていて。僕はオリーとブラック・ボトムを踊りたくてうずうずしてる！　彼女はハーレムで一番のダンサーさ。

おだまり《ボトリット》、オリーヴが笑いながらおなじフレーズをくり返した。

三人がでていきドアがばたんと閉まると、メアリーはため息をついて、ソファーに深々と身をしずめた。

あなたにはつらかったわね、彼女が言った。ごめんなさい。講演を聞くためにここに来たんじゃないのにね。

いいえ、大丈夫ですよ、バイロンは彼女を安心させようとした。こういう話には慣れっこです、最近あまり耳にしていなかっただけで。大学に通いはじめてからすこし疎遠になっていますが、それだけのことです。故郷の知り合いとはたいがいうまくやっていました、険しい表情でつけ加えた。べらべら話していたのは誰です？

ディック・スィルのこと？

そうです。不満が溜まっていますね？　なにをしている人です？

ダウンタウンで誰かの秘書をしているの。不満が溜まっているのはたしかだわ。彼、白人になると言っているの。

バイロンは視線を逸らした。僕にはそれはできなかった。あなたはどうです？

ええ、わたしも無理だったわ。

かれらはどうして僕たちをキャバレーに誘ってくれなかったんでしょう？

あのふたりは婚約中なのよ、メアリーはよそよそしく答えた。ふたりきりになりたいんだと思うわ。

婚約中か！　なるほど。納得がいきます。……でも、もう一人は一緒に行ったけど。

コーヒーを召し上がらない？　メアリーがたずねた。

いいですね、僕、淹れるの手伝いますよ。

タバコの吸い殻を灰皿に押しつけると、彼女のあとについて彼も台所にむかった。

快適な空間ですね。

メアリーはコーヒーを計っていた。そう、すてきでしょう？

すばらしい！　僕には贅沢すぎます。うちはもっと汚いです。

メアリーはポットいっぱいに水をそそいだ。どんなことについて書きたいんですの？　彼女は質問した。

さぁ、わかりません。あなたの腕はとてもきれいですね。

そうかしら？　心に決めているテーマはないんですの？

誰もが書くようなことです。愛とか、そんなところです。黒人の女の子が白人の男の子に恋して捨てられる物語を書こうとしたことがあります。

マダム・バタフライ、メアリーはつぶやいた。彼女はコーヒーポットに点火すると、彼をまじまじとみつめた。わたしたちのことを書けばいいのに？　彼女は言った。

わたしたち?

そうよ、ニグロのこと。

でも、僕たちは肌の色が違うだけ。ほかの人たちと違いないように思うけど。

違いはないと思うわ、メアリーは注意深く話した。それでも、突出した人物はいるわ。

人物ですか?

クリストフについてご存知ない? クリストフの物語は小説のテーマにぴったりだと思うわ。

クリストフって誰です?

ふたりは台所の椅子に腰かけて、コーヒーが沸くのを待っていた。

セントクリストファー島出身で、奴隷制の時代に生まれ育ち、のちにハイチのフランス軍元帥となった人、一八一一年三月にクリストフは皇帝として即位したわ。彼はアンリ一世となって、黒人のナポレオンと呼ばれた。狭い渓谷の頂上にある上り坂に宮殿――ルイ十四世のヴェルサイユ宮殿とよく似た――を建てて、サン=スーシ城と名づけたの。彼はほかにもクィーンズ・デライト、グローリー、キングズ・ビューティフル・ヴューなどの家や、田舎に広大な邸宅を建てた、でも傑作はラフェリエールね。

ラフェリエールは三十フィートもの厚みのある石材で建てられた要塞。三万人もの兵士を収容可能で、山の頂上にいかめしくそびえ立ち、眼下には二千フィートもの断崖絶壁が広がっている。いまのところ、この要塞に近づく方法は足場のわるい小道だけ。この城塞はフランスの侵攻に備えて建てられた。真鍮の大砲を装備していたわ。いまもおなじ大砲を装備している。ハイチ政府は多額の金を提供されて、その大砲を売却したいんだけど、それを山から下ろす方法がいまもみつからないの。

クリストフは原始的で単純な方法で、大砲を山に上げ、要塞を建設するための巨大な岩を運んだわ。崖の斜面と急な山道を人間の手で引っぱり上げたの。ある日、彼は百人の男たちが大砲を安置場まで引っぱろうとするのを眼にした。かれらはときどき立ち止まって休憩する。その中断が皇帝にはじれったかった。彼は使者を派遣し、その理由をたずねさせた。人夫たちは自分たちの力では大砲が重すぎると答えをよこし、あと百人ほど人を送ってもらえないかと頼んだ。

皇帝はかれらに命令して、御前に一列に並ばせたわ。それから、四人ごとに列を離れるように指示を与えた。その人たちは射殺された。彼は残りの七五人に対して、昼食後までに大砲を所定の位置に運んでおくように静かに伝えた。

作業はほとんど捗らなかった。二時間後、かれらは皇帝にこの任務は遂行不可能だと話した。

皇帝は笑った。整列しろ、彼は命令した。……三人ごとに列を離れろ。衛兵たち、撃て！
彼は萎縮している不運な者たちに告げた、次は二人ごとだからな。大砲が百人の人間に重すぎるのなら、五十人なら軽く感じるはずだ。

たしかにその通りだった。

別のときには、それまでお気に入りだった者に、急に冷たい態度をとるようになったの。その男と一緒に、断崖のところまでぶらぶら歩きながら、彼は優しく話しかけた。崖下を見下ろし、男に跳べと命令したわ。皇帝の眼には憐れみどころか、拒めば恐ろしいことになるという雰囲気があったので、彼はその言葉に従った。なにかの弾みで、二十フィートほど下にあった木の枝が落下を食い止めた。腕を骨折し、血まみれ傷だらけの顔で、男は君主のもとに這いもどった。

陛下、ご命令に従いました、彼は言ったわ。

クリストフは無口な男だった。跳べ、彼は命令したのよ。

身長は六フィート、純血のアフリカ人、石炭のようにまっ黒で、クリストフは乱暴で短気で自制することを知らない性格だったわ。豪奢と力を好み、王室と貴族階級をつくった。勇敢と謙虚は彼の属性ではなかった。非情な男。彼は十五年間支配したわ。その最後には革命が起きたけど、護衛たちが自分を見捨てると、彼は立ち上がって妻と家族に別れを告げ、自室にこもって頭を撃ち抜いたの。……コーヒーが沸いているわ。食器棚からカップを出してちょうだい。

メアリーはトレーを準備した、青いタイルのうえに、ぶくぶく煮えたぎったコーヒー沸かし器を置き、居間に入っていった、後ろからバイロンがついてきた。彼女は腰をおろすとコーヒーをそそいだ、彼は椅子に坐ってくつろぎ、タバコに火をつけた。

僕にはそういう話は書けません、バイロンは言った。

大学ではどんなことを書いたんですの？

さあ、誰もが書くような内容ですよ。

大学の先生たちはあなたの作品を気に入ってくれた？

まぁ、励ましてはくれましたよ。黒人の作品にしてはなかなかうまく書けていると言いました。前にもそう話してくださったわね。それでは不十分だって。

もちろんです、もっと上を目指したい！　ほかの人に負けないくらいうまく書きたいんです。

もちろんできるわ。どうして自分のよく知っているテーマを選ばないのかしら？　人種についてとか？　彼女はまたおなじ質問をした。

黒人の特異な点というのが僕にはよくわかりません。そのことはさっきお話ししましたね。僕たちは生まれ、食べ、愛し合い、死ぬ。ほかの人と変わりないと思いますがね。

その通りだと思いますわ、メアリーは答えた、ただ、わたしたちは自分が望む場所で食べたり、死んだりしないというだけで。

でも、僕たちは自分が望む場所で愛し合いますよ。……バイロンはソファーに移動し、彼女の手をとった。

メアリーは奇妙なうずきを感じた。つかまれた手から肩のほうへ、ネズミが腕をのぼっていき、背骨をつたって下りてくるような感覚だった。

そんなことしちゃだめよ、彼女は消え入りそうな声で懇願した。

どうして？　彼は彼女の手を唇でそっと愛撫した、彼女がそれ以上逆らわなかったので――抵抗する力は完全に消え失せてしまったようだった――彼は彼女をしっかりと抱きしめた。メアリーは自分を抑えられなかった。甘美だった、ゆらゆら漂うような感覚が彼女をおそった。彼の肩に頭をあずけると、彼の濡れた唇が彼女の口に触れた。

愛してる、彼はささやいた、琥珀色の肌の美しいメアリー！

愛してるのね？　わたしのこと愛してるのね？　彼がそう言うのを何度でも聞きたかった。

彼女の言葉をふさぐように彼は何度もキスした、そのことからも彼の気持ちはあきらかだった。

7

オリーヴが帰宅したとき、窓の外では、ほの暗い夜明けが淡い気まぐれな光を投げかけていた、メアリーはまだ起きていたが声をかけなかった。オリーヴが忍び足で寝室に向かい、ドアをそっと閉めるのが聞こえた。そのあと、彼女はすこしうとうとした。ベッドに入る前、目覚まし時計をかけておいたほうがいいと思った、八時十五分に彼女は寝ぼけ眼で時計のベルを止めた。それから、ベッドから転がり出るとバスタブの栓をひねった。オリーヴはすでに出かけたあとだった。

メアリーが家を出る頃には太陽がまぶしく輝いていた、エッジコーム街を早足で歩きながら、誰もが幸せそうな顔をしているように感じた。眠れぬ夜を過ごしたので疲れてはいたが、彼女の血はゾクゾクうずき、よろこびに火照っていた。気分は高揚し、意気揚々として興奮状態だった。それなのに、オリーはわたしが冷たいと言ったのだ！　時間はかかったが、彼女はいきいきと目覚めたのだ。彼女はメトロポリタン・オペラハウスの桟敷席で『ジークフリート』[57]を観たことがあったが、最終幕のブリュンヒルデが目覚める場面で流れる壮麗な音楽を思いだした。ブリュンヒルデのように、メアリーもキスによって目覚めたのだった。

ほかのことはもうどうでもよかった。ほかのことは重要ではなかった。彼女にはそれがわかっていた。彼のためなら盗みだってするわ。彼のためなら人殺しだってするわ！　彼女は思った。彼のためなら、家族も友だちも地位もなにもかもあきらめるわ！

図書館で、彼女はみんなにじろじろみられていると感じた。

ちょっとメアリー、なにかあったの？　白人の助手のミス・ラングリーがたずねた。

この質問の意味を察し、メアリーはゆっくり返事をした。人が恋をしていると世間は気づくらしかった。

どういうこと？　彼女ははぐらかした。

新しい花をみつけたハチドリみたいに幸せそうにみえるわ、アリスが説明した。

主よ、なんたる朝だろう！[58]　というリフレインが新たな意味をおびて、メアリーの頭のなかで鳴り響いた。本当に、天から星が降りそそいでいるわ！

アリス、わたし幸せなの！　彼女は白状した。わたし幸せなの。どうしてかわからないけど。ただもう幸せなのよ。

アリスが不思議そうな表情を浮かべていることにメアリーは気づいた。でも、彼女はカウンターの後ろの席にもどり、それ以上なにも言わなかった。

メアリーも午前中の仕事にとりかかった。『大きくなる人生の目的』[59]について質問した若い女の子には、異論をさしはさむことなく、機械的な手つきでカウンターごしに本をわたした。いまのメアリーの気分からすれば、『インドへの道』[60]でも『不毛の葉』[61]でもおなじだったろう。別のときであれば、すこしは敬意を払ったかもしれない本についても、同様に、心ここにあらずの態度で対応した。じつのところ、メアリーは潜在意識下で、幻滅文学の信憑性にすこしばかり疑念を抱きはじめていた。

バイロンの名が何度もくり返し聞こえ、彼女の心の痛みに対位法的な展開を与えはじめてもいた。彼、電話をかけるって約束したのに。どうして約束を守らなかったんだろう？　自分はここにいるのに彼がどこか別の場所にいるなんて耐えられない、そのことに彼女は気づきはじめていた。彼にいつもそばにいてほしかった。愛とはかくなるものであったのか？　それを経験した瞬間、苦悩がはじまる。どうして電話をくれなかったんだろう？　彼ったら、まったく平然と眠りにつくことができたのかしら？　隣の部屋で何度か電話の音がするのが聞こえた。主席司書の机から数歩のところの壁に電話はあったが、彼女はいそいで部屋を横切って、二度も受話器をとった。

メアリー、電話がかかってくるのを待っているのね？　アリス・ラングレーが言った。

この発言のあとは、苦しくてじれったかったが、奥の部屋の誰かが受話器をとるまで電話が鳴るのを放っておいた。電話は頻繁にかかってきたので、バイロンからの連絡がないとは信じがたかった。今度は新たな心配事が彼女の頭を悩ませていた。電話のある場所は個室ではないので、自由に話したり、言いたいことが言えないかもしれない。彼女はすでに気づいていたが、言いたいこととは基本的に苦情の質をおびていた。どうしてもっと早くに電話をくれなかったのか詰問したかった。つづいて、内なる声が絶望したようにたずねた、彼、そもそも電話するつもりなのかしら？

正午、ある若者がうんざりするほど細かく厄介な要求をしたので、彼女はその対応にかかりきりだった——その若者は部族呪術をあつかったためずらしい叢書の題名をタイプライターで打った長いリストを持参していて、メアリーはかなりの時間をかけてカード目録を探したあとで、まったく恥ずかしいことに、図書館には一冊も用意がないことを伝えなければならなかった——そのため、電話がふたたび鳴ったとき、彼女の耳には届かなかった。

アリス・ラングレーが彼女に合図した、ミス・シルバートがさっきから呼んでいるわよ。電話ですって。

メアリーはいそいで本のリストをその若者に返した、机の前にいる女の子のカードにすごい勢いでスタンプを押すと、席を離れた。アリスの詮索好きな眼ざしが追いかけてくるのを意識しながら、彼女は部屋の反対側まで歩いた。額は溶岩のように火照り、両手は氷のようだった。ミス・シルバートの部屋で、彼女は受話器を耳に押しあてた。

もしもし！

メアリー、きみかい？

ええ。

愛しいきみ、もっとなにか言ってくれないの？

うん、あとでね。

どうしたんだい？　声がさっきより強情になった、すこし拗ねたようでさえあった。昨日の夜から心変わりしたんじゃないよね？

ちがうわ。

じゃあ、どうしたんだい？　僕を愛してないの？

そうじゃないわ。

じゃあ、どうしてなにも言ってくれないんだい？

それができないのよ。

彼はようやく理解したようだった。ひとりじゃないの？

そうなの。どんなに嫌だったことか！　図書館には二度と電話をかけてこないように言わなくては。ミス・シルバートの視線が非難するように背中にからみつくのを感じた。ミス・シルバートがなにを考えているかはわかっていた。このような場面で白人がニグロについてなにを考えるか、彼女は知っていた。一時になったらクレイグの店で昼食をとるわ、彼女は言った。

僕も合流するよ、彼は約束した。さよなら。

さよ――ちょっと待って！……でも、彼はすでに電話を切ったあとだった。

彼女はカウンターの後ろにもどった。アリスはまったく遠慮なしに、彼女をじろじろみつめた。しばらくして、ほかの女の子たちの一人にアリスがささやくのがみえた。その女の子はくすくす笑いながら聞いていた。気を失いそうだとメアリーは思った。彼女はバイロンを憎んだ。もう二度と彼に会いたくないという気分だった。

ミス・シルバートが彼女の席を通りがかった。メアリー、あなた具合が悪そうよ、図書館員は同情するように言った。

頭痛がするんです。

それを聞きつけるとアリスはにやりとした。

館内の空気のせいだと思います、メアリーはいそいで言った。閉め切っているので。来たときは大丈夫だったんですが。

ミス・シルバートは秘密を探るようにメアリーの眼をみつめた、たましいの奥を探られたようにメアリーは感じたが、図書館員はそれ以上なにも言わなかった。

やっと一時。クレイグの店。いつもの連中。いつもとおなじゴシップ、でも今日はいつになく不愉快な意味が隠れているように思えた。人びとが自分のことを話しているような気がした。名前は聞き逃したが、こんな会話が聞こえてきた。

彼、昨日の夜、彼女に会いにいったんですって。……

……人妻キラー《クリーパー》……

たいした色男《シーク》だこと！　あはは！

一時十五分。メアリーはまだ待っていた。バイロンが一時半になっても到着しないので、彼女は昼食を注文したが、料理が出てきても食欲はなかった。食べ物は吐き気をもよおし、喉をとおらなかった。人びとの話し声はざわざわと周囲でまだ続いていた。笑い声が沸きおこった。

二時十五分、彼女が席から立ち上がり、外套を着ようとしているところに、彼が入ってきた。彼女は責めるような表情を浮かべた。

こんにちは、彼はあいさつした。

一緒に昼食をとるんだと思ったわ。

彼は驚いたようだった。

そういうつもりだったのか。ごめん。待った？　ここに立ち寄ってほしいという意味だと思ったんだ。

合流するって言ったじゃない。

なにも食べられなかったんだ。一時間ほど前にコーヒーを一杯飲んだだけで。

彼女は涙があふれでて、喉の奥が締めつけられるのを感じた。こうして眼の前に彼が立っている、それなのに幸せではなかった。彼女は求めていた。……彼女はなにを求めていたのだろう？

図書館員の部屋から電話してたの、彼女は説明した。あんまり話せなかったのはそのせいよ。

すこし経ってから気づいたよ、彼は言った。最初はどうしてそんなに冷たい態度なのかわからなかった。

そんなふうに聞こえたでしょうね。あのね、彼女は話をつづけた、これからは図書館に電話しないでくれるとうれしいわ。

わかったよ、彼は答えた。そうするように言ったのはきみじゃないか。

どうしてもっと早くに電話してくれなかったの？　彼女はいくらか強い口調でたずねた。

だって、早い時間だときみはいないだろうと思ったんだ。昨日の夜、僕が帰ったのはずいぶん遅い時間だったから。

九時には図書館に来ていたわ。いつも九時に出勤なの。

九時なら僕はまだ寝てたよ。ちょっと、もう喧嘩かい？

ごめんなさい、愛しいバイロン。疲れているせいだと思う。今朝はすごく気が立っているの。

かわいそうに、ダーリン！　彼女の腕を愛おしそうにぎゅっとつかんだ。

バイロン、ここではやめてちょうだい、彼女は懇願した。

じゃあ、どうしたらいい？　いつどこできみに逢える？

メアリーはかすかに微笑んだ。わたし、ばかみたいよね。

今晩、家に行ってもいい？

あら、オリーがなんて思うかしら？

オリーがどう思うか気になるの？

ならないわ。そうね、今晩いらしてちょうだい。

何時？

じゃあ、八時半くらいに。

待っててね。

メアリーはふたたび幸せで温かい気持ちだった、
バイロン、まだ職探ししているの？　彼女は質問した。

彼は神経質に笑った。だって、さっき起きたところだもの。今日の朝はなにもできなかった。それに、ちょっと時間をかけて見てまわりたいんだ。最初にもらえる仕事にすぐに飛びつくのは嫌だからね。

しばらくして、図書館のドアのところで彼と別れたあとで、彼女は怖くなった。恋愛経験の乏しさ、それを経験したいという願望がこれまでなかったために、彼女は罠に落ちていた。ストレートにふるまいすぎたと彼女は思った。彼を愛していることを知らせるのが早すぎた。この点にかんして、彼女もやはり同胞の娘だったのかもしれないが、漠然とした疑いのせいで心が晴れず、この温かい情動にこんなにたやすく屈したのは果たして賢明だったのか確信がもてなかった。もっと単純になれないのだろうか？　そうはなれないようだった。厄介なことに、彼女の頭脳はすこし離れたところから、彼女の為すことすべてに対して、冷静で公平な論理で判断を下していたが、それによると、いまの段階ではまだ彼を愛していることを悟られるべきではなかった。嫉妬心をみせるには早すぎた、彼が不在のとき、どれほど彼を恋しく思っているかを感づかれるには早すぎた。彼女は考え込んだ、簡単に自分の思いどおりになる女だって、今頃彼は思っているにちがいない。それでも、この先、自分の気持ちをこれ以上抑えられないことはわかっていた。初めての情熱に屈し、彼女はあきらかに精神の安定を失っていた。二十四時間前には、自分が恋をしているとは意識していなかった――アドーラの家でバイロンに会った日、なにか決定的なことが自分の身に起こったと思ったが、それはいま経験していることとはまるで違っていた――それなのに、すでに恋愛の辛さと苦悩を味わっていた。彼女はもはや自分の感情の支配者ではなかった。どうみても恋の奴隷だった。

その日の夕方、メアリーがマンションに帰ったとき、オリーヴはまだ帰宅していなかった。彼女は台所にいき、保存容器の蓋をいくつかもちあげてみた――小麦粉、砂糖、スパイス類、乾燥マッシュルーム、インゲン豆。いずれも謎めいた材料だった。これをどうやって使うのだろう？　冷蔵庫のなかに、大皿に載った冷たい羊肉《ラム》ローストが半分、ボールのなかの鼻につんとくる香りの不思議な混合物、耐熱ガラスの皿に三分の二ほど残っている冷たいポテトのオーブン焼きをみつけた。オリーヴならこれらの材料をおいしそうな料理に変えることができるのに、メアリーときたら料理がまったくできなかった。椅子にどさっと腰をおろすと、彼女はため息をついた。

玄関のドアが開閉し、オリーヴが入ってきた。

メアリー！　彼女は呼んだ。ちょっと、あんたが台所にいるなんて、いったいどういう風の吹きまわしなの？

夕飯の支度をしてみようと思ったんだけど、どうすればいいのかよく分からなかったわ。

オリーヴはなにも言わずに、少しのあいだ彼女を凝視した。驚いたように眼がきらりと光った。あきらかに面白がっているようだった。

あんたは食器を並べてちょうだい、彼女は半分おどけて命令した、いつも通り、食事の支度はわたしがやるわ。

でもわたし、本当に料理を覚えたいのよ。手伝わせてちょうだい。

エプロンをかけて紐を結びながらオリーヴは言った、そうね、あの子《シーク》、なかなかいいと思うわ。さっそく家事のお勉強ってわけ？

メアリーはほほ笑みを抑えられなかった。あの子《シーク》はなかなかいいでしょう、アクセントの位置をずらして、彼女はオリーヴの言葉をくり返した。彼がいつかここに夕飯にくるときに料理できたらなぁと思ったの。

あんたがそう思った……！　ねぇメアリー、そんなことしたら男が怖がって逃げてしまうわ。あんたは結婚してから初めて料理をつくるの。そのときには別れようとしても手遅れだからね。

オリー、わたしってそんなに料理が下手だと思う？

かなりひどいと思うわ。……その表情からして、オリーヴがますます驚いているのはあきらかだった。……最初の一歩を踏みだしさえすれば、あんたはまったく手が早いのね、そうでなければ、あの子《シーク》の存在を秘密にしていたとしか思えないわ。

あんたまさか、この数ヶ月、セントラル・パークで彼に会ってたんじゃないわよね？

オリー！　そんなわけないでしょう。

彼、昨日は何時くらいまでいたの？

いや、あなたたちが出かけてからすぐ帰ったと思うけど。

ふぅん、だとしたら彼のほうも手が早いのねぇ！　彼、今夜は何時にくるの？

えっ、なんで……？　八時半よ。

じゃあ、あっちで支度していらっしゃい。たっぷり二時間はかかるでしょうから。

食事のとき、ハワードがまたきていた。彼とオリーヴは劇場に行く予定だった。ふたりは理解ある態度をしめし、彼女が気にしている話題について、それ以上なにも言わなかった。

昨日、きみたちも一緒にくればよかったのに、ハワードが言った。

どこに行ったの？

アトランティック・シティ・ジョーズ。まったくすごかったよ。

聞いたことがない場所だわ。あなたも知ってると思うけど、キャバレーはあまり好きじゃないの。

あたしも初めての店だったわ、オリーヴが言った。ディックのお気に入りのバーみたい。ゼブラっていう淫靡なダンサーがいるの。

なんて卑猥な身のこなし！　ハワードが熱狂的に叫んだ。彼女はこんなふうに歌ったんだ。

　あんたよりましな男をえらぶわ
　情婦《スイート・ママ》が歓喜の叫びをあげられるように[62]！

店全体はこの部屋くらいの大きさなんだけど、オリーヴが言った、ブラック・ヴィーナスよりもダンスフロアがうんと広いの、スペースをもっとゆったり確保してあったわ。ディックはブラック・ボトムにかんしてはたしかに積極的だわね。

しばらくして、かれらがテーブルを離れるとき、メアリーはオリーヴに頼んだ、コーヒーをポットに残しておいてちょうだい。飲みたいときに温めるから。

お客さんかい？　ハワードがもの問いたげにつぶやいた。

そうよ、オリーヴが答えた、それ以上の質問を禁じる口調だった。

ふたりが出かけたあと、メアリーは自分の部屋にもどって、青い絹のぴったりした袖なしのブラウスに、膝がやっと隠れる丈のスカートを身につけた。彼女はもう一度髪型を整えた。さらに念入りに顔と唇に化粧をほどこした。浴室の戸棚からしみ抜き剤の瓶を探しだし、サテン靴の片方についている小さな汚れをとった。それから時計をみた。あと十五分で九時だった。

メアリーは眠くなっていた。前の晩はほとんど休めなかった。彼女は台所にいき、コーヒー沸かし器に点火した。暑すぎると思い、台所の窓を開けた。それから、椅子にぐったりと腰をおろして、コーヒー沸かし器のガラスのドームのなかで茶色の泡が陽気に踊りだすのを待った、この刺激性の飲料を大きなカップにそそぐと、それをもって居間にもどった。

　彼女は熱い液体をスプーンですすった。それでも落ちつかず、タバコと本を探しに自分の部屋にもどった。テーブルに並べてあるたくさんの本の表紙をしらべて、そのなかからデイヴィッド・ガーネット『船乗りの帰還[63]』を選んだ。居間にもどると、ゆっくりコーヒーをすすり、タバコに火をつけてから本を開いた。「完全性は一貫性にやどる。まずひとりの女を好きになり、それから、その女のある部分が好きになる」と冒頭にあった。彼女は本を脇に置いた。結局のところ、彼女はあの男のなにを知っていただろう？　彼女は思った、バイロンはひとりの女性をまず好きになるのかしら？　わた《い、い、》しが初めてかしら？　ほかにも好きな人がいたのかしら？　いまもほかに好きな人がいるのかしら？　別の女性が好きだとしたら、それが自分にとってなにを意味するかを考えると、メアリーの心臓は猛烈に激しく鼓動した。彼を自分のものに、自分だけのものにしておきたかった。彼を所有したかった。

　あたしの男は誰にもわたさない
　あたしは骨の髄まで嫉妬ぶかくて悪い女だもの[64]……

彼女はいつのまにか半分朦朧としながら考えごとをしていた、彼との生活をうっとりと心に思い描いていた。突然、彼女ははっと我にかえった。時計を確認すると十一時十五分だった。部屋のなかを風が吹きぬけていた。開けっぱなしの窓のことを思いだして閉めた。それから、椅子にもどって本を読みはじめた。「一八五八年六月十日、デューク・オブ・ケント号はサウサンプトンの波止場に無事入港した。同号には、ウィリアム・ターゲットという水夫が乗船しており、乗客としてリスボンから祖国へ帰るところだった。彼は」……メアリーはベルの音に飛びあがった。それから、筋肉の痙攣がすこし落ちつくまでしばらく静かに坐っていた。彼女はようやくドアを開けた。

8

つかまえられっこないわ！

できるさ！

メアリーは全速力で駆けていった、バイロンがすぐあとを追いかけた。つかまえられそうになった瞬間、彼女は身をかわそうとすばやく回転し、バランスを崩して倒れた。うつぶせになっている彼女につまずいて、バイロンも手足をのばして寝そべった。ひんやりした地面にうつぶせになって、ふたりは笑い声をあげた。

笑いがおさまると、かれらは手をつないで歩いていった、やがてベンチをみつけて、そこに腰かけた。リスが一匹、枯葉のなかから出てきて小道を横切った、通り過ぎるときに一瞬立ち止まると、尻をついて坐り、おそるおそる聞き耳をたてて、ほっそりした木の幹を駆けのぼった。スズメが一羽、虫をついばみながら、砂利道を行ったり来たり飛び跳ねた。ときどき頭をかしげて、チッチッとさえずった、そして、好奇心に満ちた視線でカップルをみつめた。

チャールストンを踊れる？　バイロンが突然質問した。

あんまり上手じゃないわ、メアリーが答えた。あなたは？

答える代わりに、彼はオーバーコートをぽんとほうり投げ、道の真ん中にすばやく移動し、そこで大胆なステップを次々と披露しはじめた。メアリーは手を叩いてリズムをとった。

舞台に出演してたみたい！　彼女は拍手した。

そんなに上手ではないよ。

どこで覚えたの？

彼は笑った。想像つかないだろうね。大学で白人の仲間が教えてくれたんだ。学位もおなじやり方で取得したんだと思うことがあるよ。

セントラル・パークのなかは気持ちいいわね？

最高の気分さ。彼はコートをふたたびはおると、彼女の隣に腰かけ、手のひらで彼女の手をつつんだ。

ここに一緒に来るようになって何日くらい経つ？

数週間になると思うけど、いつ来ても、初めてのような気がするわ。

メアリーは小声で歌いはじめた。

バラはかつて
とてもとても香しかった、愛しい人よ。
陽光はかつて
きらきらきらきら輝いていた。
いまはもう
バラはどこにもない、愛しい人よ——
かがやきをうしなった
太陽みたい
あんたがいなくなっちゃったから[65]……

いい曲だけど暗い歌だね。僕はどこにも行かないよ。

わたしもどこにも行かないわ、メアリーが言った、だからあなたがこれを歌う機会はないわね。

思ったんだけど、彼女は小声でつぶやいた。

思ったってなにを？

わたしがいなくなったら、あんなふうに感じてくれるかしら。

追いかけていくよ。

彼女は彼の手を握りしめた。

しばらくして彼女が言った、この公園のなかを歩くようになってもう何ヶ月も経つわ。図書館の仕事が終わると、いつも最初にしたいと思うのはこれなの。わたしの公園だと思ってる、だからあなたを案内したの。

森のなかには僕たちしかいない、彼が叫んだ。葉っぱのなかをごろごろ転がって、埋もれたままふたりで迷子になっちゃおうよ。

すてき、メアリーが答えた。なにを食料にする？

リスとスズメ。

あら、かわいいリスはだめよ。

木の実。

この公園のなかに、木の実のできる木なんてないと思うわ。みたことないもの。

じゃあ、食事はフローの店から取り寄せる！

その方がいいわ……葉っぱをテーブルクロスにするの！

ブランケットにも！

メアリーはため息をついた。人生がそれくらいシンプルだったらいいのに！　どうしてそうじゃないのかしら？

それでもすばらしいじゃない。

そうね、いまはすばらしいわ。

カモの赤ちゃんがいる！　僕たちが結婚したら、もっとすばらしい未来が待ってるさ。彼は歌いはじめた。

きみみたいなかわいい人
きみみたいなかわいい人
僕だけのもの[66]！

そんなのわからないわよ？
ひどい！　もう浮気心かい？
あなたこそどうなの？
誓うよ。死がふたりを分かつまで僕はきみのもの、厳粛そうな口ぶりで彼は言った。そして、続きを歌った。

きみみたいなかわいい人
きみみたいなかわいい人
もしもきみに捨てられたら
惨めでたまらないだろう
すごく悲しいだろう

すっかり気が狂っちまった
男《シーク》みたいになるだろう——
姿を消した黒人居住区《ダークタウン》の男《シーク》みたいに……[67]

男《シーク》ですって！　彼をさえぎって、彼女は歌をつづけた。

南部出身のサムはご自慢の喉の持ち主
口のなかにオルガンが入ってるみたい。[68]

ちょっと、ダーリン！
ねぇバイロン、来週、有色人種慈善団体連合の大きなダンス・パーティがあるの。
行こう。
誘ってくれるのを待ってたの。
きみはいつだって待たなきゃいけないみたいだな！
そうね、わたし、あなたをいつも待っているみたいだわ。
ダンスに行くなら、前の晩に会う約束をしておけば時間通りに着けるかもね。
怒らないでよ。
怒ってなんかいないさ。オレはあたりまえにおまえを愛してるだけだぜ、ハニー。

あなたがその口調で話すのとってもいいわ。あなたの恋人《ダディ》なんだって思えるもの！

ハニー、もちろんそうにきまってら。

そのすてきな話し方、どこで覚えたの？

『ジェゼベル・ペティファー』[69]と『ポーギー』[70]からさ。

彼は道の左右にすばやく視線をはしらせ、誰も来ないのを確認すると、彼女にキスした。

すてきだったわ、メアリーが言った。

ありがとうって言えよ！

お礼を言ってほしいならもっとしてくれなきゃ。

彼はもう一度キスした。

バイロン、お願い、やめて！　そんなに強くはいやよ。髪がめちゃくちゃになったわ。

そうしたいんだ！

野蛮人みたいな口のきき方ね！

そうだよ。ぼくはアフリカの人食い人種さ！　王の息子だ！　きみをつかまえて夕飯に食べちゃうよ！　彼はうなり声をあげ、整った白い歯をむきだしにした。

彼女は笑い声をあげた。わたしとっても幸せだわ、とっても幸せ！　これがいつまでも続くようにしましょう。

彼は別の曲で答えた。

夏がジャングルを去るまで
星がまたたくのをやめるまで
コンゴ川が凍りつくまで
そのときまで、あなたはわたしのもの[71]……

彼の肩にもたれかかり、黙ったままこの姿勢をしばらくうっとり味わったあとで彼女は言った、

暗くなってきたわ。そろそろ家に帰ったほうがいいわね。

ここを僕たちの家にするんだと思ったのに、彼が言った。

あなたがそうしたいならそれでもいいけど、オリーのつくるビスケットはあなたも気に入るんじゃないかと思って。

誘惑するなぁ！　焼きたてのパンで僕を釣ろうっていうのかい！

あなたを釣るのは簡単よ。

もう一回キス！

いいえ、もう十分したでしょ。すばやく立ちあがると、彼女はベンチから離れ、肩ごしに叫んだ、

キスしたかったらつかまえてごらん！

彼はたやすく彼女をつかまえ、ごほうびを要求した。

かれらは手をつないで足早に歩いた、ふたりの顔は幸せそうに輝いていた。そのうち乗馬用の小径と並行する場所にでた。馬に乗った男女がゆっくり近づいてきた。アーク灯が上からかれらの顔

を照らしだした。大胆なカットをほどこした黒い乗馬服に身をつつんだ女性が、馬にまたがっているのをメアリーはみつめた。美しい顔だけど冷たく高慢で苦悩がありそう、メアリーは思った。

突然、その女性の声が静寂をやぶった、冷たく澄んだ声。すべての音節がはっきりと聞きとれた。

最低だわ、彼女は仲間の男性に言った、黒んぼ《ニガー》は立ち入り禁止にするべきよ！

後ろをふり返ることなく、ふたりは馬で走り去った。

メアリーはバイロンの腕にしがみつき、首をうなだれた。

さっきまでのわたしたち幸せすぎたわ、彼女は嘆いた。罰があたったのね。

バイロンの唇は震えていた。彼はどもりながら言った、メアリー、僕の過去の話でまだきみに言ってないことがあるんだ。

どういうこと？

さっきのことに関係ある。

ああ、彼女はうめいた。どうしてあの人たちはわたしたちを放っておくか、受け入れるかできないのかしら？　わたしたちは生きてちゃだめなの？　こういう辱めを受けずに呼吸することもできないの？　視線！　言葉！　ムチの方がましよ。奴隷制！　少なくとも、あの頃は自分たちの運命がわかっていたわ！

ふたりはそこをあとにした。

バイロンが小声で言った、メアリー、僕は毎日こういう目に遭うよ。

かわいそうに！　わたし、あなたに訊くのが怖かったの。

事務員とか秘書の求人に応募するでしょ。雑用係に侮辱される、彼は苦々しく言った、それに荷物係《ポーター》やエレベーター・ボーイをしている同胞にも。おめぇ、灰でも塗ってんのか、黒光りしてるぜ、同胞の一人が僕に言ったんだ。なんで四つん這いになって身の丈にあったとこで働かねぇんだ？同胞のなかでも最低の輩だわね、メアリーが言った。知ってる？ 先週、アンダーウッズ夫妻がダウンタウンで白人の友人と食事したら、翌朝、その人たちの家の黒人の使用人が出ていったんだって。黒んぼ《ニガー》に仕える気はない！ って言ったそうよ。

嘲笑されることだってあるよ！ バイロンは声を詰まらせた。

かれらは分かってないのよ、メアリーは慰めた、あの人たちは自分がなにをしているのか分かってないの。

そうだとしてもなお悪いよ、バイロンは感情的になって叫んだ。僕がオフィスを訪ねていくと、白人の男の子や女の子が受付に坐っている。あなたがうちになんの御用ですか？ かれらは人を見下した口調でたずねる。彼はあなたとは面会しません。黒んぼ《ニガー》を雇う気はありません！

わたしも図書館に就職するときおなじことを経験したわ、メアリーが告白した。最初は、誰もわたしに会おうとさえしなかった。委員会のメンバーで面会の約束をしてくれた人は一人もいなかった。結局、ミスター・サムナーが有力者の友人宛に書いてくれた手紙のおかげで面接してもらえたわ。正直に言うと、かれらは親切にしてくれるけど、わたしを昇進させてはくれないの。白人の女の子たちは昇進させるのに。

僕たちになにができる？ 両手を握ったり開いたりしながらバイロンがたずねた。この疎外された世界に僕たちはいる。僕たちはものを考え、感じる。適応するために最善を尽くしている。かれらになにかを求めているんじゃない。僕たちのことは放っといてほしい、金を稼ぐチャンスが欲しい、まともな職に就きたい、それだけさ。

実際、かれらにとっては、わたしたちがまともな人間でない方がいいんだと思うわ、メアリーが言った。

ふたりは無言で七番街を歩いていった。あたりは混雑していた、白人も黒人も、職場からいそぎ足で帰宅するところだった。125丁目に近づくと黒人の姿が眼につくようになった。その大通りを過ぎたあとは、歩いているのは黒人だけだった。かれらは人種の境界線を越えたのだった。

僕らの天井桟敷《ニガー・ヘヴン》！　バイロンがうめくように言った。僕らの天井桟敷《ニガー・ヘヴン》！　それがハーレムさ。ニューヨークという劇場の天井桟敷席に僕たちは坐り、そこから上等のオーケストラ席に白人世界が坐っているのを見下ろしている。かれらが僕たちのほうを見上げることもある、かれらの顔は無情で冷酷で、笑ったり嘲ったりはするが、手招きすることは決してない。僕らの天井桟敷《ニガー・ヘヴン》が混雑していて、もう空席がなく、なんとかしなくちゃいけないなんて、かれらはまったく考えもしないみたいだ。彼はいきり立ってさらに言った、おまけに、僕たちの方が高い場所に坐っていて、かれらの頭上に物を落としてペタンコにしたり、この天井桟敷《ニガー・ヘヴン》から急降下して、かれらの席を奪ったりできるとは考えもしないみたいだ。いや、かれらはまったく恐れてなんかいない！　ハーレム！　新しいニグロのメッカ！　神よ！

9

ダンス・パーティはたしかにハーレムではめずらしいものではなかった。ひとつも催されない夜の方がまれだと思われていた。まず、簡素なものとしては家賃捻出《レント》パーティがあった、少数の人たちが何組か招かれ、誰かの狭いアパートで蓄音機の音楽にあわせて踊る、参加者は各自五十セント寄付して、それが住人の法外な家賃の支払いの足しになるというものだった。アパートでは、同様の小規模で気楽なダンス・パーティがときどき開かれた、参加費は無料だが、参加者の誰かがジンの瓶を持参すれば女主人には大いによろこばれた。あるいは、二名か四名で踊りたいとき、しかもお金がある場合は、キャバレーに行くという手もあった。最後は、なんらかの団体、組織、クラブが大きめの会場をかりて企画する正式なダンス・パーティで、少なくとも週に一度、ときには二度開かれることもあった。当然ながら、これらの催しは重要度の点でかなり違いがあった。演劇関係者の開くパーティは小規模で、だいたいが閉鎖的だった。懸賞ボクシングやギャンブルに関心のある連中もほとんど自分たちだけで集まっていた。それ以外に、知識人や知的で享楽を愛する連中の集まるダンス・パーティもあって、晩餐会や小さなパーティよりも自由に交流することができた。

チャリティ・ボールは、社会的地位ある女性たちのグループがクリスマスの週に毎年開催する催しで、入場料を払えば誰でも入ることができた。企画者には特定の公的機関のために資金を集めるという崇高な目的があるうえ、いつもすばらしい音楽がかかるので、この集まりにはあらゆる階層の人が参加した。ブルックリン在住の一部の者でさえ、この機会には、初期ヴィクトリア朝様式の居心地のいい住居を離れる気になった。とはいえ、注意ぶかい観察者は気がついたかもしれないが、あらゆる階層の人たちが入場を許されてはいても、異なる階級の者同士が一緒に踊ることはめったになかった、また、ボックス席を陣取っている人びとのなかには、社会的地位のある人物もいたが、かれらの多くはダンスフロアには降りてこなかった。

メアリーとバイロンがダンスフロアの群衆に加わったのは真夜中過ぎだった、ワックスがけした床へ一気に踏みだし、フレッチャー・ヘンダーソンのバンドがうっとりと情熱的に演奏する「スィート・アンド・ロウ・ダウン」のリズムにあわせて身体を揺らした。会場を一回りするあいだ、メアリーは知り合いに頭を下げてばかりいた。ひとつのパーティで、こんなにたくさんの友だちに遭うのは初めてのように思った。ボックス席には、アドーラが楽しそうな仲間に囲まれて坐っていた、黒いスパンコールのドレスにひなげしの花をあしらったベルトをつけていた。ミセス・オルブライトは別のボックス席をひとりで占拠していた、ヘスターの姿はいまはみえなかった。ドクター・リスターは妻と踊っていた。セルジーア・ソーヤはくるくる回りながら、アーウィン・ラトローブの肩ごしに群衆をみつめた。彼女ったら、今日はここで噂話をたくさん仕入れて、また吹聴してまわるにちがいないわ！　メアリーは思った。ディック・スィルは知らない金髪の女性と踊っていた、ラズベリー色のビロードのドレス姿で、肌はとても白いが、身のこなしには黒色人種《ネグロイド》特有の特徴があるので、その女性が白人なのか黒人なのか確信がもてなかった。カルメン・フィッシャーは真珠のついた金刺繍の服に身をつつみ、褐色の両腕をガイモン・フッカーの肩にけだるく回していた。ギャルヴァ・ウォールデックはベラスケスの絵画にでてくるような幅広のレースの紐飾りをあしらったオレンジ色のタフタのドレスを着て、レオン・カズィックと踊っていた。これはロマンスなのかしらとメアリーは思いはじめた。シルヴィア・ホーソーンの姿がちらっとみえた、夫と踊っていたがとてもやつれていた。今回はラムゼイ・メドーズの姿はあまり目立っていなかった。レイとレン・ハーリー夫妻の姿がみえた、ふたりはニュー・ジャージーから車でやってきたはずだ、レイはここから五十マイルほどの郊外にある小さな大学の学長だった。マントローズ・エズボンはグリニッジ・ヴィレッジに住んでいる男だが、ユーマ・ナイランドを腕に抱いて、ひしめき合うダンサーたちのあいだを巧みに出たり入ったりしていた。淡黄色の卵形の顔をしたきれいなクレオールのミミ・デイキンは、赤みがかった金髪を引き立たせるヨモギ色のワンピースを着て、ウェストン・アンダーウッズと音楽にのっていた。……さらに大勢の人たちがいた。

天井の中央から巨大な銀色のミラーボールがぶらさがっていた、会場の四隅の照明器具から広範囲に放たれた光線がミラーボールに反射し、たえまなく色を変化させた。この光線は豪華な金襴織ドレスの金やブロンズの部分をきらめかせた。この不思議な照明の下では、銀や銅はぴかっと光り、サテンやビロードは輝くのだった。メアリーはいつものように、男たちの顔、女たちの肩の色のヴァリエーションに魅せられた、黒、褐色、黄褐色、象牙色の肩。

音楽がやむと――ふたりは最後と最後から二番目のアンコールを踊っていた――会場はまばゆい白い光に包まれた。メアリーはさらに多くの知り合いがいることに気がついた。ボックス席にならんで坐っているミセス・サムナーとキャンパスプ・ロリラードに彼女は会釈した。眼の前にヘスター・オルブライトがいることにも気がついた、今日はまだ挨拶を交わしていなかったが、いつものようにオーヴィル・スノウズと一緒だった。メアリーはふたりをバイロンに紹介した。

なんてすてきなパーティでしょう！　ヘスターはうっとりとささやいた。誰もがとても引き立ってみえるわ！

メアリーは、ヘスターが黒と黄色の縞模様のサテン地のロングドレスを着ているのに気づかざるを得なかった、ぴったりした長袖に裾をひくデザインだった。彼女以外の人であれば映えたかもしれない。ヘスターはいつにもまして野暮ったくみえただけだった。

とてもとても《トレ・トレ》すばらしい《ジョリー》、オルヴィルはかぼそいキーキー声で言った。なんてすてきな音楽！　すばらしい《シャルマン》！

踊りたくなりますね、バイロンはそっけなく言った。

当たり前だけど、あまり品がいいとは言えない客層ね。あの悪名高いサルトーリス女が来ているのよ、例のシド・ホーソーンとのすごいスキャンダルの直後なのに。

そんなすごいスキャンダルがあったなんて知らなかったわ、メアリーが小声で言った。

だって、セルジーア・ソーヤが……

そうね、そうだったわ……ミセス・サルトーリスはどこにいるの？　メアリーはたずねた。

いまは姿がみえないけど。赤、真っ赤なドレスを着ているわ。

オレンジだよ、オーヴィルが言い直した。勇気がある、メアリーは思った。

緋色よ、ヘスターがぴしゃりと言った。鮮やかな緋色。あら、あそこにいるのは例の恐ろしいランドルフ・ペティジョンだわ。彼女が言った。ワシントンでは、こんなふうにああいう連中とパーティで一緒になることはないわ！

メアリーはもはや上の空だった。彼女はとっさに宝くじ王《ボリート》のほうをふり返った。彼が礼儀正しく頭を下げたので、彼女も挨拶を返した。隣にいる女の子が誰だか気になった。琥珀色の肌をしたそれなりにきれいな子だったが、この場には不釣り合いな雰囲気があった。ローズ色のジョーゼットに紫のビロードの蘭を散りばめたドレスはすこし大げさだったし、白のストッキングに青銅色の靴の組み合わせは悪趣味だった。

きみは新顔かい？　オーヴィルがバイロンにたずねているのがメアリーの耳に入った。

そうです、バイロンは口数少なく答えた。

あら、あそこにいるのはアドーラ・ボニフェイスだわ！　ヘスターが金切り声をあげた。知ってるでしょう、昔、舞台をやっていた人よ。ワシントンではこういう人が招待されることはないでしょうね。ここではあらゆる階層の人たちが社交界に出入りしているのね。

お母さまはお元気？　急に話題を変えたくなってメアリーは質問した。すこし前に、ボックス席にいらっしゃるのをみたわ。

あまり具合がよくないの、ヘスターが答えた。天気が悪いせいでリューマチに響くんですの。かわいそうなママ！　だいぶ具合が悪いんです。

ちょっと病気《アン・ブゥ・マラード》、ちょっとだけ《アン・プティ・ブゥ》、オーヴィルが説明した。白っぽい手のひらを擦りあわせて、彼はバイロンをじっとみつめた。

今夜は連れてくるのが大変でしたわ、ほとんど外出しないものですから、ヘスターがさらに言った。話しにいってあげてちょうだい。

そうするわ、メアリーは約束して、その場をあとにした。

低俗な気どり屋だな！　バイロンは不機嫌だった。

彼女はいつもあんな調子なの、メアリーは言った、でもオーヴィルはさすがにちょっとひどいと思うわ。

くだらねぇホモ野郎！　バイロンは低い声で言った。

親愛なるならず者さん、あなたと踊ればすべて忘れられるわ。

僕もそう思う！

「ティン・ルーフ・ブルーズ」[72]を演奏しているわ！

そいつで踊ろう！　彼は両腕に彼女を抱きしめた。今度は、彼女も恥ずかしがらずに彼の肩に頭をうずめて、うつむいたままの姿勢でいた。

二回目のアンコールのあと、ふたりはオリーとハワードが近くにいることに気づいた。お熱いこと！　オリーヴが叫んだ。色男《シーク》はどう、楽しんでる？

色女《シーバ》こそどう？　バイロンがにっこりして言い返した。

おっちゃんはどうかな？　なんちゃって。別の声が割り込んだ。

メアリーがふりむくと、マントローズ・エズボンの陽気な表情が眼に入った。

マント、こんにちは！　彼女は叫んだ。ここまでどうやって来たの？

神の子どもたちはみなフォード車を持っている！　彼は説明した。

ユーマはどこ？

男《シーク》たちがみな彼女を追いかけまわしてるんだ。……彼はチョッキのポケットから安全かみそりの刃をとりだした。……あいつら用心した方がいいぞ。オレは怒ったらノッポで悪党のビルになるんだ。切りつけようと思ってこいつを持ってきた。浮気したらただじゃおかねぇ！

あそこにいるわ、オリーヴが言った、あそこのボックス席に。

なんてこった！　ガーヴェイ貴族、ブロンクス公爵夫人、ハッケンサック伯爵夫人と一緒か！　あのご婦人たちと一緒に旅行すると言ったら、高級車《パッカード》を用意せねばならん！　もしくは、あいつの代役としてあんたを相手に不貞を働くかだな、彼はオリーヴの方をむいて言った。

自分を見失わないで！　オリーヴは笑った。


　おい小僧、身体のうずきを絶対に抑えるな。

　とびきりの美人がいるときは[73]

彼は引用した。

ルシア・クラウドクロフトをみろよ、ハワードが話をさえぎった。勝気そうな顔だな。

ハーレムのヘッダ・ガブラー[74]だ！　マントローズが言った。

その点では彼女の右に出るものはいないわ。マンティ、あんたのうずきは彼女に解放したほうがいいわよ！

あいつは白人専門《ピンク・チェイサー》だから俺は黒すぎる。彼女は自分の夫にときめかないんだ。そいつの肌も黒すぎたってわけ。じゃあ俺は行くよ、彼は言った、人種差別の鴉《ジム・クロウ》が飛んでくるからな！

いまのは誰？　バイロンが質問した。

マントローズ・エズボン——高校でフランス語を教えている人。あなたはみんなに会うの初めてなのよね、つい忘れちゃうわ。

面白い人だね——あまり先生っぽくない。

踊っている人たちにフランス語を披露したりはしないわね、オリーヴが言った。

彼、あの女の子をハーレムのヘッダ・ガブラーって呼んでたけど、どういう意味？

あの子、自分が白人じゃないのが不満なのよ、メアリーが説明した。

不満！　それどころか陰気そのものだわ！　オリーヴが言った。皮肉なことに、白人《オフェイ》の方ではあいう白人専門《ピンク・チェイサー》の子にはちっとも興味がないみたいなのよ。ねぇ！　ちょっと！　踊りましょ！

新しい曲になったわ！

僕と踊ってよ、バイロンが誘った。

あら、よろこんで餌食になるわ。彼女は彼の腕のなかにさっと入ると、ふたりは群衆のなかに消えた。

ねぇ、僕と踊らない？　ハワードがたずねた。

メアリーは一瞬うろたえた。どういうわけか、バイロンが自分以外の人と踊ることもあるとは思いもしなかったのだ。もちろん、すべてのダンスをふたりで踊るわけではないことはわかっていた。でも……彼女はハワードの誘いを受け入れたが、あまり気乗りしなかった。

あんまり踊りたい気分じゃないわ、会場を一周したあとで、彼女は言った。坐りましょう。

ふたりがボックス席の近くで足を止めると、アドーラがグラスを片手に声をかけた。

メアリー、こっちにいらっしゃいよ！　楽しんでる？

ふたりはボックス席に入った。

みんな会ったことある人たちだと思うわ。お茶でもどうぞ！　アドーラは銀の携帯用酒瓶をハワードにわたした。

ピクア、グラスをもう一つちょうだい！

ミセス・セントパリスはモーヴ色のサテンのドレスが汚れる危険をかえりみず、椅子の下を手探りした。

ハワード、わたしのグラスで飲めばいいわ、メアリーが言った。

僕の瓶から飲むかい？　ハワードがたずねた。

たくさんあるんだから、アドーラが言った。ケチケチしないでちょうだい！

わたしの分もちょっと残しておいて！　丸顔のルーティ・パノーラが叫び、踵で床を踏みならした。

ルーティ、きみはダイエットしたほうがいいよ、ドクター・リスターが言った。

ジョージったら、いい年した大人のくせに知らないの！　パーティにきて、ダイエットをはじめるわけないじゃない。

その調子だと、いつまでたってもはじめる気配はないわね、というのがアラビア・スクリブナーの見解だった。こっちにきてから、あんたがパーティに行かなかった日なんてないもの！

こっちってどこよ？　ルーティが叫んだ。

シーッ！　アドーラが命令した。

アドーラ、どうして踊らないの？　いつのまにかミセス・ボニフェイスの隣に腰をおろしていたメアリーが質問した。

あんたはどうして踊らないの？　きっとおなじ理由だと思うわ。人が多すぎるもの。スペースが必要なの。人ごみをかきわけてダンスフロアで踊るのは暑すぎるわ。お茶をどうぞ。……アドーラは自分のグラスを空にした。

いいえ、結構よ。飲んだらますます暑くなっちゃうもの。

アドーラは肩にかけていた毛皮のショールをなおした。静かに坐っていれば、まったく暑くなんかないわ、彼女が不満そうに言った。あの窓からすきま風が入ってくるんだけど、閉めてくれるように頼んでばかりで嫌になっちゃう。レニーをみた？　彼女はメアリーにささやいた。

ええ、みたわ。

ここにあんなのを連れてくるなんて度胸あるわ……

あの子は誰？　メアリーがたずねた。

娼婦よ、アドーラが答えた、ルビー・シルヴァーっていう街娼。キープしてるだけ。それはみんな知っているけど、賞金の雌馬みたいに見せびらかさなくてもいいのに。あの子をあたしの家に連れてくることはないでしょうけど。

誰を見せびらかすって？　アルセスター・パーカーがボックス席に入ってきた。

いい子にしていられなかったら、あんたを見せびらかすわよ、アドーラは厳しい口調で言った。

ダンスフロアでは、ヘスターとオーヴィルがピョンピョン跳ね回っているのがメアリーの眼にとまったが、どうみても縄跳びをしているようにしかみえなかった。オリーヴとバイロンの姿をみつけることはできなかった。

メアリーは後ろをふり返った。ハワードはいなくなっていた。ルーティは歌っていたが、リズムやメロディからして、バンドが演奏している音楽とは無関係のようだった。ピクアとアラビアは裕福な友人たちの頭上を舞う守護天使のようにふるまった。

メアリーおいでよ、踊ろう、ドクター・リスターが誘った。

うれしいけど、いまはちょっと。頭痛がするの。アドーラ、いまのうちにもう何人か知り合いと話してくるわ。

あとでまたいらっしゃい、ボックス席を出ていくメアリーにアドーラが声をかけた。

彼女はボックス席同士をつなぐ通路を歩いていった。その柵のところで、見慣れない若い男がチャールストンを踊ろうとしていた。小さなテーブルがおかれ、いくつかのグループが集まって、飲んだりしゃべったりしたりしていた。かれらの笑い声は音楽よりも大きく響きわたっていた。バンドの演奏はまだ続いていて、彼女はダンスフロアをもう一度探してみたが、バイロンとオリーヴの姿はどこにもなかった。きっとあとで会えるわ、自分に言い聞かせたが、彼女は不安のあまり震えていた。

セーブルの毛皮のマントにくるまってくつろいでいるミセス・サムナーに、彼女は手をさしだした、それからミセス・ロリラードにもおなじようにした、彼女は薄紫色のサテンのドレスに身をつつみ、首もとにはターコイズの原石のついたチョーカー、腰には真紅のゼラニウムの花をあしらっていた。

ミス・ラヴ、またお会いできてとってもうれしいわ、キャンパスプが言った。あのアフリカ彫刻の展覧会、すごく楽しかったわ。あのあと自分でも何点か購入しましたの。

どうぞ、坐ってちょうだい、ミセス・サムナーが勧めた。

メアリーは腰をおろした。彼の姿はどこにも見当たらなかった。ヘスターはぴょんぴょん飛び跳ねていたし、いったい何度まわれば気がすむのだろう、ルシア・クラウドクロフトがダンスフロアをまわるのはこれで二度目だった、でも彼をみつけることはできなかった。

ミセス・ロリラード、変わった催しだとお感じでしょうね？　彼女は愛想よくしようとつとめた。

そんなことないですわ、キャンパスプが言った、むしろ魅力的です。

黒人専用のダンス・パーティにいらしたことはありますか？

いいえ、一度もないわ！　もちろんダンス・パーティには行ったことありますけど。どれもだいたい似たり寄ったりですわ。こちらのほうが変わっていて好きです。なんて美しい女性たち！　なんてハンサムな男性たち！　万華鏡みたいにカラフルですてき！　それにすごい熱気！　エミリー、あなたご存知でしょう――彼女はミセス・サムナーに話しかけた――わたし、いきいきしている人たちが好きなの。

そうよね、ミセス・サムナーが答えた。バイロンはどんな具合なの？　彼女はメアリーにたずねた。

おかげさまで、メアリーは答えた。

仕事はなにかみつかったの？

はい、すごくいい仕事がみつかって！……次の瞬間、どうしてこんな嘘を言ってしまったんだろうと彼女は思った。

それはよかったわ。アーロンにはなにかアイデアがあったみたいで――いい話のようだった――彼にぴったりかもしれないと思ったんだけど、バイロンはあまりうちに寄りつかないから。

彼、とても忙しかったんです、自分がそう言ったのが聞こえた。

あれ、フロレンス・ミルズじゃない？　ミセス・ロリラードが質問した。

そうよ、ミセス・サムナーが答えた、あとで歌うことになっているのよ。

嘘だってこと、ミセス・サムナーは気づいたかしら、メアリーは考えた。おそらく。彼女はほかのことについて話していた。バイロンについてそれ以上質問しなかった。思わずでたらめを言ってしまったけど、どうやって撤回できただろう？　バイロンにとって絶好のチャンスだったかもしれないのに。どうして嘘を言ったんだろう？　プライド？　偽のプライドだわ、彼女は苦々しく独りごちた。

ミセス・サムナーとミセス・ロリヤールが会話していた。メアリーはぼんやりと聞いていたが、心臓が激しく鼓動していた。ダンスフロアはさっきより混雑していた。そのうえ、ダンスはますます白熱していた。何組かの男女が一緒になってチャールストンを踊ろうとしていた。すごい熱気で息がつまりそうだった。襟、花、ドレスの張りは失われていた。メアリーは腰につけていた白スミレの小さなブーケがしおれているのに気づいた。サキソフォンが低音でうめくと、陽気な笑い声がよく聞こえた。アドーラはショールを脱ぎすてて立っていた、スパンコールできらきら輝き、女王のように堂々と君臨していた。メアリーは心配そうな面持ちで、踊っている人たちの顔をチェックしていた。突然、オリーの姿が眼に入った、しかも、オリーはハワードと踊っていた！

あれは誰？　ミセス・ロリヤールがたずねた。あの青い服の女性。

あれはラスカ・サルトーリスよ、ミセス・サムナーが答えるのがメアリーの耳に入った。

メアリーは前方をみつめた。彼はそこにいた、時間を空間的なものに変えてしまう、あのエキゾチックな黒人のリズム感で踊っていた。彼の腕のなかには、みたことないほど美しい女性がいた。ターコイズブルーのサテンのドレスは優雅な身体にぴったりと張りつき、あらゆる曲線をあらわにしていた。ドレスの胸もとには大胆なカットがほどこされ、ひきしまった丸い胸のあいだの小さなくぼみがはっきりみえた。琥珀色の背中は腰のくびれのところまで完全にむきだしだった。緑と黒のスパンコールがついた幅広の帯で何箇所かまるく縁どりしたドレスで、ヒョウ柄のようなデザインだった。髪につけたサファイアのティアラがきらきら光り、首にはおなじ石のチョーカーをまいていた。

絶世の美女だわ！　ミセス・ロリヤールが叫んだ。黄金時代の高級売春婦みたい！　初めて聞く名前じゃないかしら。

彼女、パリに住んでいるの、ミセス・サムナーが説明していた。すこしの間、帰ってきてるのよ。

ディック・スィルがボックス席に近づいてくるのがぼんやりとメアリーの眼に入った。

メアリー、僕と踊ってくれない？　彼は言った。

すごく暑いのよ、彼女は断った。そうね、踊るわ、すぐにさっきと正反対のことを言った。

ミス・ラヴ、うちにも是非いらしてくださいね、ミセス・ロリヤールが声をかけた、あなたをお連れするよう、エミリーに言ってみますわ。

よろこんでうかがいます、メアリーはつぶやくと、ディックと一緒にそこをあとにした。

暑くて死にそうだった。彼女は全然踊りたくなかったが、必死で足をかろやかに動かし、いまや忌まわしいものとなったリズムに全身を投げだした。音楽がやむと、オーケストラに惜しみない拍手を送った。

きみがこんなに踊るなんて知らなかったよ、スィルが言った。疲れたって言ってたのに。

いまほど元気だと感じたことは一度もなくってよ。

突然、近くで悲鳴があがった。ふたりがふり返ると、そこにいたのは知らない人たちだった、二人の女性がお互いの髪をつかみあっていた。

あたしの男から手を引かないと、どうなるか思い知らせてやる！　叫んでいた。

男性二人が戦闘態勢の女たちを引き離した。襲撃にあった被害者は両手を腰にあて、挑発的な態度で立っていた。あんたの男に興味なんかないわよ、加害者をあざけった。あいつがあたしの行く先々へ追いかけてくるんだわ。毎日手紙を書いてよこしたり、花束やキャンディを送ってきたり。あたしにはどうしようもない、そうでしょう？　あんたの男なんて欲しくないわよ、こっちは興味ないのに、あいつが勝手にのぼせあがってつきまとってくるんじゃない……音楽がこの出来事をのみ込んだ、まるで海の真ん中で難破した船に波が襲いかかったかのようだった。人びとは踊り、この光景を覆い隠した。どこもかしこも陽気で魅惑的だった。陽気と魅惑とリズム。

プリミティヴだわ！　メアリーはよろこびを感じた。野蛮だわ！

ダンスフロアにふと空間ができ、その先に、黒ヒョウのようにしなやかで官能的にすべるように動くラスカとバイロンがみえた、ふたりの姿は一瞬でみえなくなった。

もっと！　もっと激しく！　彼女はディックにもとめた。

メアリー、今夜はどうしたんだい？　彼はたずねた。すっかり燃えあがっているね。

ホールの至るところで人びとが歌っていた、

ああ、恋しくてたまらない！
ちいさなキジバトがいてくれたら
クー、クー、クーと囁いてくれる……

音楽がやむと、メアリーとディックはバイロンとラスカのそばにいることに気づいた。

メアリー、あちこち探したんだよ、バイロンが言った。こちらはミセス・サルトーリス、ミス・ラヴとミスター・スィルです。

ラスカのことは知ってるよ！　ディックが叫んだ。

ディックとあたしは古くからの友だちなの、彼がさしだした手を握りながら、彼女は言った。

メアリーは握手するつもりはなかった。彼女は言った、では、あなたがかの有名なミセス・サルトーリスなんですね！

悪名たかき、っておっしゃりたいのね！　ラスカはのけぞって笑った。

メアリーはなにも言わなかった。そんな言い方をするもんじゃないわ、彼女は考えていた。

メアリー、ラスカはすごいんだよ、バイロンが熱っぽく話した。僕たちがチャールストンを踊るところみた？

いいえ、みなかったわ、メアリーは答えた。彼ったら、ラスカって呼ぶのね！　三回目に会ったときに、はじめてファースト・ネームで呼ばれたことを彼女は思いだした。ラスカ、ミセス・サルトーリスって呼んでもよろしいですか、彼がたずねるところが眼に浮かんだ。

だったら、次の曲のときにご覧になって、ミセス・サルトーリスが勧めた。

バイロンはすこし驚いたようだったが、あきらかによろこんでいるのがメアリーにはわかった。

その表情をみて、次のダンスをまだ申し込んでいないと確信した。この女性の大胆で落ちつきはらった態度はメアリーを驚かせた。彼、断るかしら？

それがいい、彼が言うのが聞こえた、メアリー、僕たちをみてて。

メアリーはどんなにラスカを憎んだことか！　ラスカの喉に飛びかかれと命じる原始的衝動、強靭さがどれほど欲しかったことか！　サファイアの襟飾りを引きちぎり、琥珀色の顔を爪でめちゃくちゃに傷つけてやりたかった。

その次の曲でも一緒にどう？　バイロンが提案した。

先約ありなの、メアリーは挑戦的に言い返した。

じゃあ、その次もあたしと一緒に踊ってくださるわね、ラスカが神々しいほほ笑みを浮かべてせがんだ。ミス・ラヴ、あなたはほんとうに気前がいいのね。バイロンはここで一番のダンサーだわ。

こんなに不機嫌な気分でも、メアリーはこの女性の声に豊かな音楽性があること、片足に重心をおいて立ち、もう一方の足をなに気なく動かして床に模様を描いている姿勢が優雅であることを認めざるを得なかった。さらに、伸縮するダイヤモンドの腕輪を両腕にはめ、指には巨大な半球形のエメラルドをつけていることにも気づいた。彼女はプライドを抑え、嫉妬というばかげた感情を克服しようとした――まったくばかげているわ、彼女は自分に言い聞かせようとした、だってさっき出会ったばっかりの女じゃない――そして、拒絶を撤回しようとした、そのとき音楽がはじまり、彼女とラスカは踊る人たちの渦のなかへおし流されていった。

ラスカ、セクシーな女《シーバ》！　ディックが意見を述べた。ヒュー！　彼女はハーレムにちょっとした騒動を巻き起こすぜ。

メアリーは黙っていた。彼女はいなくなったカップルを眼で追いかけようとしたが無駄だった。

僕たちも踊ろうか?

ディック、わたし頭痛がするの。化粧室に連れていってちょうだい。

化粧室にはちょうど誰もいなかった——付き添い係の女中も席をはずしているときだった。鏡に映った自分の姿をみつめたが、彼女は安心できなかった。

わたしには無理だわ、彼女はうめいた。あの女を殺すべきだった、そうしたい、でもできない。

あたしのどこがいけないの?

彼女は椅子に身をしずめると、激しいすすり泣きを抑えられなかった。

第二部　**バイロン**

1

バイロンは父親からさっき届いた手紙を読んだ。

親愛なる息子へ、という書き出しだった。

冷淡な父親だと思われるのは不本意だが、おまえがニューヨークに行ってもう二ヶ月以上経つのに、いまだに定職についていないのは事実だ。おまえが作家の道に進みたいと言ったとき、私はできるかぎりの励ましを与えると同時に、黒人男性であるおまえがその計画を実行するのは難しいかもしれないと話して聞かせた。大学に進学させ、おまえにはできる限りの援助をしてきたのだから、これからは自立しなければならないということも伝えてある。

おまえがフェラデルフィアを離れた理由について今は言うまい。事情を考慮したうえで、これが賢明な処置であるということで私たちの見解は一致した。ごく自然に、おまえは新天地としてハーレムを選んだ。ハーレムはニグロの大都会、世界最大の黒人都市だ、であればこそ、あらゆる大都会がそうであるように、若い男性にとっては誘惑が多いだろう。おまえが誘惑に直面することも避けられないだろう。困ったことにおまえは欲求に流されやすい、そのことを私たちは苦い経験から知っている。おまけに、強情で意地っぱり、異常なほど繊細な性格だ。私がこうして率直に話すのは、おまえも知っているに違いないが、おまえの長所を理解する者は、私をおいてほかにいないからだ、黒人としての誇りを持っていることが、何にもまして、おまえの長所だと私は思う。

こんなことを書くのは、私の紹介状をもって初めて訪問した日以来、おまえが姿をみせないとアーロン・サムナーに聞いたからだ。他の人たちもおまえが紹介状を持ってこないと言っている。気難しいおまえのことだから、他人から思いやりを示されると、押しつけがましいと感じるのだろう。だからこそ、当たり前だがおまえのことが心配だ。

故ブッカー・T・ワシントンは勤勉と倹約を説いた。聡明なことに、彼はニグロの地位向上が経済発展を通してのみ可能だと気づいた。この点について、私はいつも思うのだが、どんな仕事でもそれが気前よく与えられたとき、それを喜んで引き受けるのは恥ずかしいことではない。おまえが天性の作家であれば、さしあたりやむをえず別の仕事をすることになったとしても、いつかは書くだろう。おまえの書きたいという気持ちが本物なら、どんな苦労を経験することになっても、その気持ちは強まるだけだろう。だから、堅実な仕事を見つけることをおまえに勧める。肌の色のせいで事務職を得るのが難しければ、荷物係《ポーター》やエレベーター・ボーイの仕事をしなさい。おまえの教育はそのような慎ましい仕事向きではないが、肌の色のせいで一時的にそれ以外の進路をめざすことが難しいかもしれない。おまえの文才が世間の知るところとなり、物語が売れるようになったら、私が最初にその事実を認め、さらに上を目指すように励ますだろう。覚えておきなさい、ポール・ローレンス・ダンバー[1]が世に知られるきっかけとなった詩は、彼がエレベーター・ボーイをしていたときに書かれたものだ。

このまま仕送りを続けることは、おまえのためにならないと思う。私が都合してあげられるわずかな金額では贅沢な暮らしはできないだろうが、怠惰な生活を送ることはできる。そうすれば、簡単に悪癖や非行に走ってしまうかもしれない。ということで、この手紙に同封する小切手を最後に仕送りを打ち切る。

こんな手紙を書くのはとても辛いが、私はおまえの性格の弱さを知っている。それを克服するのがおまえのためだし、おまえが本物の男ならきっとそうするだろう。親愛なる息子よ、私と母さんはいつもおまえのことを愛している。

バイロンは手紙を読み終えると、途方にくれた様子で、小さな窓の外に眼をやった。殺風景な壁だけが視界に入った、窓のすぐ近くにその壁が立っているせいで、晴れた日でも読書灯がなければ本を読むことができなかった。彼は恨みがましさでいっぱいだった、父親の言葉の正しさがわかるだけになおさらだった、手紙の冷静沈着な口調、裁判官のような平静さがしゃくにさわった。何度もしつこく言われなくてもわかってるのに、彼はぶつぶつ文句を言った。父親がたくみに仄めかした浅ましい出来事のことを思いだした。大学時代、女中をしている女の子とのあいだに不幸な恋愛関係があったが、父親はその件についても、あるいは彼が哀れな主人公となった、それ以外の数多くの恋の冒険についても知らなかった。父親が手紙で触れたのは、昨年の夏にフィラデルフィアで起こったばかりの出来事だった。既婚女性と関係をもつようになり、その関係が女性の夫の知るところとなったのだった。バイロンがこんなにたやすく罪を免れることができたのは、夫がなによりもスキャンダルを避けることを望んだからだった。それでも、彼はフィラデルフィアを離れることを約束させられた。感謝祭のハワード大学対リンカーン大学のフットボールの大試合にも、クリスマスにも帰省しないのはどうしてなのか、友人たちは不思議に思っていた。……彼は小切手をもう一度みて、笑った。二十五ドルなんてすぐになくなってしまうだろう。……なんてこった！　仕事を探す努力はしたのに、彼は言った。応募したすべての求人広告、味わった屈辱、侮蔑的な表現をふくむ不採用通知の数々を思いだした。就職のためにあらためて努力するという考えは、彼にはとても耐えられなかった。しかし、これまで応募したのはどれも大学出身者のための求人で、経験の教えるところによれば、白人の大学出身者のみを募集するものだった。「堅実な仕事」と父親が上品に言い表したような職を探すところまで、彼はまだ身を落としていなかった。それなら餓死するほうがましだと感じた。くそっ、教育がなんの役にも立たないなら、苦労してまでどうして大学の学位を取得したんだ？　大卒のニグロは無学の同胞よりも有利だ、誰もが彼にそう言ったし、同胞のなかで高い地位につき、かなり安楽な生活を送って、白人からも尊敬を集めている卒業生たちの存在を彼は知っていた。たしかに、その手の話は周囲にいくらでもあった。彼が身を立てるのはなぜそんなに難しかったのだろう？

　彼の部屋はとても小さくて、書物机のところに坐ったまま、すべての家具に手を伸ばして触れることができるほどだった。書こうと努力するときは参考文献をベッドの上に広げることもあった。マッチが必要なときは隣の机に手を伸ばせばよかった。彼は書物机にむかうと、鉛筆書きの草稿の束をひき出しからとりだした。

僕は作家なんだろうか？　彼にはわからなかった。このまま作家の道に進むこと、こんなミミズの這ったような下手くそな字で、紙束を埋めつづけることが許されるのだろうか？　彼は物語を何篇か書きはじめたが、その多くを完成させることができなかった。彼はいくつかのページにすばやく眼をとおした。冒頭はどれもうまく書けている、彼は独りごちた。彼には才能があった――それについてはペンシルベニア大学の教師たちからお墨付きを得ていた――動きのある人物を描写すること、スピード感のある文章、ときには会話をつくることにもたけていたが、構成力がないらしかった。彼のつくる物語は中盤あたりで破綻してしまうのだった。物語には背骨がなかった。なかでもとくに難しいのはテーマをみつけることだった。書く内容がほとんどみつからなかった。

どんなに頑張っても、プロパガンダから逃れることができなかった。黒人問題はつねに彼にのしかかっているようであり、時おり、大きな黒い鳥のように彼の心臓をひき裂くのだった。その影響は彼の物語につねに影をおとし、そのせいでもっとうまく書けないのだと思うことがあった。堂々めぐり。悪循環。

この困難を克服できるだろうか？　同胞の一部の作家たち、なかでもチャールズ・ウォッデル・チェスナットはそれを克服していると彼はしぶしぶ認めざるを得なかった。不思議なことに、新しい世代のほとんどの人に知られていない作家だった。じつのところ、バイロンも大学で白人の教授に紹介されて、その著作を知ったのだった。彼はテーブルの上に置いてあった『青年時代の妻』[2]を取りあげると、すでに何度も読んだその本のページをめくった。冷静で考え抜かれた文体、形式のセンス、それからなによりも、同胞の諸問題をオリンポス山の高みから見渡し、いきいきした芸術的なドラマを創りだす作家の洗練された知性を、彼はどんなに崇拝したことか。南部の大農園の労働者の貧しい生活から、北部の白人的な外見をもつ者の俗物根性にいたるまで、彼の観察を免れるものはなにひとつないようだった。チェスナットはあらゆる現場で調査をおこない、眼にしたもの、それについて考えたり感じたりしたことを冷静に書きとめた。

バイロンはとくに「原則として」という短篇小説に感心していた、中西部の都市に暮らし、ブルー・ヴェイン・サークルの会員であるクレイトン家の痛ましい経験を語ったものだった。一家の娘アリスは、ワシントンのダンスパーティで魅力的な若い男性たちに大勢出会った。帰宅してまもなく、彼女はある黒人の議会議員から、近いうちに彼女の住む都市を訪問するので、家に立ち寄らせてほしいというメモを受けとった。手紙の書きぶりからして、その議員がアリスに深く関心を寄せていることは疑いの余地がなかった。しかし、彼女はあまりにも大勢の若い男性と踊ったので、それが誰なのか思いだすことができなかった。彼が議員として一定の政治的な影響力を持っていることはたしかだった。この一家はブルー・ヴェイン・サークルに属していたので、家族にとってもっとも重要なのは、その男性の肌が仲間たちに受け入れてもらえるほど白いかどうかだった。地元での調査の結果、好ましい報告が得られた。そこで、その議員はミスター・クレイトンの家に招待され、彼を歓迎するパーティの手はずが整えられた。約束の時間に、ミスター・クレイトンとその息子は議員を迎えに鉄道の駅へ行った。ふたりはどうしたわけか、改札のところで彼に会いそこねた。かれらが待合室を探すと、議員のものと思われるイニシャルを縫いつけた鞄があったが、残念なことに、その傍らには肌のきわめて黒い男が立っていた。ふたりは話し合うために待合室を出た。この男を計画どおりもてなせば、仲間たちの笑いものになることはあきらかだった。ふたりは苦しまぎれに、ジフテリアの伝染病が都市で猛威をふるっていることを思いだした。いそいでお詫びのメモ――アリスは病気で気分が良くないというもの――を走り書きし、ポーターに命じて、鞄の持ち主に届けさせた。そのあと、アリスは床につく羽目になり、招待客には電話でパーティの中止が告げられ、懇意にしている医者に金を握らせて、正面玄関の装飾のところに隔離中という貼り紙が掲げられた。これらの予防措置が講じられると家族は安堵のため息をついたが、翌朝の地方紙を読んで、そのため息はうめき声に変わった、その議員の長いインタヴュー記事が掲載され、ほとんど白人のような外見だと紹介されていたのだ。そのあと一週間、彼は町に滞在し、ブルー・ヴェインの人たちのもてなしを受けたことをかれらは知った、一方のアリスは床から出ることを許されなかった。駅でみかけた色黒の見知らぬ男は聖職者で、議員の旅に同行していた男だということがわかった。

バイロンは心の奥では分かっていた、勤め口を世話してくれるというミスター・サムナーの申し出になぜ応じなかったのか、父親が紹介状を用意してくれたのに、それを持ってほかの有力者たちをなぜ訪問しなかったのか、それをこの物語は説明していた。偏った意見かもしれない――たぶんそうだろう――が、かれらは俗物であり、その世話にはなりたくないと感じたのだった。じつのところ、自我より強いなにか、屈折したプライドのようなものがじゃまをして、彼はこのような人脈を利用できないでいた。成功を手に入れた者は白人や色白の者、あるいは同胞のなかでも著名な人たちと一緒にいるところをみられたがった。とにかく、自分が有名になるまで、彼は他人の庇護を受けたくなかった。

一九〇〇年に「原則として」を出版することができたなんて、チェスナットはものすごく偉大な人だったに違いない、その頃はまだ「新しいニグロ！」なんていなかった。いまだって、若い作家がみずからの考える真実を書こうとすると、教養のない大衆によって、同胞の信頼を裏切る不届き者というレッテルを貼られるじゃないか。同胞の信頼だと！　教育のないニグロたちがどんなに嬉々として成功者たちを貶めるか、チャンスさえあれば、したり顔で悪意をもって人の足を引っぱるかを考えると、バイロンは逆上した。

思考は脱線して、ラスカ・サルトーリスのことが思い浮かんだ、こちらのほうがはるかに魅力的なテーマだった、彼はゆるんだ口もとにタバコをくわえた。彼女には美とウィットと金があった。金持ちで成功者で幸福。勝者だった。どんな問題も彼女の心を煩わせることはなかった。彼女は欲することで欲しいものを手に入れてきた、そして、つねにもっともっと欲しいと求めた結果、世界はその魅惑的な膝に贈り物の雨を降らせたのだ。でもラスカ・サルトーリスは女性だった、しかも並外れて魅力的な女性だった。彼女だからこそ男たちはさまざまなものを与えたが、自分になにか与えてくれる人なんているだろうか？　ラスカ・サルトーリス！　彼女のことをもっとよく知ることができたら！　そうなればめっけものだ！　こんなに強烈な個性をもった人物に出会ったことはこれまでなかった……おまけに琥珀色の肌、彼の好みの色だった。

彼はダンスパーティでのメアリーの行動に驚いていた。彼女が嫉妬したのは意外だった。そもそも彼は冷静で飾らないメアリーの態度に惹かれたのだった。彼の知っているほかの女性たちと彼女はまったく違っていた。……アーリーン、かわいいかんしゃく持ち！……出会ってすぐにメアリーが自分に好意を抱いているとわかった、自分も彼女に惹かれていると思ったが、婚約するつもりは別になかった。彼が愛しはじめたことで、メアリーは予想外に激しく燃え上がっていたが、いまの彼女はアドーラの家で彼が惹かれたメアリーとはまったく別人だった、情熱的で嫉妬深く、不快な所有欲にとりつかれていた。彼がそこから逃れようとするのは必至だった。彼はメアリーを傷つける運命にあった。彼女が怖かった、彼女の痛みが怖かった。それでもラスカのような女性を知る必要があった！　彼はどっちみち女性――琥珀色の肌をした女性に弱かった。メアリーもおなじ色だった――ラスカのような女性は決まって彼を可愛がるのだった。しかし、彼女にはパーティで会ったきりだった。電話を二回かけたが、市外に出かけています、と秘密めかして言われただけだった。実際、彼はメアリーと別れるつもりはなかった――欲しいものはなんでも手に入るのに、ラスカが彼なんかを真剣に相手にするはずがない――自分にそう言い聞かせようとしたが、メアリーに自分は彼女の所有物ではないとわからせる必要があった。

彼はメアリーの別の面にもいらだちを感じた、彼女の所有欲は別のかたちでも表れていた。父親とおなじように彼女はひっきりなしに忠告した、成功するためになにを為すべきか話してきかせるのだった。メアリーも父親も、成功がなにを意味するのかわかっていないようだった。メアリーはこれまでかなり安泰な人生を送ってきた、父親にとってはさらにそうだったろう。ふたりには、彼の人生がどんなに過酷だったか理解できなかった。彼なりに頑張ったということがふたりには理解できなかった。僕は頑張ったんだろうか？　意識が朦朧としてきた。そもそも頑張ったって何になる？　どうして僕はほかの人たちとおなじように、ただの黒んぼ《ニガー》になれなかったんだろう、「善良な」黒んぼ《ニガー》の一人になれたらよかったのに！……おまけに、メアリーはキャバレーが好きではなく、彼が出かけるたびに嫌がった、賭けボクシングに出かけても不機嫌になった――次のリーンシェーンクス・ペスコッドの試合を観戦することに決めた……それに女の子たち、琥珀色の肌をした女の子たちも。メアリーはどうするだろう……？

　下宿の女主人がドアをノックした。ウェルカム・フォックスはテネシー州の大農園で生まれ育った中年女性で、夫はある一家の御者をしていたが、その一家のニューヨーク移住に夫が同行することになり、ふたりで北部に出てきた。やがてその一家とは疎遠になったが、夫はビクトリア車を運転し、五番街を行き来したものだった。二年前にその夫が死に、亡き娘の子ども二人の面倒を妻がみることになった。しかし、ミセス・フォックスはいつも慎ましく、きつい仕事にも慣れていた。若い頃は、洗濯や簡単な洋裁を引きうけて、家計の足しにしていた。現在は下宿人を何人かおいて、アパートの家賃を支払っていた。時おり、外で日雇いの仕事をすることもあった。子どもたちと自分用に小さな寝室があったが、家にいるときは、彼女はほとんどの時間を台所で過ごした。

　どうぞ！　バイロンは大きな声を出した。

ミセス・フォックスがドアを開けると、油で揚げたポーク・チョップと茹でたキャベツの匂いが部屋にただよった。子どもが一人、彼女のたっぷりしたスカートに必死にしがみついていた。男のひとがあんたに会いにきてたみたいよ、彼女が教えた。

誰ですか？

名まえははっきり思いだせないねぇ。よくここにくる色のしろい男のひとだよ。

ミスター・スィル？

そう、かれだ。彼女の親しみやすい顔が明るくなった。タクシーズ、母ちゃんのスカートをひっぱらないでおくれ。まったく子どもがいると、ちっとも放っておいちゃくれないんだからね。

ディック・スィルはオーバーも脱がないうちに、挑発的とも言える口調でニュースを発表した。

僕は白人になる！　彼は言った。

バイロンはすぐには言葉が出てこなかった。なんと言っていいのかわからなかった。しばらくして意を決したように言った、コートを脱ぎなよ、ディック。

友人はその言葉にしたがうと、ベッドに腰かけて、そわそわした様子でタバコに火をつけた。あいつらのせいなんだ、彼は主張した、さっきとおなじ弁解めいた攻撃的な口調だった。あいつらのせいなんだよ。僕たちは望んでいない。僕は望んでないけど、あいつらがそうさせるんだ。

わかるよ、バイロンが言った。僕にはできなかったけど理解はできる。

ブーダ・グリーンが白人男性と結婚したんだ。それで僕も考えるようになった。彼女に黒人の血が流れていることを相手の男は知らない。ある日、彼女に道で会ったんだ。ディック、あんたも白人のふりをすればいいじゃない？　彼女が言った。あたしみたいな人はニューヨークだけで一万人いるのよ。カラーラインを越えて、こっちに来ればいいじゃない？　あんたの肌は十分白いわ。

　誰かに暴露されたらどうする、僕は反論した。彼女は笑った。誰もそんなことしないわ。ニグロ《シャイン》は白人《オフェイ》を騙すのが好きだからその心配はないし、あんたが騙しているのをみても放っといてくれる。かれらは秘密をうっかりしゃべったりしないわ。こっちに来ないなんてバカよ。だって、あたしはどこへ行くにも夫と一緒だけど、誰にも怪しまれたことないもの。怪しまれるはずないわ。世界は混血であふれているのよ、中国人とイギリス人、インド人と白人のアメリカ人、ユダヤ人とスペイン人……

　どこかで読んだことあるよ、バイロンが言った、白人男性がもつこれや……あれや……の適性が黒人女性に作用して、最終的には人種問題が解決するという理論を主張している人がいるって。僕たちはみんな白色人種にのみこまれていくんだ！

　そう、そのテーマについてなら僕もすこし読んだことがある、ディックが叫んだ、まだちょっと興奮しているようだった。このあいだロバート・グレイヴスというイギリス人の書いた本をたまたまみつけたんだ。『マイ・ヘッド！　マイ・ヘッド！[3]』っていう本。それを開くとこんな言葉があった。モーセに唯一愛情をそそいだのはふたりの女性だった、男性では誰もいない。ふたりの女性とは母親ヨケベドと妻であるエチオピア人の女……。そう、それを読んで僕ははっとした、それで家に帰ってその本を最初から読んだ。モーセの母親にちなんで名づけられたシュネムの女にむかってエリシャが語るんだけど、モーセの物語をたくみに愛情深く解釈した本だと思った。その説明によると、ナイルの泉の近くで生まれたエチオピア人女性の助けで、モーセはエジプトの疫病を予言できたらしい、彼女のヴードゥーの知識と、彼女が先回りして部族から入手してくれた情報が役に立ったそうだ。

でも、それは虚構だよ！　そんなこと聖書には書いていない！　バイロンは叫んだ。

でたらめなのかい？　でも、民数記の十二章第一節にはこう書いてある。そしてミリアムとアロンは、彼の結婚相手であるエチオピア人女性のことでモーセを批判した。彼がエチオピア人の女と結婚していたからだ。……そして、ミリアムとアロンが彼女に反発したので、神はふたりをハンセン病にしたと聖書には書いてある、ディックはさらに言った。南部の原理主義者たちにとっては驚きだろうな。聖書は混血になんの反感も持っていないってことだ。さらに、その女性をヨセフスの本で調べたんだ、そしたら、そこにも彼女は登場していて、サービスという名前も出てきた。

じゃあきみは……

エジプトでモーセがしたことはもれなく、彼の弟子たちも真似したと思うんだ。僕の考えでは……

まさか、聖書を読んだせいで白人のふりをしてるんじゃないだろうね！

それはない！　成り行きでそうなっただけだ。僕が失業したのは知ってるだろう。それで、別の働き口を探していたんだ。求人広告を手に、事務所から事務所へ忙しく飛びまわっていた。ニグロだと告げるといつも採用を断られてしまうんだ。ついにある事務所をみつけた、そこはとても親切に対応してくれ、仕事も申し分ないようだった。男性の質問にいくつか答えたあとで採用になった。

それから彼がたずねた、きみはかなり浅黒い肌をしているね。スペイン人かい？　母親がスペイン人だったんです、僕は答えたよ。僕のこと責めるかい？

いいや、責めないよ、バイロンは言った。僕にはできなかったけどね。どんな仕事なんだい？

個人秘書さ。ボスはしょっちゅうヨーロッパに出張するんだ。じつは、四月に船で出かけることになっている。

バイロンは両手に顔をうずめてうめいた。ディック、きみを責めはしないよ、彼は答えた、でも、僕にはできなかった。

しばらくして友人が帰ったあとで、バイロンは真新しい紙を取りだし、鉛筆を手にとった。窓の外に視線をやり、殺風景な壁をながめて、考えをまとめようとした。何について書けばいいだろう？　書いて面白いネタってなんだろう？　ひとつも思い浮かばなかった。

2

バイロンは早起きに慣れていなかったので、役に立つだろうと目覚まし時計を買い、六時にセットしておいた。指定した時間になり、ベルが怒ったように耳障りな音をたてた、彼は寝返りをうち、両腕を伸ばしてあくびをした。それから、またうとうとしかけたが、いやなベルの音はまだ続いていた。街で仕事をみつけ、七時半に出勤するように命じられていたことをようやく思いだし、彼はしぶしぶベッドから出た。室内はかなりうす暗く、ガスコンロのところに行く途中で、床に置きっぱなしにしてあった本の山につまずいた。ガスに点火したあと、身体をスポンジでいい加減に洗った。それでも、冷水が肌に触れると活力がわき、身支度をすばやく整えることができた。熱いコーヒーをすぐに飲めるように、コンロのところにコーヒーポットを準備しておいてほしいとミセス・フォックスに頼んであった。それと、薄く切ってバターを塗ったパン数枚が彼の朝食だった。自分でも驚いたことに、気分は落ち込んでいなかった。むしろ興奮していた。彼は若くて健康だったので、その日の仕事を冒険のように楽しみにしていたのだ。

彼は七時に家を出た、雲に覆われていたが空は明るくなってきていた。ときおり、雨粒が頬に落ちるのを感じた。最寄りの地上駅までいそぎ足で歩くと、果てしなく続くかのような人びとの行列に出くわした。行列を通り抜けるのに二時間というニュースの言い回しが彼の頭に浮かんだ。そこらじゅうの脇道から人が出てきて大通りを行進していた。男も女も労働者たちはみな、隔離された黒人都市を一時的に離れて、異界に働きにいくところだった。一部の者は年老いて腰が曲がり、痛みをこらえてゆっくり歩いた。それ以外の者は若くて筋骨たくましく、ぺちゃくちゃ話しながらいそぎ足で前進した。象徴的な行進、虐げられた者たちの行進みたいだという考えが、彼の頭に浮かんだ。ユダヤ人たちはこんなふうに砂漠に向かい、ファラオのためにピラミッドを建設した。ロシアの政治犯たちは革のむちに怯えながら、こんなふうにシベリアまでとぼとぼ歩いたのだ。しかし、まわりを歩いている人たちの表情には一様に希望がある、バイロンはすぐに相違点に気づいた。かれらは千年王国《ミレニアム》、すなわち黒人が白人と対等になる日が到来する前に為すべきことを行なっているのだった。その日は到来しつつあった。誰もがそう感じていた、老いて動けなくなった者はその日を生きて迎えられるか心配していた。

東で火があがっている。
西で火があがっている。
天使たちを遣わしめよ！

かれらの眼には希望以上のものが宿っていた。女中の女の子や、船舶貨物の揚げ降ろしをする労働者、配達係の少年たちはたいがい陽気で屈託がなく、無頓着でのん気な態度であることにバイロンは気がついた。かれらには自立した生活があり、いかなる苦難もそれを奪うことはできなかった。早朝から夜遅く就寝するまで、あくせく働かなければならない白人の女中の女の子よりも、かれらは全般的に幸福と言えるかもしれないと彼は思った。同胞の女の子たちは、毎晩、家族のもとへ、愛する人《ダディ》のもとへ帰るのだった。彼女たちは「住み込みで働くこと」を拒絶した。白人世界は日中の楽しみを最大限に奪ったかもしれないが、彼女たちはいつも夕方を心待ちにすることができた。

バイロンはキャバレーを通りがかった、ちょうど閉店するところだった。閑散とした活気のない店の入口から、夜どおし踊っていた若い男女たちが出てきた。かれらも行列に加わった。かれらは一睡もしていなかった。夜を徹してお祭り騒ぎにふけったあと、白人世界が遊ぶことを強要する奇妙な労働ゲームの駒となるために帰っていくのだった。

僕たち全員でなにか歌ったほうがいいな、どの曲がふさわしいだろう、バイロンは思った。「キリストの兵士よ、進め」[4]はどうかな？　彼はにっこり笑い、サリヴァンの賛美歌を却下した。僕たちらしい曲がいいな。「ともに歩こう、神の子たちよ！」[5]がいいかしら。僕たちが精神的な意味でともに歩くことなんて滅多にないけど、彼は独りごちた。

バイロンは南部に住んだことも訪問したこともなかったので、隔離車両《ジムクロウ・カー》をみたことがなかったが、彼がいま立っている走行中の車両はそれにかなり似ているにちがいないと思った。人びとの行列が車内におし寄せた、列車につながれているほかの車両も同様だったが、席はすべて、沿線のさらに遠くの駅から乗車した黒人労働者たちによって占められていた。たしかに、マンハッタン島の北の方からやってきた男女の白い顔もちらほらあったが、ほとんどの人が黒か褐色か混血の肌をしていた。僕たちは虹のようにカラフルな人種として知られるべきだ、バイロンは確信した。

似たような目的地に向かっているのに、車両の乗客のなかに一人も知り合いがいないことに驚いた。おそらく思考過程も考え方も異なるのだろう、彼はもの思いにふけった。僕は乗客の誰にも似ていない、かれらは僕に似ているが、それは僕が友だちの誰かに似ているのと一緒で、それ以上の意味ではない、彼は思った。僕たちはみな気質と意見が異なる。各自はそれぞれの考えや行動の基準をもつが、人種的偏見という巨大な力のせいでともに並ぶことを強いられている。白人社会にとって、僕たちはひとつの集団なのだ。……

この集団はこれからどうなるのだろう？　人種的偏見のおかげで、少なくとも表向きは攻撃的な態度も辞さないと言われる人びとを最終的に団結させる力が、無意識に必然的に生まれつつあるとは言えないだろうか？　あるいは、人種的偏見の圧力により、この集団は解散してばらばらになるのだろうか？

　ディックのような人もいた。それはひとつの解決法、ディックのような肌色の人にとっては簡単で魅力的な解決法だった、彼とおなじことをする人はすでに何百といたし、彼のあとにも何千と出てくるだろう。バイロンは考えた、ニューヨークにやってきてからというもの、白人のようにみえる黒人にたくさん出会った。黒人はいずれそのアイデンティティを失うのだろうか？　白人の血に溶けて消えてしまう運命なんだろうか？

　彼は別の可能性も考えた。アパートに黒人家族が一組移ってくると白人家族はみんな逃げていった。ある街区に黒人家族が二組移ってくると、白人住民はその街区から姿を消した。ハーレムのアフリカ系住民の区画はそんなふうにして誕生した。ハーレムはそんなふうにして少しずつ大きくなった、東へ西へ、北へ南へ大きくなった、少しずつ大きくなったのだ。この新しい大都市でチャンスをつかもうと、もっと大勢のニグロが南部や西部からやってきて、白人たちの地域にどんどん侵入していき、すでにインド人、オランダ人、イギリス人が暮らしていて、ゆくゆくはあらゆる民族のるつぼになるマンハッタンがニグロの島になることはあり得ないだろうか？　水族館やすべての高層ビルの屋根に黒い旗がひるがえり、島南端のバッテリーから、最後の白人住民がボートを漕いで去るところを想像して、バイロンはクスクス笑った。あるいは、ハーレムの資産価値が大幅に上昇し、土地を売却して、またどこかに移ることになるのだろうか？　あるいは、白人と黒人が仲良く平和に、お互いの才能をそれぞれ発揮しあって暮らすことができるのだろうか？　すぐには達成されそうにない、バイロンは思った。

42丁目！　車掌が叫んでいた。バイロンは列車を降りた。

クレザレッジ・ビルは40丁目付近にある、事務所がいくつも集まった巨大な巣のような高層の建物で、上層階は優雅な連棟式の集合住宅になっていた。正面玄関には、精巧に彫られた不気味な竜の石像があり、不吉で陰鬱な雰囲気をつくりだしていた。バイロンは建物に入るとき、ダンテが地獄の門に刻んだ銘文を思いだした。

地階の広々とした部屋では、若いニグロたちが集まって、笑ったりしゃべったりタバコを吸ったりしながら、制服に着替えていた。部屋の隅には、サイコロゲームをしている三人組の男の子たちがいた。

ちゅうもく！　そのうちの一人が大声を出した。新入りをしょうかいする。

どっからきたんだい？　別の男がたずねた。あとでこの男がジョエルだとわかった、前日、バイロンはこの男について働くように指示されていた。

ハーレムです、バイロンが答えた。

みたことねぇ顔だな。ジョエルは疑わしげに新人をみつめた。

四がでてくれ！　部屋の隅から声がした。

サイコロをふるのはやめろ！　ジョエルが命令した。それからバイロンにむかって、女の子《ベイビー》と腰をふるかい？

ときどきは。

そうか、スーツをとりにこっちにこい。ジョエルはバイロンをロッカーに案内した。こいつはクビになったニグロ《ジグ》がつい最近までできてたやつだ。じぶんの服はロッカーにしまっといたほうがいい。こいつがカギだ。あいつらニグロ《スモーク》の行動やふるまいにオレは責任もてねぇ。

バイロンはベンチのうえでズボンを脱ぎはじめた、隣のベンチにいる男の子たちはずっとしゃべっていた。かれらは開けっぴろげに、恋の冒険、サイコロゲーム、レノックス街の闇酒場《ダイヴ》、ナンバーくじについて話した。タイガー・フラワーズ[6]やリーンシェーンクス・ペスコッドの卓越した技の話が聞こえた。なんとなく嫌な雰囲気だ、バイロンは感じた。作家になりたいのなら、これはたぶん第一級の素材になるだろう、彼は自分にきびしく言い聞かせた。それからすぐに考え直した、こんな生活について書くことはないだろう、かれらに嫌悪感を抱かずにはいられなかった。自分がかれらの一員だなんて考えただけでもたまらない、彼はため息をついた、かれら……

そう、かれらがなにを考えているか、彼にはわかっていた。二人組がひそひそ話しながら、陰険な眼つきで彼をみてうなずいた。かれらは笑って目配せした。そのうちかまわず大声で話しはじめた。いくつかのフレーズは聞きとれた。えらそう、お高くとまってる、からし種みてぇに色白、きどりや《アーンチー》の色白野郎、苦労人長屋《ストライヴァーズ・ロウ》の色男《シーク》……ジョエルが助け船を出した。

いっしょにくるんだ、彼は命令した。

真鍮ボタンのついたネイビーブルーの制服はバイロンには大きすぎたが、彼はその言葉にしたがった。ジョエルは何機かあるエレベーターのひとつに彼を案内すると、レバーの調節の仕方を説明した。

飛びのれ、オレといっしょだ、彼が言った、オレがおしえてやる。

朝の出勤がはじまっていた。ブローカ、弁護士、速記者、雑用係の少年たちが群れをなして到着した。レバーを操作するジョエルの腕前にバイロンは驚いた、挨拶してくる人には陽気におはようと返しながら、踊り場ごとに鉄製の扉を開閉し、各階ぴったりの高さでたくみに停めるのだった。バイロンはもちろんこれらの操作が行なわれるのをみたことはあったが、それがどんなに難しいかはわかっていなかった。時間が経つと、数階を移動するあいだ乗客がいないことがあった、ジョエルは新人にレバーを握らせてくれた。バイロンはやってみたが、エレベーターを踊り場の高さで停めるのは至難の業だった。彼はジョエルをひそかに感嘆のまなざしでみつめはじめた。

十二時になるとジョエルが言った、昼めしにいってきたほうがいい。

どこへです？　バイロンが質問した。彼は途方にくれた。この界隈のレストランのことはなにも知らなかった。値段が高すぎるところもあるだろうし、黒人の入店を認めないところもあるだろう。

なにももってこなかったのか？

はい、バイロンが答えた。知らなかったんです。……

そんなら、だれかが弁当をすこしわけてくれるだろうよ。

ジョエルは地下で彼を降ろした。

その夜、バイロンはいつものようにメアリーを訪ねた。今後、ダウンタウンで仕事をしながら、メアリーに会う習慣をどうやって続けていけるだろう、執筆もしなくてはならないし、彼は思った。時間の使い方を考えなくては。父親からの仕送りがなくなったので、給料だけでなんとか生活をやりくりしていた。短篇小説が売れるまで、社交や娯楽は控えなければならなかった。

メアリーがドアを開けてバイロンを迎え入れるとオリーヴがたずねた、あら、労働者の生活はどう？　弁当用の円筒型容器をあげるわ。

今日は弁当を持っていくのを忘れたんだ、バイロンは笑った、それで、仲間の弁当箱からわけてもらう羽目になったよ。

どんな人たちなの？　オリーヴが質問した。

まぁ、なんとかやっていけそう。わかるでしょ。きみもダウンタウンで働いているんだし。

建物によってかなり違いがあるのよ、オリーヴは食い下がった。どんな人たちなの？

まぁ、我慢はできる人たちだった、バイロンは答えた、でも、僕のことを偉そうって感じているみたい。服装や話し方が上品すぎるんだ。僕のこと、きどりや《アーンチー》って呼ぶやつもいたよ。

きみに注意するのを忘れていた、ハワードが言った。方言で話したほうがいい。下層のニグロ《スモーク》は偉そうなやつを相手にしないんだ。溶け込むようにしなきゃ。

そうか、なにもかも間違ってたみたいだ、バイロンは残念そうに言った。明日から方言で話しはじめることはできないよ。

次の場所でそうすればいいさ、ハワードは意味ありげに言った。

次の場所？

そうだよ。初日がそんなふうじゃ長くは続かない。やつらはきみの足を引っぱるだろう。

電話のベルが鳴った。

もしもし、オリーヴは受話器を耳にあてた。はい、彼ならここにいます。ちょっとお待ちください。……彼女は送信器に手のひらを押しつけて小声で言った……ハワード、ミスター・ペティジョンからよ。

もしもし。ハワードが電話に出た。ミスター・ペティジョンですか？　僕に会いたいと？　……いつです？……今すぐですか？　さぁ、それはなんとも言えません。とても重大な案件を抱えていまして。今晩は依頼人と打ち合わせをすることになっています。……そうなんですか？……では、依頼人には十時まで待ってもらうことにして、先にあなたのところにうかがいましょうか。……ではそうします、ミスター・ペティジョン。……ハワードの態度は毅然としていた。……ご自宅ですね？　わかりました、すぐに参ります。

受話器を置くと、彼はくるりとこちらに向きなおった。

やったぁ！　彼は叫んだ。バンザイ！　ついにペティジョンを釣りあげたぞ。メインウェーリングと口論してクビにしたんだって。宝くじ王《ポリート》はハーレムの誰よりも多くの訴訟案件を抱えているんだ！

オリーヴはキャッと笑い声をあげていた。ちょっとハワード、いっぱしの口をきいたわね！　もうひとりの依頼人にも会わなくちゃ！　宝くじ王《ポリート》にもね！

いくらの稼ぎになるの？　彼女の次なる質問はそれだった。

わからない。結婚式の費用が十分払えるくらいだといいけど。ハワードはコートをはおっていた。自動車も買えるかもしれないよ。

一緒に行くわ、寝室に駆け込みながらオリーヴが叫んだ。彼、どこに住んでいるの？

遠くないよ。127丁目だ。

オリーヴは上着をきて戻ってきた。わたしも一緒に行くわ、彼女は言った。新鮮な空気を吸いたいの。彼女はさらに言った、あんたが出てくるまで歩道で待ってる。誰よりも先にこの大ニュースを聞かなくちゃ。

ふたりは威勢よく部屋から出ていった。

バイロンはメアリーをみつめた。ハワードにしては短絡的じゃないか、彼は苦々しく言った。ずいぶん慎重さに欠けるな。

メアリーは彼をなだめようとした。あなたじゃなくて残念だったわ、でもハワードはこのために何年も頑張ってきたの、彼女は言った。彼がロースクールで過ごした歳月を考えてみて、それに卒業してほぼ一年、重要な案件に恵まれなかったんだから。

随分と時間がかかるんだな、バイロンはうめき声をあげた。彼はいつのまにか立ちあがっていた。大学からエレベーターに直行とはね！　うまいこと上昇できるだろうよ！

やめて！　彼の手にキスして彼女は懇願した、お願いだから！

彼女はさらに言った、バイロン、あなたの仕事が好きになれないわ。

ほかに何ができるっていうんだい？

なにか探さなくては。あなたがすごく頑張ったのはわかるけど、全世界が偏見をもってるわけじゃないわ。ミスター・サムナーが言ってた……

あんな俗物！　彼の世話になるなんてまっぴらだ！

バイロン！

本気だよ。あそこできみに出会った夜から、僕を一度も家に呼んでくれないんだもの。

でも、なぜあなたを家に呼ばなくちゃいけないの？

僕のことなんかどうでもいいんだ。かれらからすれば僕は足りない男なんだ。

ばかなこと言わないで。ミスター・サムナーは俗物なんかじゃないわ。すべての知り合いに会う暇なんてあるはずないじゃない？　バイロン、彼はとても忙しい人なのよ、それに、彼の助けを必要とする若者がほかにたくさんいるのかもしれない。その全員に親切にできるはずないじゃない？よく考えてちょうだい。あなたの方から彼を訪ねるべきなのよ。

いやだね。……彼は僕の父親を知ってるんだ、彼は弱々しく言った。

うちの父親とも知り合いよ。先日、父が田舎から出てきて彼の家に立ち寄ったけど、わたしがあそこに招かれるのはせいぜい年に二回で、それ以上ではないわ。あの人たちは義理をはたす相手が多すぎて、すべての人を気にかけることはできないのよ。気にしすぎないほうがいいわ、彼の手のひらを自分の頬におしつけながら、彼女は言った。気にしすぎると恐ろしいことが起こるものよ。ミスター・サムナーはあなたのことなんて考えてもいないわ。あなたの存在自体忘れているかもしれない、それなのに、彼に無視されていると思い込んでいる。あなたが会いに行けば、彼は絶対によろこぶはずよ。

バイロンは乱暴に手をふりほどくと、怒ったように部屋の反対側に歩いていった。きみだって、僕のことなんかどうでもいいんだ、だからあいつの肩をもつんだ！　彼は興奮して叫んだ。

バイロン、わたしがどれほどあなたを愛しているか、知ってるはずでしょう。それを証明しろって言うの？

まったくおかしな愛だな！　僕が屈辱的な仕打ちに耐えつづけなければならない理由を、きみはいつだって説明するじゃないか！　ハワードと話すときはそんな言い方しないだろ。

たぶん、ハワードよりもあなたに興味があるからよ、彼女はかっとなってつけ加えた、それにハワードには助言は必要ないわ。

そりゃハワードは完璧なんだろう！　きみがいつもほかの人の肩をもつなら、僕にどれほど興味があろうと、そんなことどうだっていいさ。

あなたが正しければあなたの味方をするわ。ミスター・サムナーについてあなたは誤解してる。あなたの態度はとても愚かだわ、あなたがどう思おうと言わせてもらう。

まったくすばらしい、バイロンは怒鳴った。一日中懸命に働いて、家で執筆すべきだったところ、ここに寄ったのに侮辱されるとはね。

この仕事をはじめる前は、そんなに書いてなかったじゃない。

暇がなかっただけさ。ずっと仕事を探してたんだから。

ビリヤードは一度もしなかった？　コモンウェルス・クラブにも行かなかった？　ミセス・サルトーリスに会いにも？

僕がなにをしようときみには関係ないだろ！　彼はコートと帽子をつかみ、ドアを荒々しく開けると怒ったように出ていき、バタンとドアを閉めた。玄関まで走っていくと、メアリーが絶望したように彼の名を呼ぶのが聞こえたが、彼はふり返らなかった。

3

ハワードの予想は正しかったことが判明した。バイロンはすぐにジョエルとおなじくらい上手にエレベーターを操作できるようになったが、その週の終わりにクビになった。彼にはこの仕事をつづける気がない、とでもジョエルが監督に言ったのだろう。職業紹介所とオフィスビルをまわる、うんざりするような日々がまたはじまった。またしてもつらい屈辱に耐えなければならなかった、屈辱を感じるのは気難しい性格と想像力のせいだと、バイロンはうすうす気づいていた。そのうえ、これまでもたいして本気だったわけではないが、彼の心はもはや職探しにはなかった、というのも、親切な父親が忠告や小言なしに小切手をもう一枚――今度はより高額だった――送ってくれたからだった。

メアリーもおなじくらい理解があればいいのに、と彼は思った。ふたりは顔をあわせるたびに口論してばかりいた。何度目かの諍いのあと、彼はどちらかといえば自分に非があると思った。彼はいろいろな意味でメアリーに夢中だったが、自分の行動に文句ばかり言うのでまったく手に負えなかった。男はいろんなことを経験する必要があるってこと、どうしてわかってくれないんだろう。

冷静な気分のときには、彼女はわかってくれている、フェアにふるまおうとしているだけだと思えたが、一緒に過ごすとそのような態度に無性に腹が立った。フェアでありたいなんていったい何様のつもりだ。彼はその傲慢さに怒りをおぼえた、自分を見下しているように思えた。

彼はすぐにまたラスカのことを考えはじめた。彼女ならわかってくれる。彼女なら同情してくれるにちがいない、彼は思った。男のなかの男にふさわしい女だ。何度か電話をかけたが、そのたびに彼女はまだ出かけていて、いつ戻るかわからないという伝言を受けとった。

慢性的な憂鬱から逃れるために、ビリヤード場に行くのが彼の習慣になった、そこに行けばかならず仲間に会えるし、飲み物さえおごってやれば、かれらはよろこんで彼につきあった。みんなでキャバレーにくり出して、坐って話したり、明け方まで踊ったりすることもあった、そうすると、職探しのエネルギーを奮い起こそうとするうちに、午後になってしまうのだった。

当然ながら、執筆ははかどっていなかった。机のまえに一時間ほど坐って、言葉をつなぎ合わせようとすることもあった。その努力は実を結ばなかった。あまりにも精神的に混乱していると彼は思った、日々の生活に忙殺されて落ち着いて考えることができない、落ちついて考えることは作家にとってきわめて重要だった。そのことは彼にもわかっていた。さらに、ふさわしいテーマを選ぶという重要でむずかしい問題もあった。彼は素材を選んだり、きちんと組み立てたりすることができないようだった。大学時代は事情が違っていた。当時は小説を書こうとはしていなかった。劇場でみた芝居や街で目撃した出来事について書いていた。この街では経験することがあまりに多かった、あまりに多かったがあまりに少なかったとも言える。この街の人たちの習慣は、彼にはとてもなじみ深いが、いらだちを感じさせるものでもあった。彼は下宿の女主人とその孫たちを毛嫌いしていた。かれらはとても親切でとても強欲だった。彼はクレザレッジ・ビルの仕事仲間たちのことも嫌っていた。かれらをみていると、自分の生まれもった性質を思いだしてあまりにもつらかった。彼がもっとも嫌っていたのは名声を得ている若い黒人作家たちだった。かれらともっとつきあうようにメアリーはときどき勧めたが、彼はいつも不機嫌そうに断った。自分がまだ梯子の下でもがいているのに、かれらが成功をおさめているなんて、考えただけでも耐えられなかった。

ところが、ある夜、思いがけず物語の構想が浮かんだ——ある新聞記事からひらめきを得たのだった。彼は有頂天になり、そのことを知らせにメアリーのところにすぐに駆けつけた。階段を駆け上がり、息を切らせながら彼女に挨拶した。

いったいどうしたの？　キスのあとで彼女はたずねた。

物語のすごいアイデアを思いついたんだ！　呼吸を整えながら彼は言った。

それはよかったわ。教えてちょうだい。

彼は坐って考えこんだ。話のおもな輪郭はあったが、細かい部分はまだはっきり決まっていなかった。

あのね、ある白人の青年がハーレムのキャバレーによく行くんだけど、彼は話しはじめた、黒人の女の子をナンパして関係をもつんだ。彼はいつも彼女に会いにいく。で、それから、この青年には社会福祉施設《セツルメント・ハウス》で働いている妹がいるんだ。ある日、彼女はおなじ職場で働いている若くて知的な黒人男性に出会う。ふたりは惹かれあい、ついに結婚することに決める。彼らは愛しあっているんだ……バイロンは口ごもった。

それで？　メアリーがたずねた。

なにが起こるかわからない？　白人の青年はふたりの関係を別の角度からみていた。自分が黒人の女の子を誘惑するのはかまわない。その子が自分を愛していると知っても、彼の見方は変わらなかった。ただの遊びで、真剣な関係ではないと考えていたんだ。でも、妹の欲望となると話は別だった。黒人男性には教育があり、ふたりは愛しあっていたにもかかわらず、妹が黒人男性と結婚するという考えはとても恐ろしかったので、彼は妹のフィアンセを撃つんだ。

しばらく沈黙があった。

バイロン、あなたに書いてもらいたかった内容とは違うけど、そのまま書きはじめてみたらいいわ、しばらく経ってからメアリーが言った。

僕に書いてもらいたかった内容とは違うってどういう意味だい？　彼はとっさに食ってかかった。興奮しないでちょうだい、バイロン。……彼女は言うのをまだためらっていた。やっと遠慮がちに言った、こういうプロパガンダのテーマはすごく難しいのよ、人間的な物語に仕上げるのが難しいの。メロドラマとか安っぽい物語にならないようにするのは至難の技だわ。書き手に卓越した技量がないかぎり、こういう物語は人種偏見に由来する情動にもっともらしく訴えているように読めてしまう。

だから、僕には無理だっていうんだろ！　バイロンは怒鳴った。

そうは言ってない。そんなこと全然言ってないわ。あなたにできるかどうか、わたしにはわからないけど、自分がよく知っていることについて書いたほうが無難だと思うの。

この話について、僕がなにか知っているとは思わない？　さっききみに話しただろ？

話の内容は重要じゃない。それをどう扱うかなのよ。……メアリーは小声でそっと話していた。……もちろん知的な黒人男性の心理について、あなたはよくわかるでしょうけど、彼は物語のうえで重要度の一番低い人物の一人だと思う。黒人女性の視点についても、ある程度は理解できると思うけど、そっちはもっと難しいわ。白人の登場人物の心理を理解できるとは思えないし。白人の女の子の行動を描くのがそう簡単ではないってこと、あなたもわかるでしょう、読者が納得できるように書かなくちゃいけないのよ。

簡単だなんて言ってないよ、彼は噛みついた、でも、難しさを強調しなくてもいいじゃないか。

愛するバイロン、わたしはあなたと話しあっているだけ。あなたの力になりたいの。その女の子はどんな心境なの？

どんなって、男性を愛してるんだ！

そうよね、でも読者がそれを真実だと思えるように書かなくちゃ、それから、その関係から生じる人種的偏見と因習に彼女が立ち向かうつもりだと、読者を説得できるように書かなくちゃいけない。たとえば、彼女の家族のこともあるだろうし。……

くそっ！　彼は叫んだ。やる気をなくすことばかり言うんだな！　そう言いながらも、内心では女の子の父親を登場させなくてはと思った。

バイロンお願い、言い争いはもうやめてちょうだい、彼女は懇願した。耐えられないわ。

彼はコートを着るところだったが、同情を誘うかのように彼女はその袖をつかんだ。

彼女は悲しそうに言った、最近、言い争いばかりね。

そのようだな。彼は顔をしかめた。

バイロン、あなたのことすごく愛してる。あなたを助けたいだけ。そうさせてはくれないの？

きみの助けなんてこっちから願い下げだ。

バイロン！

僕がハワードみたいにチャンスをつかんでないから、恥ずかしいと思ってるんだろ！

バイロン、お願いいよ！

それに『アトランティック』にくだらない物語が一、二編掲載されただけで、きみはルドルフ・フィッシャーが大作家だと思うんだろ！

彼女はなにも言わなかった。

きみの小言をこれ以上聞いてたら頭がおかしくなる。自分になにができるかは僕が一番よくわかっているはずだ。いまにみてろ！　雑誌に掲載されるような小説を書いてやる！　あとで後悔することになるよ。

後悔するですって！　愛しいあなた、そうなったら大よろこびだわ。

そりゃそう……そんなはずない！　放せよ。

バイロン、お願い、怒らないでよ。

放してくれ！

彼女の手をふりほどくと、彼は部屋を出ていき、ドアをバタンと閉めた、しかし、今回は自分のふるまいをすこし恥じていたので、立ち去りかねて玄関でぐずぐずしていた、戻ってきてと言われるのを期待していたのかもしれない。しかし、部屋のなかは静まりかえっていた。つま先立ちでドアのところまで戻ると、鍵穴に耳をおしあてた。彼女は泣いていなかった。なんの物音もしなかった。本当は、僕のことなんて愛していなかったんだ。彼女は僕を所有し、我が物にし、指図したかっただけ。あらたな怒りが湧いてきて、彼はその場を立ち去ったが、今度はもうふり返らなかった。

こんな気分のまま、みすぼらしいアパートに帰る気にはなれなかった。ポケットに何ドルか入っているのを確かめると、彼はブラック・ヴィーナスに行くことにした。元気をもらいたかったし、このキャバレーにはいつもなにかしら刺激があった。アーウィンかルーカス・ガーフィールドがいるかもしれない。琥珀色の肌をした女の子とのあらたな出会いもあるかもしれない。メアリーを裏切ってやりたかった、彼女の理想を打ち砕いてやりたかった。彼女が体現するものすべてに泥を投げつけてやりたかった。そのことをあとで彼女に話してやりたかった。

キャバレーに通じる階段を降りようとすると、彼は乱暴におし退けられた。二人のウェイターがある男を外へつまみ出そうとしていた。バイロンがすれ違いざまにふり返ると、かれらが男の尻に蹴りを一発食らわせるのがみえた。どさっという音がして、男は泥まみれの側溝に倒れこむと、横たわったまま動かず、意識を失っているようだった。バイロンは吐き気がした。人生はとても残酷だった。彼はこの見知らぬ男に同情していた。僕があの男だったかもしれない、自己憐憫に駆られながらつぶやいた。

ダンスホールにくると彼の気分はコロッと変わった。店内は混雑していた。笑いながら酒を飲む陽気な男女でテーブルは満席だった。黄味がかった肌の女の子が赤いドレス姿で、マイクを手にテーブルのあいだを歩きまわっていた。彼が入口のところで立ったまま、席がみつかるかなと入るのをためらっていると、その女の子が耳元で大きな声で歌った。

汚い手を使いやがって
ひどいことしやがって
最初からずっと俺を騙していた。
でも、俺は寂しかった
あいつがいなくなってから
あいつが戻ってくるなら
俺のところにいさせてやる……[7]

そんなこと絶対にするもんか！　係の女の子にコートを預けながら、バイロンは歯ぎしりした。

おっと、あそこにいるのは閣下じゃないか！　近くにいた太った快活そうな黒人が叫んだ。

すばらしい《バディシャス》！　連れの男も言った。

バイロンは誰かが自分の名前を呼ぶのを聞いた、ディックが彼のほうに近づいてきた。

やあ、きみじゃないか！

やあ、きみのほうこそ！　バイロンは大きな声で言い、友人と握手した。こんなところでいったい何をしてるんだい？

ハーレム見物さ。友達を連れてきたんだ。こっちにきて一緒に坐れよ。ジンならたっぷりあるぜ。

そいつはいい。どこに坐ろうか考えてたところだ。彼はためらったあとで質問した、今夜は白人なのかい、それとも黒人なのかい？

もちろん白人《バックラ》さ。僕の友だちも白人だけど、きみに会ったらよろこぶと思うよ。新しいニグロのこと、かれらは知っているのさ！　ディックはにやりとした。

今夜はあまり新しい気分じゃないんだ、バイロンは答えた。オールド・ブラック・ジョーっていう気分だよ。それでも、きみの情け深い友人たちにできる限りのことをしてみるさ。

ディックは急に真顔になった。そんなつもりじゃなかった、彼は言った。かれらはそういうタイプじゃない。心から真剣に誰かと知り合いたいと思ってるんだけど、きみが来るまで、僕の友だちが誰もいなかったんだ。

みてみろ、ニグロの野郎《スパジンギ・スパゲード》が白人の野郎《ファギンジィ・ファゲード》と話してやがる、バイロンの背後で声がした。

どうせアレめあてさ、そんなとこだろ、別の声が意見した。

なるほど、ここでも正体はバレていないみたいだな、バイロンが言った。彼の機嫌はなおっていた。

あたりまえさ、ディックは答えると、友だちの腕をとって自分のテーブルに案内した。そこにいたのは有名なコラムニストのラスク・ボールドウィンと小説家ロイ・マケインだった。どちらもバイロンのよく知っている名前だった。

僕にはわかりませんね、月並みなやりとりが何度か交わされたあとで、マケインがバイロンに言った、あなたみたいな人はどうやってここで話し相手をみつけるんでしょう。まわりをみてください！　この場所で大卒はおそらくあなただけですよ。

いや、バイロンの知り合いに何人かいますよ、ディックがウィンクして言った。

ここはすばらしい、ボールドウィンが叫んだ。こんなふうだとは思ってもみなかった。野性的でまったくジャングルみたいです。あのウェイターをみてください、歩きながらチャールストンを踊っています。

あんなにグラスがいっぱい載ったトレイをどうやって運ぶんでしょう、小説家が言った。一滴もこぼさないんです。

それを聞いて、友だちのグラスが空っぽだったことをディックは思いだした。彼はグラスに酒をついだ。

チャールストンを踊れますか、ミスター・カッスン？　ボールドウィンが質問した。

たいしてうまくないです、バイロンが答えた。

マケインは心底驚いたという表情で彼をみつめた。黒人はみなチャールストンを踊れると思ったものですから、そうでしょ、ディック？

僕にはよくわからない、というのがディックの答えだった。

マケインはグラスにジンを半分ほどそそぎ、残りをジンジャーエールで満たした。彼の気分はますます高揚して、話に熱がこもった。

あなた方はすばらしい人たちだと思います、彼は言った、まったくすばらしい人たちだ！ この活気と快活さ！ このダンス！ この歌声！ それなのに、僕はいつも黒人は怠惰だと思っていたんです！ 考えこんだ様子で彼はさらに言った、きっとあなたたちがこんなに幸せそうだからでしょう。そうだよ、ラスク、かれらはみな幸せそうなんだ！ 彼は叫んだ。

ラングストン・ヒューズという若い黒人詩人の詩を知っていますか？ ボールドウィンがバイロンにたずねた。

はい、知っています。

ここに来るまで、彼の詩は優れていると思っていたんですが、彼はただの見習い給仕みたいなもので黒人のことがわかってない。

ぼくの手！
ぼくの褐色の手！
壁をつきやぶれ！
夢をみつけろ！
この暗闇をうち砕くのを
この夜をぶっこわすのを
この影をとりはらうのを手伝ってくれ

おびただしい陽光のなかへ
おびただしい太陽の
夢のめくるめきのなかへ！

じつは、これがすぐれた詩だと思っていたんです、ボールドウィンは笑いながらさっきとおなじことを言った、でもいまは見習い給仕の戯言にすぎないということがわかります。彼は黒人のことがわかっていない。
そう言わざるを得ませんな、マケインが賛同した。
わざわざ苦労してこの詩を覚えたんですよ、ボールドウィンが言った。すぐれた詩だと思ったんです。ええと、どう続くんでしたっけ？

ぼくは影に横たわる。
ぼくの夢の光はもはや前にも
頭上にもない。
厚い壁があるだけ。
影があるだけ。

戯言です、マケインも真似して言った。戯言。ちっともそんな感じではありませんな。

エンターテイナーがかれらのテーブルにもやってきた。彼女は前後に揺れながら、マイクを手に、ぼんやりした視線を室内にさまよわせた、心は虚ろのようだった。彼女はうめいた。

汚い手を使いやがって……ひどいことしやがって……

いい感じです、ボールドウィンが言った。彼女にいくらあげればいいでしょう？　彼はバイロンにたずねた。

ええと五〇セントでも。二五セントでも。いくらでもかまいません。

マケインは財布を出して、一ドル紙幣を抜きとった。

ロイ！　部屋の向こう側から誰かが彼に声をかけた。

おや、あそこにいるのはデイナ・パートンだ、マケインが叫んだ。僕たちを呼んでいます。彼はボールドウィンを引っぱっていった。

悪くない人たちだろ、ディックは弁解がましく言った。

そうだな、バイロンは答えた、でも今日はあまりにひどい日だったから、いつもより神経質になってるんだ。彼らは悪くないさ……白人《オフェイ》にしては、彼は言った。

ディックは彼をまじまじとみつめた。きみならスペイン人かポルトガル人のふりができるよ、彼は言った。こっち側にくればいいのに？　社会の仕組みに抵抗しても仕方がない。抵抗するだけ無駄だよ。

バイロンは唇をとがらせた。僕にはできなかった、彼は言った。どうしても無理だった。きみのように白人としてふるまう人を責めはしないけど、僕にはできなかった。勇気がなかったのかもしれない。

きみみたいに黒人として生きるほうがよっぽど勇気が要るよ。

それについて話すのはやめよう、バイロンはいらいらしているようだった。

音楽がやみ、笑い声が聞こえていたが、それも静かになった。宿命的な出来事の気配があった、誰にも止められないなにかが起ころうとしているようだった。かれらの背後で、ある男性が連れに小声で歌っていた。

はつ恋の女の子、オレに右手をくれた
オレを捨てて、べつの男のところに走りやがった。
女にはちょっかい出すなって学んだぜ。[8]

アハハ！　アハハ！

恋人がいないときの彼女《スウィーティ》をみたことあるかい
恋人がいないときの彼女《スウィーティ》をみたことあるかい
朝おきたら、羽根布団をひっくりかえしてみな？

琥珀色のスポットライトが空間をつらぬいた。ジャズバンドが音を噴出し、炸裂し、いななき、吠え、鼻をならし、野蛮な儀式がはじまった。

風変わりな装いの筋骨たくましい人物をディックが指さした、入口からフロアを横切って歩いてくるところだった。みろよ！　彼が叫んだ。スカーレット・クリーパーだ！

誰だい？　バイロンがたずねた。

かの有名なクリーパーを知らないのかい？　レノックス街でもっとも有名な男さ。女に貢がせて生活している本物のジゴロ《イーストマン》よ。闇酒場《ダイヴ》をうろつく色男《シーク》で、名前はアナトール・ロングフェロー。

踊っている人たちの傍らをクリーパーがゆっくり進むと——その足どりは猫のようにひっそりとしなやかで歩いている感じがしなかった——彼のまわりに道ができた、店にいたほとんどの男女が彼の姿をみてささやきあった。彼の入場がセンセーションを巻き起こしたのはあきらかだった、それに、人びとの反応に本人がとても満足していることもあきらかだった。誰も彼に話しかけはしなかったが、彼のことを話題にした。クリーパーと一緒にいるのは、背中にこぶのあるちんちくりんの陰険な男だった、サルみたいに皺だらけのかさついた黒い顔、あごは湿疹で色素がぬけ、羊毛のようにふさふさしたかがやく銀髪をしていた。バイロンとディックの隣の空いたテーブル席にかれらが坐ると、三人のウェイターがすかさずチャールストンのステップで現われた。

これぞ正真正銘の「最大限のおもてなし《ダンシング・アテンダンス》」だな、ディックが言った。

クリーパーがもったいぶった態度で注文すると、ウェイターたちはその命令を遂行するためにいそいでテーブルを離れた。バイロンとディックはその男をさりげなく観察できる場所にいた。彼は小声で話そうとしているようだったが、ジャズバンドのつくりだす混沌と轟音のなかでは大声を出さざるを得なかった、しかも、彼はすばらしくよくとおる声をしていたので、通常の声帯の二倍はよく響いた。

あの黒んぼ《ニガー》は生かしちゃおけねぇ、クリーパーは言った。

背中にこぶのある男はへつらうように怯えたふりをし、笑顔をみせながら両手をこすり合わせて賛同した。それから、右手の中指を首のあたりに持っていき、意味深なジェスチャーをするとしわがれ声で言った、どっちみちバラしちまったほうがいいでしょう。

あんなやつにナイフつかうのはもったいねぇ。拳銃でぶちころしてやる。

背中にこぶのある男は、太った赤い舌で黒い分厚い唇をなめ、白眼をむいた。

オレの女をよこどりしたら命はねぇ、クリーパーはさらに言った。やつらはじきに人を小ばかにしたような態度をとりやがるからな。

あのルビーって女もとんでもないばかだな、ちんちくりんの男はいやらしい眼つきで調子をあわせた。とんでもないばかだ！　彼はもう一度言うと、荒々しく頭を左右に揺らした。彼はほとんど恍惚としていた。

ウェイターがもどってきて、飲み物をテーブルのうえに置いた。クリーパーは自分のグラスを満たすと、連れの男にも数滴恵んでやった。

おい、バイロンがささやいた、誰かがひどい目にあうみたいだな。

適当なこと言って威張ってるだけさ、ディックが言った。こいつらみたいに女に貢がせて生きている黒人《シャイン》はみな臆病者だ。そんなことできやしないよ。

クリーパーは整った顔立ちのムラートと踊りの渦にしずんでいた。娘の両肩には彼の手のひらが添えられていた、ほっそりした指はピンと伸びて開いていた。ふたりの息のあった動きは官能的で美しく、原始的な不遜さの感じがした。

琥珀色の女から眼を離せよ、ディックが笑いながら注意した。

僕の好みがわかるのか！

すぐにわかったさ。

バイロンは友だちの方に向きなおると真剣なまなざしになった。ディック、きみに聞きたいことがある、彼は言った。ええと……いまでは……きみは白人になったけど本気で……白人《ピンク》とヤりたいのかい？

ディックは眼をそらした。一番困るのはそこなのさ、彼はうめいた。僕にはむりだ。毎回憂鬱になるよ。

ボールドウィンとマケインがふたたび仲間に加わった。

絵かきの男と話してきました、小説家が言った。なんということだ、ここはすばらしい！　僕はここに住めそうです。ハーレムってどこもこんな感じなんでしょうか？

この質問を聞くと、バイロンの頭には奇怪なイメージが次から次へと浮かんできた。それらはひしめきあっていた、この残酷な隔離生活のあらゆる不調和、残忍な軋轢、奇妙な矛盾のイメージ。

そうです、彼は答えた、まぁそうです。

4

翌朝、バイロンは後悔の念にかられてメアリーに電話したが、必ずしも満足のいく会話ではなかったので、またすこし反抗的な気分になっていた。図書館の電話だと彼女が自由に話せないのはよくわかっていたが、頭では彼女を許せても感情を抑えることはできなかった。いまにみてろよ、彼は言った。思い知らせてやる。そんなわけで、彼は机上の白紙にむかって頭を垂れていた、こんなに真剣に執筆したことはいままでなかった。

彼は熱心に仕事した、実際、昼食時に――ミセス・フォックスが用意してくれたモツの煮込みと手作りパンを食べて――すこし休憩しただけで一日中執筆し、夜までに五、六ページの原稿を仕上げることができた、彼はそれを読み返してみたが、まんざらでもない出来だった。夕食のために外出したが、早めに帰宅し、夜まで執筆をつづけた。翌日もおなじように精力的に働いた。ひとたび自分の興味と関心に火がつけば、憑かれたように書けることがわかった。二日目の終わりには、書こうと思っていた物語が完成していた、かなり満足のいく出来だと彼は思った。

その晩、彼はメアリーを訪ねて、作品が完成したことを知らせた、ふたりが口論しなかったのは数週間ぶりだった。

とってもうれしいわ、彼女は言った、眼に涙を浮かべていた。

読んできかせるよ。

ぜひそうしてちょうだい。

彼が読み終えると彼女は言った、あなたのこと誇りに思うわ、バイロン。それをどうするつもり？

彼女にキスして彼は言った、これを『エイジ』紙[9]のオフィスに持っていくよ。そこにタイプライターをもってる知り合いがいるから、それを使わせてもらう。原稿をタイプしたら大きな雑誌に送ってみるつもり。

心から幸運を祈るわ。

原稿を送るという考えにすっかり興奮して、彼は別れの挨拶のキスをすると、新聞社のオフィスに駆け込んだ。その夜遅く、彼はタイプライターで清書した物語を有名な雑誌に郵送した、勧められたように、万が一不採用になった場合にそなえて、自分の住所を書いて切手を貼った返信用封筒を同封した。

二日後、原稿が送り返されてきた、「不採用だが、作品に長所等がないわけではない」と印字された紙きれが添えられていた。彼はがっかりしてそれをメアリーにみせた、すっかり自信を失っていた。

愛するバイロン、落ち込まないで、彼女は言った。別の雑誌に送ってみたらどう。採用されるまでいろんな雑誌に送る必要があるかもしれないわ。その紙になんて書いてあるか読んでみて。不採用だったのは、きっと編集者のところに応募原稿が山積みになっているせいよ。

彼はその意見にしたがった。ほかの手立てはないようだった。二日後、彼が出かけようとすると郵便受けに分厚い白い封筒が入っていた、またしても形式的な不採用通知が同封されていた。そのようなことが何度もくり返された。

そのうちに彼の資金は底をつきはじめ、収入を補う方法をみつけることが最重要課題となった。高すぎるプライドのせいで、彼はサムナー夫妻をはじめとする、父親の社会的地位ある友人たちに助けを請うことができなかった。援助を必要としていることを絶対に知られたくなかった。

ある夜、オリーヴとメアリーが外出のために身支度を整えているあいだ、彼は小さな居間でハワードとふたりきりになった。

ハワードが控えめな口調で話しはじめた、ペティジョンの弁護士になったから、たんまり金を稼げることになった。すでにかなりの額の前金をもらったんだ。百くらい貸そうか？

ハワードまで！　誰もが彼に恩を売ろうとした。

きみの金は要らない、彼はよそよそしく答えた。自分でなんとかやっていけるさ。

ハワードはそんなに簡単にはあきらめなかった。おいちょっと、そんな口の利き方はないだろ、彼は食い下がった。僕に金が必要できみが持っているなら、きみのところに行くってだけの話さ。なにを怒っているんだい？

バイロンはもう怒っていなかった。彼は泣きくずれた、両腕がテーブルにだらりと伸びていた。

彼は金を受けとった。

またしてもつらい職探しの日々がはじまった。連日、職業紹介所に行き、仕事を探しまわる苦痛を味わった。いくつかの会社はニグロを雇うことを拒んだ。人種に寛容な会社では、彼の持っていない技能が必要とされることが多かった。うまくいきそうな場合もあったが、雇用者たちは彼の身だしなみがよすぎる、教育がありすぎると感じた。働く気さえあれば南部の無学な黒人《ダーキー》でいいんです、かれらはそう言ってのけた。そういう輩に会社側の要求に応じる用意があると伝えても無駄だった。あるときには彼の肌は黒すぎ、別のときには白すぎるというわけだった。

メアリーが力になろうとしたこともあった。研究職にある教授が秘書を探していると知り、バイロンを勧めた、しかし、事情を知らない教授はバイロンに会ったとき、メアリー・ラヴが推薦した若い男性はきみかね、と言ってしまった、バイロンは怒って研究室を飛びだし、戻ってこなかった。この件をめぐって、彼とメアリーはふたたび激しい口論を繰り広げた。それ以降、彼女は助けようとはしなかった。

その一方で、毎晩のように放蕩、キャバレー、賭博場やコモンウェルス・クラブでの仲間とのつきあい、飲酒がくり返された、ときには琥珀色の肌をした女の子との行きずりの関係もあった。

とうとうある朝、彼がいつものように郵便受けのなかを調べると手紙が入っていた。封筒には、最後に小説を送った雑誌の名前がスタンプで押してあった。封筒を開ける指が震えていた。彼は中身を少なくとも二十回は読んだ。

親愛なるミスター・カッスン、と綴られていた。

ご郵送いただいた小説の件で、あなたのご都合がつき次第、お目にかかりたく存じます。

敬具

編集長　ラセット・ダーウッド

天にものぼる気分だ！　彼は大声で叫び、ものすごい勢いで図書館まで走っていった。彼はメアリーがカウンターにいるのをみつけた。

メアリー！　メアリー！　彼は叫ぶと、その手紙を彼女の眼前にさし出した。

彼女はそれをすばやく読んだ。

バイロン、ただもうすばらしいの一言だわ！　彼女は大声で言った。

ちゃんと読んでないでしょう、彼は不満そうに言った。

どうして、もちろんちゃんと読んだわ。

でも、もう一回読んでよ。

彼をよろこばせるために彼女は言われたとおりにした、わかりにくい表現で書いてあるかのように、今度はより注意深く手紙に眼をとおした。

あなたのことがとても誇らしいわ、彼女は言った。

僕にはできっこないって言ったよね。僕を信じてなかったんだ。いまにみてろよ、って言ったでしょ。

できるといいなとは思ったわ、バイロン。あなたの小説がうまくいってどんなにうれしいか、あなたにはわからないでしょうね。その人にはいつ会いにいくの？

いまから行くよ！　ご都合がつき次第と書いてあるし。ただちに！　いますぐ！　さよなら！

あとで電話するよ。彼は慌ただしく図書館をあとにした。

三十分後、彼は『アメリカン・マーズ』のオフィスを訪れ、編集長に面会できるか、受付係の少年にたずねた。少年はカウンターの反対側から記入用紙をよこし、それに名前を書いてください、と冷たい声で指示をした。バイロンは言われたとおりにした。少年はその用紙をもって姿を消すと、入場許可書を手にもどってきた、どうぞこちらへ。

思ったより若い男だったのでバイロンは驚いた。ラセット・ダーウッドは柔和な丸顔で、寡婦が秘密を打ち明けそうなタイプだった。春の空を描くのに使われるような瞳の色をしていた。髪は明るい茶色で、真ん中に分け目をつくり、両側に流した髪が立派な額にかかっていた。左右に突きでた特徴ある耳をしていた。右手の指のあいだに、まだ火をつけていない黒い太い葉巻をはさみ、話しながらそれを振りかざしたり、考えごとにふけりながら吸ったりした。両足は念入りに掃除した机のうえに乗っかっていた。

彼はバイロンと握手し、椅子を勧めた。

あなたの小説の件でお越しいただいたのです、ダーウッドはよく響く快活な声で話しはじめた。

はい、バイロンは答えた、熱が入りすぎて声が震えた。

ダーウッドは背をむけて窓の外をながめた。幾層にもバルコニーが重なる景色はたしかに注目に値するものだった。つぎに、彼はふり返って眼の前の人物をみた。

わたしは黒人文学に非常に関心を持っています。だから、あなたにお越しいただいたのです、編集長は話をつづけた。彼は急いでいるようではなかったが、バイロンはなにも言わなかった。……しばらく間をおいてから、ダーウッドはさらに言った、それに、才能ある人間が間違った方向に進んでいるのをみたときは、率直に話をするようにしています。その方が最後にはうまくいくのです。その方がきみのためにもなる、話は一気に核心に迫りつつあった。バイロンは心臓が激しく鼓動するのを感じた。……わたしが知りたいのはつまり、自分のよく知っている内容について書かないのはいったいなぜなのか、ということです。返答を待つことなく、彼はすばやく言葉をつづけた、わたしはニグロの生活をそれなりに知っています。友だちと呼べるニグロの知り合いが何人かいることを誇りに思っています。キャバレーの客として、さらに友だちの家の招待客としても、ハーレムを訪れたことがあります。一般的な印象とは異なり、ハーレム全体はこれまで誰も扱ったことのない新鮮な素材であふれています。すぐれたギャンブルの小説を書いた人はまだ誰もいません。キャバレーでの夜遊びの事情に触れた人もいません。ハーレムの闇酒場《ダイヴ》に出入りする人びとというめずらしいテーマに取り組んだ人もいません。それから、西インド諸島出身の人たちもいれば、アビシニアのユダヤ人、敬虔なニグロ、異教徒のニグロ、黒人知識人たちもいて、おなじ地域でみんな一緒におおむね平和に暮らしている、グループごとに異なる意見、雰囲気、生活様式があり、各個人がそれぞれ異なる意見、雰囲気、生活様式をもっています。でも、ニグロたちはそういう内容については書かないのです。かれらは古い紋切り型の表現や様式を使いつづけていますが、それらは結局、このテーマを当事者として理解したことのない金髪碧眼《ノルディック》の作家たちが頭を悩ませているものにすぎません。そう、きみのような若い黒人知識人が仕事に着手しなければ、金髪碧眼《ノルディック》の新人作家が現われて、情報を仕入れる労力をいとわず、ニグロよりも先にこの素材を活用するでしょう、きみの原稿を不採用通知と一緒につき返すこともできましたが、そうせずに手紙を送ったのはなぜかわかりますか？　突然、彼は質問した。

バイロンは首をふった。

きみには書く力があると思うからです。だって、妹の婚約を知った白人の若者の気持ちを描いた一節はきわめてコンラッド的です。見事な出来栄えで、一語の過不足さえなく表現できています。示唆に富み、心理の真実にせまっています。きみは白人と長い時間をともにし、かれらをよく理解しているにちがいありません。

バイロンの表情は虚ろだった。

一緒に過ごす時間が長すぎたくらいです、葉巻の端を噛みくちゃにしながらダーウッドはさらに言った。反対に黒人を描いた部分はひどい。お仲間たちについてすこしは学んでみたらどうです？きみの描いた娼婦にはメソジスト教徒のタクシー運転手だってヤジを飛ばすでしょう。隊列の指導者なみに厳粛です。黒人知識人はいくらかましだ、でも、わたしは黒人知識人とはそれなりのつきあいがあるんですが、こんなに不自然でぎこちない人には出会ったことがないと言わざるを得ません。主人公はローマ教皇のように敬虔で、あまりにも善良でまったくばかげています。陳腐な言葉を話し、歩くと脚の蝶番のきしむ音がします。ちょっとこのページをみてください。……ロロの本を読んだことがありますか？

いいえ、ありません。

そうですか、読む必要はありません。あなたがこのページに書いたのがまさしくそれです。やれやれ、登場人物に命を吹き込んで呼吸させてあげてください！　外気にさらしてあげてください。かれらが積極的に生き、自然に話し、行動できるようにしてあげてください。作品に構想はありますが、これは厄介な構想です。メロドラマや陳腐なプロパガンダにならないようにするのがとてつもなく難しい。世界のどこをさがしても、ベテラン作家であっても、それにあえて挑戦する人はいないでしょう。うまくやり遂げられそうな人なんて誰も思い浮かびません。そうですねぇ……彼は考えこんでいるようだった……やっぱり誰も思い浮かびません。つまり、そういうことです。よく知っている主題を選ぶこと、それから経験の浅い作家にとって無難な主題かどうかよく考えなさい。もっとましなアイデアがいくらでもあるでしょうに。きみは大学に行きましたか？

はい。

だと思いました。作家は大学に行くべきではありません。大学を出てから二年ほどは使いものになりません。かれらは教授の視点でものを考え、つまらない尺度を学んでくるんです。ナンセンスです！　馬鹿げています！　でも、あなたらしい生活のなにかがあるはずだ。ハーレムに住んでいますか？

はい。

まさか！　キャバレーに行ったことは？

何度も。

信じられない！　ジャン・コクトーなら闇酒場《ダイヴ》なんて聞いたことなくても、キャバレーをもっとうまく描写できたでしょう。きみが書いたキャバレーの場面は、バプテスト派教会の懇親会で次の牧師会長を選出しているところみたいです。もっとよく観察することを覚えなくては。この物語はあきらかに自伝的ではありません。自分の経験について書いてみたらどうですか？

とくにおもしろい経験なんてないです。

ますます結構！　退屈な生活ほどすぐれた小説の着想となるものはありません。ユイスマンスは子牛の誕生と猫の死をめぐって小説全体を構成したんです。しかし、やれやれ、文学における単調さという考えが気に入らないなら、自分のまわりをみてごらん。ハーレムの生活は単調ではありません。多面体にカットしたダイアモンドにもまさるいろんな側面があります。マーカス・ガーヴェイについてはなにか知っていますか？

たいしてよく知りません。

それは残念だな……ダーウッドはため息をついた……うまく書かれた彼の人物研究を読んでみたい。まぁ、いいでしょう。ほかにも題材はいくらでもあります。たとえば、女中をしている女の子についてとか。「住み込みで働く」ことを拒否する黒人の女中について書いた人はまだいません。日中は皿洗いをして、夜になるとハーレムの自宅に帰って、恋人《ダディー》のあごに平手打ちを食わせたり、ダンスをしたり、愛しあったり。世界中の家政婦とくらべてみても、黒人の女中がそうじて一番幸せな日々を送っていると言わざるを得ないでしょう。享楽的な連中についてはなにか知っていますか？

たいして知りません。

よく知らないなんて残念だな。ニグロの享楽的な連中はロングアイランドの享楽的な連中のやることならなんでもする、ブリッジをして遊ぶ、密造酒をしこたま飲む、ロールス・ロイスを乗りまわす、不倫する、でも、かれらはおもしろがってやっているという単純な理由のために、ロングアイランドの連中よりはるかにおもしろい。

結局、眼と頭を働かせることが重要です。たとえば、ロイ・マケインはハーレムをたった一度訪れただけなのに、ニグロのポン引きについてのすごい話を書いてきました。彼はその男に会ったことさえないはずです。たぶん想像して書いたんでしょうが、その想像力は観察した内容に基づいている。背景はきちんと描写されています。信憑性のある物語です。勢いがあっていきいきしています。六月号でとり上げる予定です。

ダーウッドはあくびをした。さて、これ以上きみに言うことはありません。きみを褒めるようなことは言いたくありませんせん、こういう残虐な場面を描写するなら、喉を掻き切られるぐらいのことをすべきだったと心から思うからですが、過去三年間、これほど時間を費やして作家に助言したことがないというのも事実です。いつものわたしなら受け入れるか拒むかのどっちかです。作家と議論しても仕方ありません。気難しくて手に負えない人たちです。でも、きみの物語のあの一節を読んで、事情さえのみ込めればこの青年には見込みがあると思ったんです。

さあ、家に帰ったらいままでに書いたものは全部破りすてて、最初から書き直してごらん。祈りをささげ、酔っぱらってみなさい。偽物の文学者ではなく、いつか本物の作家になる決心がついたら別の作品を送ってくれたまえ。ごきげんよう。

5

そのオフィスをどうやって出たのか、バイロンはまったく記憶がなかった。六番街を足早に歩いていることだけはわかっていた。いろいろな感情が入りみだれて頭がくらくらした。もっとも大きかったのは失望、残酷で痛ましい失望だった。彼は自分が哀れだと思いはじめた。自己憐憫が心におし寄せた。才能もやる気もあり、意義あることに挑戦したのに、どうして非難されて恥をかかなくちゃいけないんだ？　僕がニグロだからあんな態度をとったんだ！　彼はかっとなって結論を下した。白人にはあんなふうに話したりはしないだろう。怒りの炎が彼を焦がした。

彼はふと立ちどまった。引き返すべきだろうか？　思ったことをダーウッド本人に言った方がいいかな？　そんなことして何になる？　自分が無力であることに彼は気づいた。オフィスに入ることもできないだろう。彼はニグロであり独りだった。彼はうめき声をあげた、ならず者たちを呼びだして、この傲慢で生意気な白人社会を滅ぼしてしまいたかった。ニューヨークをばらばらにうち砕き、家を一軒ずつ破壊し、白い悪魔たちを踏みつけてやりたかった。

歩道をとぼとぼ歩いていくと、白くて長いあごひげをはやした年老いた黒人が杖にすがって近づいてきた。アンクル・トム！　オールド・ブラック・ジョー！　「身のほどを知り」迎合する、いまいましい融和主義の黒《ニガー》んぼだった。

バイロンは小説の入った封筒をまだ握りしめていた。これを破り捨てるべきだろうか？　自分なんかが書いて何になる？　チャンスはない。可能性はゼロだ。僕みたいな男はエレベーターで働くしかないんだ！

メアリーのことを考えると、怒りの炎はさらに燃えあがった。最初にやる気をなくすようなことを言ったのは彼女だった。回転チェアに坐ったブタ野郎が浴びせた批判は、そもそも彼女が最初に口にしたものだった。電話をかける約束だった。約束なんか守らなくたって知るもんか。あんなくだらない顔をみるくらいなら、彼はよろこんで地獄に堕ちただろう、聖母マリアみたいに自分はいつも正しいっていう顔なんだから。彼女はあざ笑った、彼女のしたことはまさにそれだ、あざ笑ったのだ。もはやこれまでだった。

行き先も目的もなく、彼はそのまま歩きつづけた。どんどんスピードをあげ、六番街を歩いていった。これからなにをすればよいだろう？　彼は肉体労働者ではなかった。その仕事に向いていないことはよく分かっていた。どうして誰も仕事をくれないのか？　港湾労働者になるには上品すぎ、学歴にふさわしい職に就くには上品さが足りなかった。彼の肌は黒すぎた。

ただの平凡な黒《ニガー》んぼさ、だからあいつらは僕を小突いたり、振り回したり、手荒な真似をしやがる。どこか別の場所で暮らしてなにか違うことをしてみたら！　どこで？　なにを？　メアリーはサムナー夫妻とつきあってほしいようだった。くさった俗物、それがあいつらの正体さ！　くさった俗物！　彼はかれらを嫌っていた、黒人も白人もおなじだった。あいつらはみんな、策をめぐらせて僕を破滅させようとしている。僕がさらなる不運に見舞われるように、手ぐすね引いて待ってるんだ。救いもない、希望もない、どこにもない。ただの平凡な黒んぼ《ニガー》さ！

59丁目で、露天商二人が口論しているのが彼の眼にとまった。それぞれの荷馬車は歩道沿いに前後に並んでいて、後ろの荷馬車につながれた白い立派な馬が、前の荷馬車に載せてあった鉢植えのゼラニウムの鮮紅色の花を静かにむしゃむしゃ食べていた。イタリア人の花屋は怒ってどなりちらし、白い馬を所有している小柄なユダヤ人にむかって叫び、理解できない言語で罵倒していた。ユダヤ人は笑ったが、荷馬車を移動させようとはしなかった。突然、イタリア人はベルトから長いナイフを引っぱりだし、動物の胸に深々と突き刺した。獣は気分が悪そうにうめき、激しく震えたが、倒れはしなかった。血がどっと吹きだし、大きな赤い川ができた、消火栓から出る水のようだった。血だ！　血だ！　車道には血の洪水ができた。ユダヤ人野郎は叫び声をあげていた。群衆が集まってきた。かれらはイタリア人を袋叩きにしていた。

バイロンは頭がくらくらした。陽ざしは照っていたが寒い日だった、空気はひんやりと身の引きしまる感じだったが、バイロンはとても暑くて、オーバーコートを脱いだ。血！　彼は吐きそうだった。血と残忍さ。

彼は追い詰められていた。家に帰って、自分の敗北を認めるという解決法しか思いつかなかった、しかも、それ自体は必ずしも解決法ではなかった。それはつまり黒人、白人の外見に近い人、白人によって構成される、血も涙もないこの世界のどこか別の場所で再出発しなければならないことを意味した。ゼラニウムを食べている馬にナイフを突き刺すようなこの世界で。彼はセントラル・パークのベンチに倒れこみ、両手で顔を覆った。

誰かが叫ぶ声で眼が覚めた、彼は半分夢のなかにいたが自分に呼びかけているのがわかった。視線をあげると、自動車が停まっているのがみえた。ドアが開き、毛皮《セーブル》の縁なし帽をかぶった人物の瞳が輝き、手袋をした手が手招きした。毛皮《セーブル》のコートの大きな襟があごをすっぽり覆い、頬をやさしくなでていた。覆われていない顔の部分に見覚えはなかった。それでも、彼は呼びかけに応じた。

きみか！　彼は叫んだ。

そうよ、ラスカが答えた。乗ってちょうだい。寒くて骨まで凍えそうだからドアを閉めたいの。

彼はその言葉にしたがった。運転手が車をだした。

こんな朝っぱらからセントラル・パークでいったいなにをしているの？　彼女はたずねた。森の住人か庭師にでもなったの？

きみを待ってたにちがいない！　彼は元気がでてきた。クッションのきいた快適でゆったりした座席に、毛皮《セーブル》にくるまった魅力的な動物と隣りあって腰をおろした、彼女はヒョウの毛皮でできたひざ掛けを彼の両脚に巻きつけた。

何度か電話したんだよ、彼は言った。

しばらく留守にしてたの、アパートの準備が整うまでのいい気晴らしになったわ。シルヴィアにはもう我慢できない。いらいらするわ。彼女のこと知ってる？

あまりよく知らない。

あの子にはもううんざり。彼女は愚痴をこぼした。だから、アトランティック・シティに行ってたの。

でも、きみのアパートは？

あら、あたしのいない間に全部準備できたわ。室内装飾業者に希望を伝えただけ、それでこのと《エ・ヴォア》おり《ラ》！　彼女はジェーン・カウル[10]がそう言ってする手ぶりを真似した。その女優が舞台でおなじようにするのを彼はみたことがあった。でも、そんな華やかな身のこなしを実生活で眼にするのは初めてだった。

用事の途中でこれからそこにもどるの、彼女は言った。一緒にくる？

望むところさ！

バイロンはやさしくされて、数週間ぶりに気分が落ちつくのを感じた。じつのところ、贅沢の意味するものに怒りを感じないときは、贅沢はいつも彼の気分を落ちつかせるのだった。どういうわけかラスカが一緒だと、何事にも怒りを感じなかった。彼女は金持ちで陽気だった、ふんわりした手触りで美しくて思いやりがあって、パリからもってきた最新の香水とおぼしきいい香りがした。57丁目の小さな仕立屋の前で自動車が止まると、ラスカは車を降りて店に入っていった。彼女はきっかり十分でもどってきた。

パリからの輸入品が新しく入荷したところだったの。ちょうどいいロングドレスを二着みつけたわ。

でも、試着しなくていいの？

ええ、それは家でやるわ。ここで服を脱ぐのは面倒だもの。あたしの関心を引くような人はあの店には誰もいないし。女々しい男たちだわ！

きみはすばらしい！　バイロンはそれ以外に言うべきことがみつからなかった。

彼女はからかうようなまなざしで彼をみつめた。それ、前にどこかで聞いたわ、さっきより元気になったのね、彼女は言った。

どうしてわかったの……？　彼は驚いてたずねた。

運転手に車を止めるように言ってから、三十秒ほど待ってあなたに声をかけたの、それでも二回呼ばないと気がつかなかった。すごく気落ちしていたみたい、湖に身投げしようと決意した人みたいだったわ。

たしかに気落ちしていたよ。自殺は考えたことなかったけど……

なにがあったの？

あちこちでひどい仕打ちをうけたのさ。この世界でニグロとして生きるのは地獄だよ。

彼女はまじまじとみつめた、なにか言い返そうとしたが気が変わったようだった。彼女は言った、あなた、ダンスがうまいわ。あなたのダンスはとくに記憶に残ってる。

きみもだよ。あれからそのことばかり考えてる。何度も電話したんだ……

そうらしいわね。もう一度ふたりで踊りましょうよ。ウィンター・パレスに行ったことある？

いや。僕には高級すぎる。

ウィンター・パレスに行ったことがない！　あら、じゃあ来てくれなきゃだめよ、あたしのゲストとして。

よろこんで。

ヒョウの毛皮のひざ掛けの下で、彼女の外套ごしに、彼は距離の近さを意識していた。彼女の肉体には触れると電気がはしるようなエネルギーがみなぎっていた。

あなたに会った夜、一緒だったあの変わった女の子はどうなったの――メアリーっていう名前だったかしら？

元気だと思うよ。彼女には会ってないんだ。

お高くとまった堅物だと思った。いやだ！　あたしの嫌いなタイプ。あの人たちは自分ではなにもしない――いつも保護され守られている――そのくせ、すごく偉そうなのよ。

その発言はいまのバイロンの見解とまさに一致するものだったが、それをラスカの口から聞くとなぜかムッとした。

元気だと思うよ。彼女には会ってない、彼はさえない表情でくり返した。

彼女のことは忘れましょ、彼の手を自分の方に引きよせてラスカが言った。彼の眼をまっすぐみつめていた、驚いたことに、彼女のきらきらした瞳は涙でうるんでいた。

なんてこった、きみはすばらしい！　彼女の指をにぎり返して、彼は叫んだ。

彼女はすぐに手をひっこめ、同時に脚の向きも変えた。

アトランティック・シティはすてきよ、彼女は冷たくよそよそしい口調で言った。あそこには友だちがたくさんいるの。

ニューヨークとおなじくらい好き？

あら、どこにいようと関係ないわ、ほとんどの場合、誰と一緒かということもね。どこであろうと、あたしは自分の欲しいものをみつけるわ。

きみは金持ちだもんね、バイロンはとげのある言い方をした。きみにとっては簡単だろう。

最初から金持ちだったわけではないのよ、でも、望むものはいつだって手に入れてきた——お金だってね。

きみはたいていの人より幸運だ——少なくともたいていのニグロよりは。

ニグロはほかの人たちよりも不幸なんかじゃない。それどころか、ほかの人たちよりも恵まれているわ。投票権を獲得する以前、いまいましい愚かな白人女性に認められていた特権を持ってるじゃない。ニグロは子どもみたいに責任能力がないとみなされて特別の待遇をうける。だって、ダウンタウンなら逮捕されることもハーレムでは自由にできるのよ。たとえばナンバーくじ。誰もがナンバーくじをしている、ただの宝くじだけど、ということはつまり違法なのよ。……しばらく間をおいて彼女はさらに言った、もちろん、あたしは黒人だという事実をまったく気にしたことないわ。そうだとしてもなにも変わらないし、そのことをよく考えたこともない。あたしはやりたいことをやるだけ。

でも、どうしてそんなことできるんだい？　差別については？　人種隔離は？

あたしにとっては存在しない。そんなもの受け入れない。パリで暮らすのとまったく同じようにニューヨークで暮らすわ。自分のやりたいことだけをして、自分の行きたい場所に行く——どんな劇場でもホテルでもね——そして自分の欲しいものを手に入れる。ほら、たいがいのニグロは気難しくて神経質だから、傷つくのを避けるために人種差別《ジム・クロウ》という不文律にしたがうのよ――ニューヨークではいかなる差別も違法だってこと忘れちゃいけないわ。あたしを傷つけることは誰にもできない、だから、不愉快なことなんてもちろん経験したことないわ。

退屈したりしないの?

無慈悲なものね。ときどき、すごく退屈して死にたくなる。たえず成功しているってすごく退屈なの。人生にうんざりして叫びたくなるくらい、でもなにかしら――そう、いつもなにかしら起こって気持ちがまた元気になる、新しいスリル、新しいドレス、新しい男――なんでもいいんだけど。ずっと退屈だったことはないし、これからもそれはないわね。……彼女は手袋をした手で座席の木の部分をかるく叩いた。……退屈なんて認めない、彼女はかなり厳しい口調で言った。それは弱点なの、あたしの唯一の弱点、彼女は小声でささやいた。

きみはすばらしい女だ! バイロンはそれ以外の口説き文句を思いつけないでいるようだった。

さっきもそう言ったわね、そのとおりよ。こんなにすばらしい人、あたしだってほかに知らないわ。彼女はさらに言った、幸い、すばらしい男たちもいることだし。

彼女は大笑いした。その陽気さは周囲をあかるくした。どういうわけか、バイロンは知らないうちに彼女の気分に感染していた。今度は、彼が彼女の手を引きよせる番だった。

ラスカの居間ほど豪華な部屋を彼はみたことがなかった。銀の額縁に入った裸婦画が白大理石の暖炉のうえに飾られているが、アップル・グリーン色の壁にそれ以外の絵画はなかった。フランス製の家具にはレモンとくすんだローズ柄の豪華な金襴布が張られていた。スタインウェイ社のピアノのうえには、朱とオレンジ色の大ぶりの花刺繍がついたスペイン風の黒い布が敷かれ、中国神話の女神をかたどった水晶ランプでずれないように固定してあった。テーブル、机、マントルピースのうえには、さらに多くの中国風の品物、象牙、翡翠、孔雀石、苔めのうでつくられた鳥、魚、動物の置物、香水瓶があちこちに飾ってあった。別のテーブルのうえには青い磁器の鉢があり、野草みたいなまばらな花びらの黄色いバラがたくさん生けてあった。この人為的な環境のなかで、バラの花は奇妙に素朴な雰囲気をかもしていた。窓にはレモン色のレースカーテンがかかり、翡翠色のカーペットのうえに一八九六年の婦人服の引き裾のようにだらりと伸びていた、そしてその外側にはさらにもう一枚、ローズと濃いブルーのカーテンがぶら下がっていた。太陽は外でまぶしく照っていたが、カーテンに遮られ、室内には柔らかい光がさしているだけだった。

ロシア製の重厚な銀のシガレット・ボックスの蓋をもちあげて、タバコをとりだしながら、バイロンはすばらしい逸品だと判断をくだした。ラスカがもどってきたとき、彼はマッチに火をつけたところだった。緊張している彼の指からタバコが落ちた。彼は身をかがめて拾おうとした。

ちょっと！　あたしのカーペットを焦がさないでちょうだい、彼女が言った。

きみはすごく美しい！

彼女は琥珀色の柔らかいシフォンの薄布でできた化粧着を身につけていた、ダチョウの羽根の繊維でできたひも飾りがあしらわれ、薄黄色の喉もとから燃えるようなオレンジ色の踝の部分まで、配色がグラデーションになっていた。琥珀色の腕はむきだしだった。金色の室内履きをはいていた。

彼女のあとからすぐに女中が入ってきて、グラスと氷の入った銀の容器を載せたトレイを運んできた、銀の容器のなかではシャンパンが二本冷えていた。

ここにテーブルを持ってきて、レモンとローズ柄のクッションを積みあげた長椅子にもたれかかった姿勢でラスカは命令した。

坐ってちょうだい、バイロンを招くと彼女はタバコに火をつけた。

彼はその言葉にしたがった、女中がボトルの一本をもちあげると、ナプキンをそっと巻きつけコルクをひき抜いた。コルクは勢いよくとびだし、クリスタルのシャンデリアにあたってジャラジャラすごい音がした。

マリー、ブラボー！　ラスカが笑った。

女中が出ていくと、ラスカは乾杯しようと提案した。罪と罰に乾杯！

罪と罰？

そうよ。あたしたちの罪、それから罪なき者たちの処罰に。かれらはいつだって罰せられるべきよ。なにもしないのはすごく簡単なことだわ。でも罪ぶかい者たちは！……彼女は眼を輝かせた。

……あたしはそっちにつくわ！

ふたりは乾杯した。

あたしにまだキスしてないわね、まったくさりげなく彼女が言った。

バイロンは動脈から血が噴きでるかと思った。彼女を腕に抱きしめ、ほとんど仰向けの姿勢になって自分の身体にきつく押しつけると、彼女の唇を求めた。

しばらくして、彼女はそっと身を引き離した。

キスがうまいのね、彼女が言った。

ラスカ！　きみに夢中なんだ！　ずっと一緒にいたい！

あなたと離れたくないわ、彼女は言った、彼はその声に耳をくすぐる不思議なうずきを感じとった、あなたを離さない。あたし、欲しいものはいつでも手に入れるって言ったでしょう？

でも、どうして僕なんかが欲しいんだい？　きみになにをあげたらいい？

彼の頭を手のひらではさむと、彼女は欲望にぎらついた声で言った。あたしを所有してほしいの、あなたのものにしてちょうだい。あなたの奴隷になりたいわ、あなたの黒んぼ《ニガー》に、あなただけの黒んぼ《ニガー》に！


ラスカはバイロンからすこし身を引き離した、彼女は質問した、お腹すいてない？

わからない。幸せすぎてわからないよ。きみを愛してる！

彼女の喉に彼はうやうやしくキスした。まるで儀式のようだった。

そうなさい。あたしみたいな恋人はほかに絶対みつからないわ。ほかの人ではだめになっちゃうわよ。

もうそうなってるよ。ねぇラスカ、きみが欲しい、ほかの人じゃだめなんだ。

そうね、あなたはあたしと一緒にいるでしょ——いま。

永遠にそうだと約束してほしい。

はい、はい、もちろんそうよ、彼女はいらいらして答え、ベッドの横のテーブルにあるボタンを押した。女中が入ってきても彼女はそのままの姿勢だった。昼食を注文するときもバイロンの頭は彼女の肩にもたれかかったままだった。

ふたりの横たわった身体にはグレー、銀、ローズ色のスペイン風の金襴布に、銀のスペイン風レースの凝ったひだ飾りがついたベッドカバーがかかっていた。部屋そのものは上品で繊細だった、グレーと銀の絹を基調に、クリスタルのシャンデリア、あちこちにローズ柄があしらわれていた。重たいカーテンが引いてあった。

ベッドのわきにはローズ色のシェード付ランプがあり、室内はそのやわらかな光に照らされていた。

どこに住んでいるの？　ラスカはふいにたずねた。

彼は住所を教えた。

ハリーに言って、あなたの洋服を運ばせるわ。

6

真っ黒な肌をした六フィートの身長の男が、金モールの縁飾りをほどこした紫色の制服姿でドアを警護していたが、ラスカとバイロンが入口に近づくと深々とおじぎをし、手をふってなかに入るよう合図した。階段を降りると、もう一つのドアの上半分についた格子窓の向こうから、ふたりは二度目のチェックをうけた。

ミセス・サルトーリス、お入りください、扉の係が叫んだ、ふたりが言われたとおりにすると、彼は大声で叫んだ。ミスター・ガニアンをテーブルへご案内！

ウェイターもおなじことを叫んだ。

こちらへどうぞ、ミスター・ガニアン、彼はそう言うと、ふたりをバンドの向かい側のテーブルに案内した。

どうしてミスター・ガニアンなの？　バイロンは腰をおろしながらラスカにたずねた。

彼女は笑うと、緑のビロードに銀の花刺繡をあしらったイヴニング・ドレスを後ろにふりはらった。

あれはここの暗号のひとつよ、彼女は説明した。もしあなたがミスター・ガニアンなら、つまりお金をよく使う人で一般的に望ましい客だっていう意味、だから空いているなかで一番いい席をもらえるの。もしあなたがミスター・ローマックスなら、なかに入れただけでラッキーってこと。

でも、僕のことなんて誰も知らないのに！　彼は言った。

今夜はミセス・ガニアンと一緒だからよ。

バンドを囲むように三方の壁の周囲に配置されたテーブルには、白人のグループ、黒人のグループ、人種混合のグループが坐っていたが、琥珀色の照明が金と黒のホールをまばゆく照らし、そこにいる人たちはみな似たような顔色にみえた、ただし、おしろいを塗りすぎて、褐色の顔が汚らしい緑色になっている女の子は別だった。
ダンスフロアの中央では、がっしりした体つきのダンサーが、ヘアオイルでぴったり撫でつけた髪型でチャールストンを披露していた。

ヘイ！　ヘイ！
おれはチャールストンに夢中さ！

仲間ね、あたしもよ！　ラスカは叫び、フロアに出ていった。
彼女の登場に群衆は拍手喝采だった。誰かが叫んだ、いいとこみせてくれ、ラスカ！

ヘイ！　ヘイ！
チャールストンしまくるわ！

ラスカはうしろに踵を蹴りあげ、思いっきり踊った。

ヘイ！　ヘイ！
踊れ！

キャメル・ウォーク！

よつんばいになれ！

ピック・チェリー！

彼女はシャンパン色のクレープ地のミニスカートを膝より高くもちあげた。腕にはプラチナにはめ込んだルビーが炎のようにきらめいていた。エメラルドグリーンのクローシュ帽を頭にかぶっていた。

拍手と笑い声が飛び交うなか、彼女がテーブルにもどってくると、ウェイターが氷の入った容器を運んできた、うえからボトルが突き出ていた。ウィンター・パレスの支配人がテーブルに加わった、あか抜けた男だった。

どうも、お会いできてうれしいです、彼は大きな声で言った。愛らしいマダム、今夜はご機嫌いかがです？

ダニー、お元気？　ラスカは彼と握手した。おかけになって、ミスター・カッスンをご紹介するわ。

すばらしい。彼女の隣の席に彼はゆったりと坐った。愛らしいマダムにまたお会いできてうれしいです。あなたがいらっしゃると、照明はますます明るくなって、バンドの演奏もうまくいくんです。

あらお上手ね、ダニー。ねぇ、シッドはここに来てる？　彼女は眉をひそめて浮かない顔をした。

まだです。

彼をなかに入れないで、お願い！

わかりました。

じゃあ、飲みましょう！　ラスカはグラスに飲み物をついだ。それから、自分のグラスをもちあげて言った、三人《ティー・フォー・スリー》でお茶を！

バイロンはグラスの中身を一気に飲みほした。

コカイン《ハッピー・ダスト》はある？　ラスカがたずねた。

愛らしいマダムがお望みのものはなんでも。

マイラを化粧室に呼んでちょうだい。

ラスカは売人より一足先に化粧室にむかった。ダニーは口笛を吹いて、タバコ売りの女の子の注意を引いた、女の子は彼の合図にうなずいてみせた。

ミスター・カッスン、ここは初めてですか？

はい。

そうですか、ときどき遊びにきてください。

なんというか、すばらしいです。いつもこんなふうなんですか？

もうすこしお待ちください。お楽しみはまだまだこれからです。

バイロンは部屋のなかを見回した。ピクア・セント・パリスとアラビア・スクリブナーが彼の知らない二人の男と一緒に坐っているのがみえた。マント・エズボンの一行が別のテーブルを占領していた。

まもなくラスカがもどってきた。

あそこの角に坐っている色白《パンプキン・シード》の男《シーク》は誰かしら？　彼女がたずねた。

愛らしいマダム向きではありません、ダニーが答えた。彼は同性愛者《クィア》です。

ラスカはにっこりした。レンはまだ？　彼女がたずねた。

まだです、ダニーが答えた。二時過ぎでないとここには来ません。

彼に会いたいのよ。

彼だってあなたに会いたいでしょうな。

あら、あそこにマントがいるわ！　彼女は叫ぶと手をふった。

マントがやってきた。こんにちはラスカ！　こんにちはバイロン！　ラスカ、きみはたいしたダンサー《フーファー》だよ！　あんな足の動き、どうやったらできるんだい？

おだまり《ボトリット》。マント、あたしのドレスはお気に召して？

ばっちりだよ。

おじさん、あなたもね。

生意気な！　俺がなにを考えているか知ったら監禁するだろうよ。

酒瓶の中身の四分の三を摂取すると、ダニーは席を外させてほしいと言った。ほかのお客様のお世話もありますので、彼は説明した。またもどってきます。

ダニーにはまったくあきれるわ、ラスカが言った。テーブルからテーブルへ移動しては高価な飲み物をがぶがぶ飲むんだから。自分が注文した酒なのに客はちょっとしかもらえないの。ランソン一九一四年のクォート瓶をもう一本、彼女はウェイターに命じた、それから、トスカニーニにわたしの大好きな曲を演奏するように頼んでちょうだい。

ウェイターに耳打ちされると、ピアニストは仲間たちに合図を出してバンド演奏がはじまった、あたしはパイが好き、あたしはケーキが好き。

すばらしいシンフォニーだわ！　ラスカが叫んだ。バイバイ！　マント。またあとでね。

彼女はバイロンをダンスフロアにつれだした。

ブラック・ボトム、彼女がささやいた。

あんまり上手に踊れないよ、彼が言った。

やってみるのよ、彼女は命令した。

不思議なことに、彼女に導かれて奮い立った状態だと、複雑なステップでもいとも簡単に踏めることがわかった。フロアは混み合ってはいなかった。三、四組が踊っているだけだった。音楽は静かで官能的だった。バンドはジャズのあらゆるトリックを知りつくしていたが、上品で洗練されていた。サキソフォンはキジバトのように甘くささやき、ドラムのビートは遠くから鳴り響くようだった。

バイロンの唇がラスカの頬にそっと触れると、エキゾチックな香りが彼の鼻腔をおそった、彼はその香りにすこしずつなじんできていて、今後忘れられなくなりそうだった。

コティの香水？　彼はささやいた。

ひ・み・つ、彼女は舌足らずに発音した。

ふたりはさっきよりゆっくり踊っていた、片脚をあげ、それとは反対側に身体を揺らした。それ以上は不可能なほど密着していた。バイロンは彼女のリズム感に魅了され、彼女の個性に心奪われ、彼女の魅力に夢中だった。

ふたりが揺れながらダンスホールを回っていると、彼はピクア・セント・パリスと眼があった。彼女はこちらをまっすぐ見据えていたが、彼に気づいた様子はなかった。彼はミセス・スクリブナーに視線を移した。彼女はしばらく彼をじっとみつめてから、これみよがしに顔を背けた。ふたりともあきらかに知らないふりをしたのだった。どういうことだろう？　彼がなにをしたというのだろう？　彼女たちの行動の原因に心当たりがなかった。仕方ない、それがどうしたっていうんだ？　心もたましいも肉体も、彼はラスカのものだった。考えようとしても無駄だ。キュテーラ島行きの快楽の平底船で漂流するよりほかない。風向きは良好、合図もトークン信号も絶好のチャンスだった。

かれらがテーブルにもどると、鮮やかなオレンジ色の服を着た恰幅のいいエンターテイナーが大声で歌いはじめた。

こんやは馬車にのっちゃだめ、
あたし《スィート・ママ》をのせてくれないなら！
いわせてちょうだい、ベン・ハー、
でかけちゃだめ、この歌をききおわるまで。

あんたがほかの女の子のとこに
馬車ででかけてるのしってる
でも、あたしが目をひからせるわ
あんたはもうそこにはいかない。
こんやは馬車にのっちゃだめ、
あたし《スイート・ママ》をのせてくれないなら[11]！

レンが来ましたよ、ダニーがやってきて教えた。バイロンが入口のほうに視線をやると、宝くじ《ポリート》王の姿がみえた、金のステッキとシルクハットで目立っていた。女の子と一緒だった。彼はラスカに手をふると、部屋の一番奥まったところにあるテーブルに女の子をエスコートしてから、ふたりのところに歩いてきた。

ミセス・サルトーリス、お元気でしたか？　彼はたずねるとバイロンにもさりげなくうなずいてみせた。

元気よ、レニー。坐って。あの娘は誰？

ああ、あれはルビーちゃん。きみのしらない子だ。

おりこうさんにね、レン。

おい、オレはここらじゃ一番のおりこうさんだぜ。

金切り声がかれらの話をさえぎった。ふたりはとっさにふり向き、なにが起こっているのか見ようとした。近くのテーブルで、色白の女の子が立ち上がり、二人の男と一緒に坐っている別の女の前に仁王立ちになっていた。

あんたのけちくさい顔なんかぺしゃんこにしてやる！　彼女は叫んだ。

あんたなんか完全にバラしてやる！　もう一人が言い返した。

あっちいきな。

あんたこそ、外であたま冷やしてきな。

絶妙のタイミングで、そのテーブルの外側に坐っていた男がパッと立ちあがり、ウィスキーのたっぷり入ったグラスを投げつけた。狙いはさだまらず、グラスは鏡にあたって粉々にくだけ、無能な襲撃者は床に崩れおちた、まるでグラスが彼に命中したかのようだった。ふたりのウェイターが男の脇の下をつかみ、外に引きずりだした。色白の女の子は叫びながら彼についていった。その場に残った方の女が、後ずさりしているもう一人の男に声をかけた、シッポをみせな、ずらかるところがちゃんとみえるようにね。

この出来事のあいだ、宝くじ王《ボリート》は無関心な表情で坐り、騒動はそっちのけにタバコを吸っていた。

ヘイ！　ヘイ！　踊りをやれ！

じゃあ、オレはそろそろルビーのとこにいくよ、ミスター・ペティジョンが告げた。ミセス・サルトーリス、どのくらいいるつもりだい？

夜明けが雷のごとくやってくるまで。[12]

別のエンターテイナーが登場した。

生まれもそだちもハーレム
骨のずいまでハーレム
ねぇ、生まれも育ちもハーレム、
骨のずいまでハーレム
まい朝はやく
あたしがうめくのが聞こえるでしょ。

あたしはレノックス街からきた
情にながされない女《ママ》。
あたしがなにをしようと
だれにも関係ない。
寂しいこともある
悲しいときもある
でも、恋人とはいつもうまくいかない
あたしはよこしまで悪い女だから。

あたし、恋人《パパ》をみつけたの、

おまけにとっても色白だったわ。
その朝、あたしをおいて出ていった
彼の顔はあざだらけだった
あたしはわるい酒をのむ
つよいのが好きなの。
あたしは情にながされない女《ママ》。
だからひどいことはしないで[13]。

ぶるぶる揺らしてくれ！　かけ声があがった。いいとこみせてくれ！

その小柄なダンサーは痩せていて色白だった、深紅のドレスに身をつつんでいた。ピンクのズロースには青いワスレナグサが飾ってあった。爪楊枝みたいな脚だった。

おい、あのひょろひょろした女をみろよ！

ダニー、あれは痩せすぎだわ、テーブルを通りがかった支配人にラスカは不満をもらした。

まぁ、みていてください！　彼は言った。

ダンサーが恍惚に身を震わせはじめたところだった。頭のてっぺんからつま先まで彼女は震えていた。快楽の悪寒みたいだった。

ラスカはしわくちゃのドル紙幣をダンスフロアに放り投げた。踵をしっかりと踏みおろし、女の子は不思議な痙攣のパフォーマンスをつづけながら叫んだ。

あたしは揺さぶることができる
あたしは揺りおとすことができる
あたしはそれを床において
ひっくりかえすこともできる。[14]

ダニー、エンターテイナーにはうんざりよ、ラスカが叫んだ。バンドに演奏させてちょうだい。

ダニーが合図を出すと、群衆はダンスフロアに殺到した。踊りはますますワイルドになっていた。

キャメル・ウォークをする者、トゥワトゥワやスケートをする者もいた。きれいなムラート娘がパートナーの手から抜けだすと、両手を上下に痙攣するように動かし、身体のうずきにあえいだ。

ベイビー、もっとしっかり抱きしめて、ラスカがせがんだ。

僕のこと愛してる？　バイロンがたずねた。

燃えあがるほど愛してるわ！

これはなんて曲？

彼女は歌詞を口ずさんだ。

時計をみたら、時計が三時をうった。
あたしは言った、ねぇあんた《ダディ》、あたしにとってはまだ一時みたいなもの。

時計なら四時を打ったよ、バイロンが言った。

大丈夫。十時を打ったら帰るわ。

ギヴ・アップなんて言わないよ！

豪語しないことね。あたしにつきあうと、あんたよりタフな男たちでも音をあげるわ。

しばらくすると、バイロンの視界はなんとなくぼやけて聞き違えが多くなってきた。感覚は混乱して、その場のすべての楽器と人間の声が一斉に悲鳴を上げているように思った。ドラムのビートがずっと聴こえていた。ダンサーたちはもはや二人組で踊っていなかった。四人一組になっているようだった。鏡にうつった顔には謎めいた奇妙な光が幾筋にもはしり、しわが寄っていた。すり足で踊っている人たちが極端な鋭角に立っているようにみえた。倒れるかしら？

ラスカは五本目のシャンパンを開けていた。

次の店に行く前にちょっと飲みましょ！　一杯飲みましょ！

彼女はバイロンの腕のなかに横たわって、しきりにキスをねだっていた。

お開き！　時間だ！　テーブルを通り過ぎながらマントがそう言うのをバイロンは耳にした。

音楽！　オレは音楽が好きだ、バイロンはそれくらいしか言うことがなかった。

ウェイターのひとりに支えられて、彼がウィンター・パレスを出たのは六時だった。顔に吹きつける朝の冷気が心地よかった。

タクシー！　ラスカが叫んでいた、出発したときと変わらず元気な様子だった。

雪の香り《コカイン》でもどうぞ、タクシーに乗ると彼女は言った、彼の頭は彼女の胸に抱かれていた。

ちょうだい、彼は力なくつぶやいた。

彼女はパッケージから白い結晶をよりわけ、人差し指に一列にならべた。

いい気分になれる粉を嗅いでみて、ベイビー。気分が楽になるわ。

彼はためしにやってみた。爽快で清涼感があった――泉から湧きでる水のようだった。

タクシーのドアが開き、小さな隙間から運転手が首を突きだした。

どこにいきたいのか教えてくれませんかね？　彼がたずねた。


時計をみたら、時計が六時をうった。

あたしは言った、ねぇあんた《ダディ》、ほかになにか技を知らない？

彼が……


まったく唐突に、バイロンは元気を取り戻した。活力を回復して元気いっぱいだった。

地獄までつれてってくれ！　彼が叫んだ。

そうね、地獄までつれてってって！　ラスカも真似して言った。

地獄まで！　地獄まで！　地獄までも！

セクシーで情熱的な女《レッド・ホット・ママ》とお寒い野暮な男《コールド・ウェザー・パパ》と一緒に地獄まで！

僕はお寒い野暮な男《コールド・ウェザー・パパ》じゃない！　彼は文句を言った。

運転手は頭をかいた。ブラック・ミサってことでしょうか。

彼は車を出発させた。

それってなに？　バイロンが質問した。

泉という泉からシャンパンが流れ、道はいい気分になれる粉でできていて、ケシの花からアヘンの香水ができる庭よ。キスして！

あなたに残酷なことしたいわ！　渇きが一時的に満たされると彼女は叫んだ。あなたの心臓をえぐり出したい！

えぐり出せよ、ラスカ！　きみのものだ！

あなたを傷つけたいわ！

ラスカ、愛らしい！

あなたをナイフで切りつけて、血をほとばしらせたい！

ラスカ！　ラスカ！

あなたをムチで打つわ！

ラスカ！

彼女の尖った爪が彼の手の甲をひっかいた。肉がリボン状にこそげ落ちた。

ベイビー！　ベイビー！　出血している彼の手を自分のハンカチで縛り、彼の唇にキスしながら、
彼女は泣きじゃくった。

タクシーから降りるとき、ドレスがドア枠にひっかかって、胸の部分で真っ二つに裂けてしまった。彼女はぶら下がっているクレープ地を一ヤード分ほど引きちぎった。

ブラック・ミサに裸で行くわ！　彼女は叫ぶと、金色のカバンから一ドル紙幣を引っぱりだし、運転手にわたしした。

ふたりは照明のない重そうな扉の前に立っていた。ラスカは押しボタンを探してすばやく八回押した。すると、ドアが前後にスイングして開き、眼の前に真っ暗闇が広がった。自分のあとにバイロンを招き入れると、彼女はドアをばたんと閉めた、自動的に玄関の照明がついた。かれらは長い廊下を歩いていった、トンネルのようだった。突きあたりにもうひとつドアがあり、厚いビロードのカーテンに守られていた、ラスカはそのカーテンを払いのけた。すばやく七回ノックした。羽目板がスライドして開いた。眼がのぞいた。このドアも蝶番でスイングして開く仕組みだった。

さっきまでなんの音もしていなかったが、ここでは音楽と笑い声、不気味で恐ろしい笑い声が響いていた。赤い中世風の上着《ダブレット》と細ズボンを身につけた無口な案内係がふたりの外套を奪いとると、さらに三つめのドアに導いた、そのドアが開くと、濃青に塗られた小部屋が現われた。かれらが来るのを知っていたようだった。ワインと食べ物がすぐに出てきた。恐ろしい笑い声と音楽はまだ聴こえていた、部屋の角を隔てているカーテンの後ろから漂ってきた。突然、静かになった。

こっちにきて、シャンパンを一杯ずつ飲んだあとでラスカが言った、そして、カーテンで仕切られた空間に彼を案内した。

ふたりは円形のホールに立っていた、そこは朱色のビロードに完全に包まれていた。天井さえもこの燃えるような色に覆われていた。実際、この部屋はテントのようだった。床は半透明のガラス素材で、それを通していまはオレンジ、いまは濃紫、いまは溶岩のような燃える赤、いまは波のうねりの海緑色という具合に光の帯が放たれた。この部屋にふたりが入ったときは人気がなく、静かだったが、どこかみえない場所でバンドが荒々しい音楽を演奏しはじめていた、うめき声のような、真鍮のかぎ爪で胸を切り裂くような、金切り声のような、地獄の底から聴こえてくる苦悩の音楽だった。いつのまにかホールには人が集まっていた、踊る人たちはカーテンのひだをくぐり抜けてきた、疲れきった顔の男たち女たち、情熱と享楽に疲れた顔をしていた。表情をなくした娼婦と殺人者たちの顔だったのか？　死体置き場のひんやりした石台から、快楽を追い求めてやってきた人たち？

　踊れ！　ラスカは叫んだ。踊れ！　彼女は彼の腕にとび込み、ふたりはこの魔女の集会に加わった。サキソフォンは悪魔にとりつかれ、終わりなき苦悩に悶えるたましいのごとく咽び泣いた。トランペットは勝ち誇ったように背徳の栄光を叫んだ。バイロンは彼女の官能的な身体のくびれになめらかに寄り添い、たえず色を変化させながらせり上がってくる影、どこからか聴こえてくる罪ぶかき怒りの日《ディエス・イラエ》の音色、鼻にツンとくる謎めいた香りの魔力に身をゆだねた。

　突然、黒マントの女が踊っている人たちのあいだをすり抜け、中央まで歩いていった。部屋が真っ暗になるのと同時に音楽がやんだ。完全な静寂だった。

　眼が暗闇に慣れてくると、ふたりは朱色のビロードのカーテンの内側で、ほかの人たちと身を寄せあっているのがわかった。薄気味わるいかすかな緑の光が部屋を満たした。ガラスの床の中央に、黒マントの女がぽつんと立って微動だにしなかった。フルートのかん高い音が——どこか遠くのほうで——鳴りはじめた、トムトムがかすかに反響する音も聴こえた。強烈な円柱状の白光が上にむかって放たれ、黒いサテンのマントのひだのなかで待機している女をとり囲んだ。遠くのほうでベルが弱々しく鳴ると、マントが床に落ちた。

その女の子——せいぜい十六歳くらいだったただろう——は全裸で立っていた。純血の黒人で、アフリカ的な粗野な顔立ちだった、大きな鼻、厚ぼったい唇、羊毛状の円光のように顔まわりをとり囲んでいるもじゃもじゃの髪、眼はギョロつき白眼をむいていた。そして、彼女は悪魔の儀式を演じはじめた。……バイロンはうめき声をあげ、両手で顔を覆った。ラスカが驚いて小さく舌打ちするのが聞こえた。彼の前に立ち、彼女は恐ろしい光景から彼を守った……そのあいだ彼女はじっとみていた。彼が視線をあげると、女の子の身体にあたっている照明は紫色だった。身体は紫色だった。女の子はナイフを持ちあげた。……女の悲鳴が聞こえた。ナイフが……

三日後、午後四時に目覚めて入浴をすませたあとで、バイロンはさくらんぼ色のアラブ風マントをはおると、いつものように彼女を探しにリビングルームにいった、そのマントは舶来の貴重な品物を入れた箱のひとつから、ラスカがみつけてくれたものだった。四月だったがまだすこし肌寒かった、彼女は海緑色の化粧着にくるまって暖炉の前に坐っていた、サイド・テーブルにはグラスに半分くらい入ったアブサンと水が置いてあった。

彼がキスすると、彼女はそっとおしのけた、いらいらしているようだった。

坐って、彼女は静かに言った。話があるの。

彼は彼女の長椅子に一緒に腰かけようとした。

だめ、向こうに坐って、彼女は指示した。話があるって言ったでしょ。

彼は言われたとおりにした。

これまでどんなことしてきたの？

きみを愛してた、琥珀色のきみを、この世界がはじまってからずっと。

はいはい！　それはわかってる、彼女が言葉を返した。あたしが聞きたいのは、あたしに出会う前はなにをしてたのかってこと。

作家になりたかったんだ。

作家！　どんな作家？

彼は小説の構想を話した。

人種のことに興味あるの？　彼女は軽蔑した口調でたずねた。

興味あるのはきみのことだけさ。

それじゃ答えになってないわ。答える隙を与えずに彼女はすばやく話をつづけた、そうね、あたしはニグロだと言えるでしょうけど、前にも話したように、その事実のせいでなにか違いが生じるなんて絶対に認めない。あたし、黒人なんて大嫌い。黒んぼ《ニガー》は裏切るし嘘つきだもの。かれらに頼ってたら埒があかない。たとえばシルヴィアは愚かにもある夜、あたしの男を奪おうとしたわ。だから復讐してやった。彼女の愚かさを暴いて恥をかかせてやった。かれらはあたしのことを嫌ってる、あたしが欲しいものをなんでも手に入れるから。あんたがすぐれた作家ならかれらはあんたを憎むはずよ、それなのに、あんたはばかげた物語を書いて、皮肉にもあいつらを擁護しようっていうんだから。

ただの小説だよ、バイロンは弱々しく言った。

わかってるわ——ただの小説だってことくらい。ねぇ、ひとつ言わせてちょうだい。……とげとげしく冷酷な口調だった。……黒んぼ《ニガー》について書きたいのなら、かれらの嘘や愚かさを曝けださなきゃ。かれらを殴ってみなさい、いじめてごらんなさい！　黒人の指導者たち！　社会的向上のために頑張る人たち！　あの人たちには反吐がでるわ。黒人のモットーは、どれほど世話になった相手であろうと上位にある者をひきずりおろせ、だわ。汚名をきせろ！　あいつを始末しろ。悪いのはあいつだ。……よく知ってるわ、彼女はさらに言った。あたしも経験したもの。あたしが苦労せずに済んだなんて思わないでちょうだい。ちくしょう！……彼女は頭を抱えた。……あたしもしつこく責められた——ありがたいことにおかげで鍛えられたわ。あたしを責めることはもうできない。あたしを責めようとするならおなじ目に遭わせてやる。

彼女は激しくすすり泣きはじめた。

ラスカ！　ラスカ、ダーリン、泣かないで！　彼はすぐさま彼女に寄り添った。

彼女は眼から涙をぬぐって、彼をおし退けた。

黒んぼ《ニガー》たちときたら！　彼女は叫んだ。たしかに、人生についてかれらから学んだわ。かれらはライバルの蹴おとし方を教えてくれた。自分より多く持てる者を憎むように教えてくれた。あえて言うわ。かれらは黒人社会という肥溜めと泥沼から身を立てる強靭さと卑劣な手段を与えてくれたの。それなのに、誰一人としてあたしを邪魔したり、行く手を阻んだりする者はいなかった。できるものならやってみなさいよ。……彼女は憤っていた……。あたしに打ち負かされて、逆に痛い目に遭うのがわかっているんだわ。

バイロンは話をさえぎろうとした。でも……彼が言いかけた。

あんなやつら放っときなさい！　彼女は叫んだ。かれらはあんたを引きずりおろす！　あんたに唾を吐きかける！　面とむかってはいつもやさしいのよ！　いつだって愛想がいい――ああ、あの黒んぼ《ニガー》の愛想にはうんざり――でも、陰ではきまって口論と内緒話なんだから。ゴシップ！　嫉妬！　憎しみ！　顔では笑っているのに背後からナイフで刺すのよ。

ラスカ！

ところで、さっき話しているときに言ったかもしれないけど、あんたに特別な感情なんか持ってないわ、冷ややかなそっけない口調で彼女は言った。

ラスカ！　彼はひざまずいていた。そんなこと言わないで！　そんなこと言わないで！

はっきり言うわ。あんたなんて歯みがき粉みたいなものよ。あんたの身体が用済みになれば、窓の外でも下水管でもどこへでも投げ捨てるつもり。

ラスカ！　彼は涙を流しながら両手で顔を覆った。嘘だろ！　きみなしでは生きていけないんだ！

あたしなしでは生きていけないですって！　とんでもない。四〇人もの男がおなじセリフを口にしたけど、それでもみんな街を歩いているわ。白人も黒人も、男はみんなおなじ。まるっきりおなじよ。あたしは飽きるまで男たちを利用して、それから言ってやるの、あんたなんか嫌いよ、さようなら！

彼はまっすぐ彼女をみつめた。恐ろしく歪んだ顔、喉の筋肉のこわばり、血走った眼をみて、彼は怖くなった。

あんたもほかのやつらとおなじよ、卑しい黒《ニガー》んぼのヒモ男だわ。

突然、彼は怒りを爆発させた。両手ですばやく彼女の喉をぐいとつかみ、激しく揺さぶった。

そんな言い方はないだろう、このクソあま！　彼は叫んだ。

長椅子のうえに彼女をおし倒すと、彼は数歩下がった。彼女の髪は乱れていた、苦しそうにあえいでいた、舌はだらりと垂れていた、それでも弱々しく両腕をあげると彼を手招きした。

バイロン、キスして、彼女はあえいだ。愛してる。あんたはとっても強いわ！　あたしはあんたの奴隷、あんたの黒《ニガー》んぼ！　あたしをぶって！　あたしはあんたのものよ、なんでも好きなことしていいわ！

7

その後の二日間、バイロンはラスカと寝起きをともにした。怒りの応酬とそれにつづく情欲の炎がくり返された。つかの間だが平和な時間もあった。気まぐれな欲望、音楽にあわせたリズミカルな性愛、残酷で痛ましい悦楽の時間があった。天国そっくりの偽物だった。ある午後、バイロンが目覚めると、彼は独りぼっちだった。

はじめはなにが起こったのか正しく理解できなかった。寝具をひきはがして、彼女が下に隠れていないことを確認した。それから、彼は姿勢をただして坐り、彼女の名前を呼んだ。返事はなかった。ベッドから飛び降りると浴室をのぞき込んだ。誰もいなかった。彼は浴室を出て、手がかりを探した。前の晩に彼女が着ていたドレスは脱ぎ捨てられた場所でしわくちゃになっていた。シフォンの下着類、ストッキング、小さな銀の靴はあちこちに乱雑に散らばっていた。ところが、腕時計と指輪が鏡台から消えているのに気がついた。悪い胸騒ぎがした。彼女が出ていった！　床の中央に立ちつくして、彼女のいない生活を思い描こうとした。

彼は不安でパニックになりながらボタンを押した。まもなく、女中が現われた。

ミセス・サルトーリスはどこ？　彼は感情を抑えようとしたが無理だった。不安のあまり声が震えた。

外出しました。

いつ帰ってくる？

なにも聞いてません、女中が答えた、バイロンは女中の話し方が前と違って、必ずしも丁寧ではないことに気づいた。

コーヒーはいま召し上がります？　彼女はたずねた。

お願いします。

バイロンは窓を閉めて、冷気が入らないようにしたが、カーテンは開けたままにした。四月の明るい陽光が室内にあふれた。入浴中、彼は湯が温かすぎると感じた。その生ぬるさは神経をいらだたせた。冷たいシャワーをうずく肉体にあてるとさっぱりした。彼はバスタブから出てタオルで身体を拭いたが、身体は麻痺したようだった。ちくちくする感じもなく、つま先まで痺れたような無感覚が広がっていた。身支度を整えている最中に起こったある出来事によって、彼は完全に打ちのめされた。靴を左右逆に履いたのは生まれて初めてだった。これがどんな災難の前兆であるかを思い、彼は震えながら靴を履きなおした。

彼がスカーフを直していると、マリーがトレイをもって入ってきた。

置いといてくれる、彼はさらに言った、ちょっと出かけてきます。ミセス・サルトーリスが帰宅したら、僕もすぐに戻ると伝えてください。

外出すると告げたのはなぜか？　どうしてこんなにあわてて着替えをしたのか？　彼はいまになってわかった。彼女なしではこのアパートに一瞬たりとも居られなかったのだ。彼女をすぐにみつけなければ気持ちが安心できないし、気が狂いそうだった。彼は朝食には手をつけずに、帽子とコートをつかんで部屋を飛びだし、ドアをバタンと閉めた。

歩道でふたたび途方にくれた、どっちの方向に行くべきかわからなかった。どうやって彼女を探し出すことができるだろう？　彼女がいるかもしれない場所ってどこだろう？　決めかねて困っていると、誰かが自分の腕に触れているのに気づいた。彼がふり返ると、眼の前にほほ笑みをたたえた黒い顔があった。運転手の制服を着た男は帽子を持ちあげ、通りの反対側を指さした。

ミセス・ボニフェイスの車です、彼は教えた。あなたをお連れするようにとのことです。

彼女が……？　バイロンは歩きはじめた、それから立ち止まった、アドーラはこの運転手に事情をなにも話していないかもしれないと思った。彼はなにも言わず、その男について車に乗った、彼の気分は高揚していた。ラスカの指図にちがいない。そうでなければ、どうしてアドーラが僕の居場所を知っているだろう？　車が走りだすと、彼の心は希望に満たされ、穏やかになった。

アドーラの家の前で車からとびおりると、彼は階段を駆け上がり、ドアベルを押した。ほどなく女中が呼びかけに応じた。

バイロン・カッスンです、彼は大きな声を出した。ええと……？

どうぞお入りください、ミスター・カッスン。コートはこちらに。

彼は二階に案内された。客間には誰もいなかった。バイロンはしびれを切らして、部屋のなかをうろうろ行ったり来たりした。

アドーラが階段を降りて、彼の方にやってくるのがみえた。

ラスカはどこ？　彼はたずねた。

アドーラは部屋に入ってきた。おかけになって、彼女は椅子を勧めてから言った、どこにいるかまったく見当もつかないわ。

バイロンは立ったままだった。

じゃあ、僕の居場所がどうしてわかったんだ？　彼はたずねた。

この数日間あんたがどこにいたか、ハーレム中の人が知っているわ。うちの運転手に、あんたがひとりで出てくるまで、外に車をとめて待つように言ったの。二日間も自家用車なしで過ごすのはかなり不便だったわ。

なら、どうしてそんなことしたのさ？ そこまで僕に関心をもつなんて、なにか特別な理由でもあるわけ？

ちょっとお願いだから坐って、それから怒鳴らないでちょうだい。

彼は言われたとおりにした。そうはいってもアドーラはなにか知っているのかも。彼女をみつけるのを手伝ってくれるかもしれない。

アドーラは向かい側に坐って質問した、彼女、あんたをおいて出ていったの？

そう。いや、ちがう！ どういう意味だよ？

あんたは振られたのよ。あのね、言っておくわ。彼女に会うことはもうないでしょう、少なくとも恋人としてはね。

じゃあ、きみは……！ 彼はすばやく言った。

おなじような人をたくさんみたわ、彼女は口をはさんだ、ラスカは捨てた男に未練はないの。

そんなの嘘だ！

一瞬の沈黙をはさんでアドーラは答えた。あきらかに怒りを抑えようと必死だった。あんたはとても愚かなうえに礼儀知らずな男ね。特別な事情があってここに呼んだけど、そうでなければ……

彼女は言葉をのみ込んだ、彼はやり場のない怒りにかられて黙っていた。

もう一度言うわ、アドーラはきっぱりと言った、ラスカは捨てた男に未練はないの。あたし、ラスカのことはなにもかもよく知ってる。鋼のように強情なのよ。

彼女のことを悪く言うのはやめてくれ！

あんたが彼女の名前を口にしなければ、あたしはなにも言いやしないわ。そもそも、彼女のことを言いだしたのはあんたじゃない。あたしが話したいのはメアリーのことなの。

じゃあ、あいつがあれこれしゃべっているのか！

ちょっとあんた、そんなふうにすぐに結論にとびつくから、正しい判断ができる人にはとてもできない衝動的な行動をとるんだわ。ちがう、メアリーはあれこれしゃべってなんかいない、でも、あんたのことで頭がいっぱいなのは一目瞭然よ。単純な事実として、彼女はあんたのことを愛してるの。あんたはそれに値しない男だけど。それでも彼女はほかの誰でもない、あんたを愛してる。

そのうち立ち直るさ、彼は苦々しい顔で言った。

困ったことに、立ち直ることはないでしょうね、アドーラは決然とした態度で言い返した。あんたでなくちゃだめなのよ。

彼女はお高くとまっている。僕なんかに自分はもったいないと思ってるんだ。彼は不満そうに言った。

もったいないと思ってるのはあんたのほうでしょ。まったく、あんたなんか彼女の指の爪ほどの価値もないわ。

それはわかってる、バイロンは認めた。そのとおりさ。だから、このままの方がいいと思わない？

　個人的にはたしかにそう思うわ、アドーラは言った。実をいえば、ランドルフ・ペティジョンと結婚するように彼女に言ったの。

　宝くじ王《ボリート》か！

　そう、彼よ。

　でも、彼女にはああいう男と結婚して欲しくないんだろう？

　あんたみたいに惨めったらしくなければどんな男だって結構よ！　辛辣な口調だった。レニーは自分の腕一本で成功したの。磨けば光る人よ。教養はないけど、少なくとも善良で親切だわ。彼は男のなかの男よ、彼女はきっぱりと言った。彼なら良い夫になったでしょうに。あたしそう言ったわ。彼女にはそれがわからなかった。あんたに出会った日、彼女、彼のプロポーズを断ったのよ。

　あの日……

　そう、ロングアイランドのあたしの家で。あたしは前から、プロポーズを断ったのはあんたのせいじゃないかと思ってた。

　それはありえない。あの日はほとんど彼女に会わなかったし。

　どっちでもいいことよ。それが理由だったとあたしは思うの。知ってる？　メアリーって、いつも男性によそよそしい態度をとることで知られていたの。そこにあんたが現われた、そしたら彼女ったら、長年くすぶってた火山が急に溶岩を噴き出しはじめたような状態になっちゃって。……あんたに特別の魅力があるとも際立ったところがあるとも思わない。まぁ、それなりにハンサムだけどやっぱりたいしたことないわ。それなのにメアリーはあんたに夢中なの。チャリティー・ボールのとき、彼女、ラスカを殺しそうな勢いだった。あんたも気づいてたはずよ。

彼女がヤキモチやいているのは知ってた。

あんたを愛してるのよ、ばかな男ね。とにかく、彼女はラスカを殺したいとはもう思っていないわ。あんたを取り戻すことだけを望んでる。彼女、仕事も手につかない。眠れない。涙も枯れ果てた状態。だから、元気づけに行ってあげて。

いやだ！　バイロンの表情は固かった。

なんですって！

僕は行かない。

あの安っぽい褐色女の家に帰るって言うんじゃないでしょうね？

ラスカのところに帰るんだ。

でも、なかに入れてくれっこないわ。

きみの言うことなんて信じない。

あんたは振られたのよ。ラスカのことはよく知ってるって言ったでしょ。あんたは振られたの。

僕は帰る、バイロンは叫んだ。僕を止めることは誰にもできない。

知ったこっちゃない、地獄に落ちるがいいわ、アドーラが叫んだ。そうしてくれた方がメアリーのためにもなるわ。

僕は帰るよ、彼は執拗にくり返した。

ちょっと待って。そう言ったのはオリーヴだった。部屋の入口に背を向けていたので、彼女が入ってきたことにバイロンは気づかなかった。

バイロン、あんたがさっき言ったこと聞いたわ、彼女はさらに言った、あんたに話があるの。

そんなことしても無駄だよ、オリー。

無駄ですって！　軽蔑したような口調だった。彼女はさらに言った、果たして正気を取り戻すことはあるのかしら。メアリーのためでなければ口もききたくなかったわ。

僕のことは忘れるように伝えてよ。

それができないのよ。まったく困ったことに、彼女はあんたのことが忘れられないの。わたしを騙せるなんて思わないことね。あんたのことはなんでもお見通しよ。ニューヨークですこし苦労しなくてはならなかった、でも、すごく苦労したってわけじゃない。もっと苦労して成功した人を百人くらい知ってるわ。あんたのことはみてたからよくわかるの。怠け者で、おまけに意気地なしのうぬぼれや。弱虫で気難しくてプライドが高いうえに頑固で怒りっぽい。本当に立派な人たち、サムナー夫妻やアンダーウッズ夫妻とか、若い文学者のグループ……あるいはハワードみたいな人たちとはつきあわない……自分は失敗つづきなのにかれらが成功した人生を送っているから。あんたはメアリーにさえ腹を立てている、あんたを助けたいと思うほどに彼女はあんたを愛してる、だからこそお世辞を言ったり、嘘をついたりしないっていうのがわからないのね。まったくお気の毒さま、わたしがメアリーだったら、泥だらけの日になるのを待って、あんたをドアマット代わりに使ってやるわ！

勝手にしゃべって悦に入ってろ！　彼が叫んだ。僕はラスカのところに戻る。言いたいことはそれだけだ。

それについては十分わかったわ、オリーヴがうんざりしたように答えた。いつまで続くことやら。彼女はアドーラに言った、さて、わたしたちにできることはすべてやったわ。言っても聞かないんだから仕方ないわね。彼女は唇をとがらせた。

そうね、アドーラも言った、放っときましょう。彼女はタバコに火をつけた。

バイロンは無言で階段を駆け下り、コートを身につけると家からとびだした。

罠だったわけか！　こんなに激しい怒りを感じたのは初めてだった。はらわたが煮えくり返っていた。おせっかいなクソアマども！　彼はラスカのアパートまで四ブロックほどの距離を走りつづけた。

玄関に入ると、ちょうどエレベーターが行ってしまったところだった。待つのがじれったかったので、彼は三段抜かしで階段を駆け上がり、四階の踊り場にあるラスカの部屋のドアの前に立った。息を切らして、彼はボタンを押した。

マリーが用心深くドアを開けた。

ミセス・サルトーリスはまだお帰りになっていません、彼女は告げた、眼の前でドアが閉まりそうになったので、彼はドアの隙間に片足を入れた。

なかで待ちたいんだ、彼は食い下がった。

なかには入れるなという指示ですので。

でも、僕の服がなかにあるんだ！

ハリーが一時間前にあなたの服を運んでいきました。

僕の服をだって……！　ちくしょう、なかに入らせてもらう！　彼はむりやり通り抜けようとした。

マリーが叫んだ、ミス・ラスカ、殺されそうです！

客間につづくドアが荒々しく開いた。ラスカが戸口を背にして立っていた。

あたしの家に押し入るってどういうつもり！　彼女は叫んだ。出ていってちょうだい！

彼は彼女の前にひざまずき、両腕で腰にすがりついた。

ラスカ、僕がなにをしたというんだい？　彼は泣きついた。

氷のような冷たい口調で彼女は言った。別になにもしてないわ。あんたにはもううんざり。追い出される前にここから出ていって。

彼女は彼の顔をぶった。彼はよろよろと起きあがって後ずさりした。怒りでこめかみに青筋が立っていた。

ちくしょう！　彼は叫んだ。このやろう！

彼がなんらかの攻撃に出る前に、彼女は拳銃を突きつけた。

そこまでよ、彼女が言った。

彼はひるんだ。

彼女はバカにしたように笑った、つまり、殺されてもいいと思うほどにはあたしを愛してないのね！　あんたは退屈なうえに臆病者よ、卑劣な臆病者の黒んぼ《ニガー》だわ！

　彼は小さくなって玄関に向かった。

　出ていって！　彼女はさらに言った。出ていって、もう二度と来ないで！　マリー、この汚らわしいゴミ男を二度とこの建物に入れないように、下にいる男の子たちに言ってちょうだい。

　ドアがバタンと閉まった、彼はいまにも倒れそうだった。呆然としていた。すべてがあまりに予想外だった。昨夜の時点では、彼女は彼を愛していた。それがいまは……なにが起こったのか、どうしてなのか、彼には理解できなかった。階段をゆっくり降りて、陽光のなかに出た。

　ぼんやりした意識のなかで、歩道沿いにリムジンが停まっているのがみえた。建物に入ったときからそこに停まっていたことを、彼はなんとなく思いだした。車に近づき、前かがみになって、ドアにペイントされたイニシャルが誰のものか判読しようとした。R・Pと書いてあった。R・P？誰だろうと思った。なんとなく見覚えがあった。彼は運転手に話しかけた。

　誰の車です？　彼はたずねた。

　運転手は驚いたように彼をみつめた。

　おや、この車をしらねぇんですかい？　この車をしらない人はいねぇ。だんな、この車は――男は胸を張った――ミスター・ランドルフ・ペティジョンのものでさぁ。

8

その瞬間からバイロンは憎しみを抱きはじめた、猛烈な憎しみだった。太陽が照っているのに、彼の眼には嵐やぬかるんだ歩道がみえてしまうほど、世界の見え方は彼の気分に支配されていた。彼女だけならまだしも、みんなに馬鹿にされたと思い、彼は納得がいかなかった。みんなが共謀して自分を笑い者にしていると思った。逆上のあまり、分別と見境をなくした彼はまず拳銃を購入した。

そのあとで激しい嫌悪感におそわれ、ひどい鬱に陥った。そして、今頃になって罪悪感にかられてメアリーのことを思いだした、彼女はむごい仕打ちを受けたにもかかわらず、いまでも自分を愛しているのだった。彼はメアリーの助言を拒絶した。彼女は有力な人たちともっとつきあうように、彼に言って聞かせたが、その助言は正しかったのかもしれない。彼が謙虚な気持ちになってサムナー夫妻を訪ねることができたなら、仕事だってもっとうまくいったかもしれない。サムナー夫妻のみならず、かれらが代表する社会的環境を拒絶したことが彼の転落をもたらしたのだ。彼はすべてのチャンスをつかみそこねたが、それは自業自得だった。息子のあらゆる可能性を願って、父親は紹介状を用意してくれていた。老いた心優しい父親は息子の過ちを赦し、この数ヶ月、軽率な行動と厄介事の多かったときも我慢づよくふるまってくれた。

自分の作品がいかに薄っぺらいものだったか、バイロンはおぼろげながら理解できるようになった。彼はこれまで苦しんだことがなかった、本当の意味で生きたことがなかった。自分のことをまったく理解していなかったのだ。おそらくダーウッドの言ったとおりなのだろう。とにかく、いまの彼には、ダーウッドが自分を見下していたわけではないことが理解できた。でも、すでに手遅れだった。サムナー夫妻やその友人たちの人脈を得るには遅すぎた。メアリーに赦しを請うには遅すぎた。自分はいったいどうなるんだろう？　彼はぼやいた。

自責の念にかられた状態は長くは続かなかった。激しい怒りがもどってきて、彼の心を支配した。自分に恥をかかせたあの女をどれほど憎んだことか！　自分と入れ替わりに、彼女の愛人になったあの男をどれほど嫌っていたことか！　瀕死の動物のように部屋に閉じこもったまま、彼は激昂して拳銃を握りしめて、四方の壁にむかって叫んだ。あの女ぶっ殺してやる！　あの野郎ぶっ殺してやる！　ふたりともぶっ殺してやる！　ところが、拳銃は脱力した指のあいだから落ち、彼はテーブルのうえで頭をうなだれた。弱い、それが彼の本質だった、弱かった。ちくしょう！　どうしてそれをやり抜く強さがないんだろう？　彼は疑問に思った。

彼が自暴自棄になっているのがわかったのだろう、ミセス・フォックスはいつも以上に親切だった。彼が台所で食事していないことに気づくと、部屋まで探しにきて、すこしでも食欲がでるように南部の名物料理を運んできてくれた――彼女は料理上手だった。彼女をよろこばせるために彼は食べようとしたが、自分がこの善良な女をどんなに嫌っていたかを思いだすと、恥ずかしくて食べることができなかった。俗物なのは彼のほうだった、ほかの人たちではなかった。……

その日の午後遅く、狭くうす暗い部屋のベッドに横たわって、彼は自分の運命を呪い、台無しになった人生を嘆き、ますますラスカを憎み、ペティジョンを殺してやると心に誓っていた、そのとき、ドアをノックする音がした。彼はすぐに応答しなかったが、ノックする音がまた聞こえたので声をかけた、どなたですか?

ドアがゆっくりと開き、玄関の光のなかにミセス・フォックスの輪郭が浮かび上がった。

女のひとがあんたに会いにきてるよ、彼女が言った。

女の人! 彼はすぐに立ち上がった。なかに案内して!

心臓の鼓動は激しさを増していた。にもかかわらず、枕の下に拳銃を忍ばせるだけの冷静さはあった。

予想外の人物がドアのところに立っていた。

メアリー! 彼は叫んだ。いそいでテーブルのところに行き、手のひらで表面をはらうとマッチを探した。ガスコンロに火をつけた。

それからやっと彼女の方を向いた。どんなに彼女を抱きしめたかったことか! 彼のプライドはそれを許さず、むしろ攻撃的な態度になった。

心のなかに愛情はあったのに口から発せられたのはこんな言葉だった。どうせ僕を笑いにきたんだろ。

彼女は憔悴しきった様子でベッドに腰をおろした。ずっと泣いていたのは一目瞭然だった。黒いショールにくるまって、彼女がそこに坐っている姿は悲しげで魅力的だったが、同情する気持ちをありのままに表現することは、彼の性格が許さなかった。

バイロン、どうしてそんな残酷なことが言えるの?

そうでなけりゃ、僕を哀れみにきたんだろ！　今度は冷たく醒めた口調だった。

あなたを愛しているから来たの。来ないではいられなかった。彼女は泣きじゃくった、わたしのことは哀れに思ってくれないの？

僕が捨てられたってオリーヴに聞いたんだろ。いい気味だと思ってるんだろ。

彼女はうろたえたように彼をみつめた。彼女のこと、そんなに愛してるの？　彼女がたずねた。愛してるかだって！　あんな女、大嫌いだよ！

じゃあ、本気なのね。彼女を愛してるんだわ。メアリーはあきらめたように言った。

なんと悲痛でなんと愛おしかったことか。彼の望みはただひとつ、彼女を抱きしめて自分の愚かさを洗いざらい告白することだったが、ひねくれたプライドがその願望をおさえつけた。

そうかもしれない。でも、きみには関係ないだろ？

じつのところ、この言葉はラスカに言われたどのセリフよりも彼を傷つけた。

僕のことは忘れてくれ、彼は叫んだ。きみは僕の様子をうかがいにきたんだろ。せいぜい楽しむがいいさ。僕は何事においても敗者だ。誰の役にも立たない男。ラスカに捨てられた。ここで豚みたいに暮らしている。ざまあみろと思っているんだろ！

バイロン、どうしてそんなひどいこと言えるの？　いつものあなたらしくない。わたしがあなたを愛してるのがわからないの？　彼女はすがりついた。ここに来たのはあなたを愛してるからよ。来ないではいられなかった、それなのに、あなたがわたしのことを全然愛していないなら、ちゃんと話してくれないなら、わたしはどうしたらいいの？

彼はなにも言わなかった。

愛しいバイロン、わたしを想ってくれるなら、わたしが必要になることがあったら……彼女は小声で悲しげに言うと、ベッドから立ち上がって部屋をすばやくあとにした。

しばらくして玄関のドアが閉まる音が聞こえた。そのときになってようやく、彼は激情にかられて心の底から叫んだ、メアリー！　メアリー！　返事はなかった。彼は玄関にいそぎ、ドアをバンと開けた。彼女の姿はなかった。階段のところまで彼女を追いかけることはしなかった。自分の部屋にもどり、ベッドの前にひざまずくと寝具に頭をうずめた。

メアリー、彼は泣きじゃくった、愛しいメアリー、きみを愛してる、でもどれほどあの女を憎んでいるか、それをはっきり行動で示すまで、きみのところに戻るわけにはいかないんだ。

この瞬間、彼はすばやく決心した、枕の下に隠してある物体にむかって、彼の手はゆっくり伸びた。

9

真夜中、彼はブラック・ヴィーナスに入った。この盛り場はいつも零時から朝六時までひどく混み合うのだった。この夜はとても人が多くて、いつもなら踊る人たちのために空けてある空間にもテーブルが並べてあった。バイロンもすでに四人の先客があるテーブル席に坐らされた。彼はジンを一クォート注文した。
胡椒の実みたいな髪型の女の子がテーブルのあいだを歩きながら、喧騒のなかで歌っていた、色白の鼻梁にはそばかすが帯状に散らばっていた。

ベイビー、愛しいベイビー
今日は帰ってきてくれる？
あたしったら泣いてばかり
あんたがいなくなってから。
神さまは知っていなさる
あんたはあたしの心をきずつけた
あんたはそれをおもちゃみたいにとりあげて
ばらばらに壊してしまった。
あんたは乱暴するし、顔もひっぱたかれた
でも、あんたの代わりは誰もいない。
電報をおくるわ
黄色い封筒に入れて。
ジンでも飲んで
希望を抱きつづけるわ。

クッションを手に入れて
ひざまずいて祈るわ
あぁ、ベイビー、ベイビー、ベイビー、
今日は帰ってきてくれる？[15]

テーブルに坐っているほかの人たちの会話がバイロンの耳に入ってきた。なんてこった、あの脚はやせすぎじゃねぇか！　……まったくセクシーじゃねぇ。……銀行が今日支払うってことはあるめぇ。当たりくじが多すぎるからな。しはらいはしねぇだろう。……おまえがやってるのナンバーくじか？……いや、負けるが勝ちだって。……もちろんよ、シキのことは知ってるさ。むかしは黒いロングコートにシルクハット姿で、片眼鏡をかけて、肩には猿をのせ、咆哮するライオンの子どもに鎖をつけて、パリの大通りをカッコつけて歩いてたものさ。あいつは誰とも違っていた。
バイロンの頭のなかですべてがごちゃ混ぜになって聞こえた、意味をなさない言葉の寄せ集め、その背景では、激しい規則的なドラム・ビートがひっきりなしに続き、サキソフォンのうめき声、クラリネットが甲高くキーキー鳴る音、客の笑い声、それから時おり、曲のリフレインが聞こえた。

今日は帰ってきてくれる？

意味をなさない寄せ集め。人生みたい。ニグロの人生みたいだ。上からは蹴落とされる。下からは足を引っぱられる。ダンスと酒とコカイン《ハッピー・ダスト》……それから琥珀色の肌の女の子にまさるよろこびはない。ジン、セクシーな女の子《シーバ》、ブルース、コカイン《スノー》。とらえかたは十人十色。……呼びかたも十人十色。……

　ふたりに復讐したあとで、彼はメアリーと仲直りするつもりだった。かれらに一泡ふかせてやるつもりだった。明日にはメアリーとよりを戻せるだろう。明日になったら彼女を訪ねて、自分が悪かったと言って謝ろう。彼はどれほどラスカを憎んだことか！　あのあばずれ！　いまにみてろ！

　ガートルードはきてないんだ……今日は帰ってきてくれる？……洗面所にこいよ、ブツをやるから……コカイン《スノー》はすげぇおちつくぜ。……明日は二〇七番に賭ける。……リーンシェーンクス・ペスコッドの左はまじで……ハリー・グレブ、[16] フラワーズ[17]……あのダンサー《フーファー》みろよ……春はきらいじゃない。スイカ《オーガスト・ハム》がまちどおしいよ。……どうしてそんなに黒いのか、おめぇの母ちゃんに斧をふってみろ。……どうしてそんなにひどいことができるの、おまえさん《ダディ》？

　ふたりともいまにみてろよ。後悔させてやる。ちくしょう、彼はあの魔性の女を本気で憎んだ。

バイロンはジンをストレートでもう一杯飲みほした。

　エンターテイナーはさっきまでテーブルのあいだを回っていたが、今度はバンドの近くでスカートを持ちあげて踊っていた。青いリボンの飾り結びと蝶結び付きレースで縁どったピンク色の絹のズロースがまる見えになった。

　ガリガリの脚！　痩せすぎだ！……おい！　ちょっと！……色白の混血娘《ハイイエロー》を好きになるのはやめとけ。……トントン！　トントン！　トントン！

あのドラムは静かにならないのか？　ジャングルだ！　野蛮人たち！　琥珀色の月光！　あの女の子はどうしてあんな紫色の顔をしてるんだ？　チョコレートに口紅を塗ったみたい。おまけに、別の女の子はオリーヴみたいな緑色だった。チョコレートにおしろいを塗ったみたい。セクシーな女の子《シーバ》たち、琥珀色のセクシーな女の子《シーバ》たち。黒んぼ《ニガー》たちはみんな最低だ。酔っぱらってる、笑ってる、コカイン《スノー》をやってる、彼をおとしいれる準備をしている。……あの踊っているセクシーな女《シ》の子《ーバ》の可愛らしいパンティ。あんな女なんか知ったことか！　みんなくそくらえ！

彼はもう一杯ぐいっと飲んだ。メアリー、愛らしいメアリー、彼女も琥珀色じゃないか。メアリーは友だちだった。僕のせいで絶望している。彼女は僕を笑いものにしなかった。メアリー……あの黒んぼ《ニガー》のペティジョンを殺してやる！

おなじテーブルの二人組がいなくなった。ほかの人たちはまだおしゃべりしていた。サムの新しい賭博宿に行ったかい？……豚足、ホットドッグ、卵。豚足、ホットドッグ、卵。……白い襟をつけた売り子が食べ物のたくさん載ったトレイを抱えて、テーブルのところにやってきた、食べ物はひとつずつ白い薄紙に包まれていた。……くれ……十セントです……そいつはすげぇ。……西イン《モンキー》ド諸島出身《・チェイサー》のニグロと一緒にいるあのギャルをみてみろ。……あいつら痛いんだよ、西インド諸島《モンキー》出身《・チェイサー》のニグロのやつら。ここには来ないでほしい！　西インド諸島出身《モンキー・チェイサー》のニグロには西インド諸島《モンキー》出身《・チェイサー》のニグロの国があるじゃないか。……白人娘《ミス・アニー》と一緒にいるやつをみろよ。……ありゃ白人娘《ミス・アニー》じゃねえ、コテでストレートにした髪《キンカウト》だぜ。……ありゃどうみても白人娘《ミス・アニー》だって、あの野郎は調子にのってやがる。白人《オフェイ》のやつらは金のにおいがぷんぷんするからな。

おめぇの女には好き勝手をゆるすな。
四六時中トラブルに陥るはめになる
おめぇの女には好き勝手をゆるすな。
一日中トラブルに陥るはめになる。
友だちとは女をシェアしねぇことだ。
おめぇさんが出かけてるすきに、べつの男が入ってくる[18]！

音楽が震えて途切れた、音が割れて粉々になった。ジャングル。琥珀色の月の下で、ホッテントットとバンツー族が揺れている。愛、セックス、情熱……憎悪。左だ、右だ！　その十セント硬貨をよこせ。……踊っている人たちは身体を左右に揺らし、錨を巻き揚げる船乗りのようだった。黒、緑、漆黒、紫、褐色、黄褐色、黄、白。あらゆる色の人たち！

踊る人たちのなかにアナトール・ロングフェローの姿がちらっとみえた、一緒に踊っているのは……あの女の子をどこでみかけたっけ？　バイロンはその女の子に見覚えがあった。そうだ、彼はやっと思いだした。ウィンター・パレスで……ランドルフ・ペティジョンと一緒だった子だ。脅えた眼。ペティジョンの女だった。彼女は怖がっていた。僕を怖がる女なんかいない。笑いものにしやがって。あんな女嫌いだ！　みんな大嫌いだ！……たかがひとりの女のことでおもいなやむんじゃねぇ……バイロンはグラスに酒をついだ。

バイロンはクリーパーと連れの女の子と相席になった。

トーリー、あんたはほんとにすばらしいダンサー《バディシャス・スクロンチャー》だわ。

くたくたになるまで踊ってやるぜ。

　世界じゅうに教えてあげたい、ぐるぐるかき回せるわ、眼がくらくらするってね。
　あたしみたいなギャルをつかまえて、きつね色のケーキを焼くの、恋のたわむれもこんがりきつね色。[19]

別のエンターテイナーがマイクでがなりたてていた。

あんたと別れてからよろこびや安らぎを一度だって感じたことはなかったわ、トーリー。

だまれ！

おちついてトーリー。おちついて。興奮しないで。

クリーパーはにらみつけた。

ジャングル、混乱状態《ジャンブル》。盾を手にしたウェイターたち、毒入りワインを運んでいる。ウェイター戦士たち。……ぐるぐるかき回せるわ。……ピンクの絹。ブルーの絹。あの緑色の女の子。……どうしてあんなに顔が緑色なんだろう？　黒人ってことか、バイロンは思いだした。そういうことか。黒人なんだ。褐色の肌の子に一度も誘惑されたことがなくても。……痩せすぎだ！　だらしない歩き方！　ぐるぐるかき回せるわ。

バイロンはグラスにもう一杯酒をついだ。頭のなかをぐるぐる回っている曲はなんだったか？　我が道、我が道は曇っている。かれらに天使を遣わしめよ[20]！……ジン、琥珀色の女の子たち、ブルース、コカイン《スノー》。みんなどこでコカイン《スノー》を手に入れてるんだ？　彼もすこし欲しかった。ウェイターを呼ぼうとしたとき、気前よく札びらを切る黒人《シャイン・バター・アンド・エッグマン》と告げる声が聞こえた。彼は虚ろな眼で入口のほうをみた。ランドルフ・ペティジョン！　ラスカと一緒に、あとで殺してやろうと思っていたやつじゃないか！　まぁ、ここでもいい。コートをこちらに、女の子が言うのがわかった。あの野郎！　じきに、コートなんて二度と着られないようにしてやる！　バイロンはおもわず尻ポケットに片手をやった。

宝くじ王は彼の方に歩いてきた、まっすぐ彼のほうに。愚か者！　ウェイターが全員そろって宝くじ王をとり囲んだ。彼ならどのテーブルにだって坐ることができた。あの黒んぼ《ニガー》が坐りたいと言えば、誰であってもテーブルを譲らなければならない。かれらが言うのが聞こえた。ミスター・ペティジョンのためにテーブルをあけろ。彼のためならどんなテーブルだって。いまにみてろ！　笑いものになるのは二度とごめんだ。宝くじ王の動きの遅いこと！　歩いているのに、こちらに近づいてくる気配はなかった。

世界じゅうに教えてあげたい、ぐるぐるかき回せるわ。……プズズズ。銃弾がバイロンの耳もとをかすめた。色男《シーク》……プズズズ！　もう一発。バイロンは茫然としてふりかえった。武器を手にしたクリーパーがほんの一瞬そのままの姿勢で静止していた。これいじょうオレの女に手をださせねえ！　彼はつぶやいた。それから電光石火のように人混みを駆けぬけ、後方の壁のドアから姿を消した。女の子はトーリーと叫んであとを追いかけた。大混乱状態。人びとは一斉に逃げだした。グラスがいくつも割れた。テーブルがひっくり返った。悲鳴。叫び声。どなる声。部屋はからっぽになった。

バイロンはたったひとりで坐り、前方をみつめていた。虚ろなまなざしでじっと凝視していた。「あなたもそこにいたのか」[21]を歌ったときのポール・ロブスンはどんな様子だったのだろうと考えていた。彼はハワードに百ドル借りがあることを思いだした。琥珀色の菊の花びらのような指……それから、琥珀色の月の下、床の血だまりに転がっているものをみた。彼は心奪われ、ゆっくりそっと近づいた。

彼はいきなりブーツの踵でその顔を踏みつけた。

この黒んぼ《ニガー》野郎！　彼は叫んだ。

彼は拳銃を抜いて撃った、一発、二発、醜い黒い塊に。

怒りはすぐにおさまった。拳銃が手からすべりおちた。恐怖で両脚が震えて、立っていられなくなった。彼は膝から崩れおちた。

メアリー、声にだして彼は叫んだ、僕は殺ってない！　僕は殺ってない！

白い手が拳銃を拾いあげようとしているのに気づき、彼は怪訝に思った。見上げると、真鍮のボタンがついた紺色のコートが眼に入った。

ニューヨーク　一九二六年三月一日

註

（行頭の数字は本文の頁数を示す）

プロローグ

5　原註一　この小説で使われている黒人特有の表現を集めた語彙集を巻末に付した。それを参照のこと。〔訳者付記：本書では原則として該当する語にルビをふった〕

9　1　ボリートは一九二〇年代のハーレムで流行していたギャンブル、ナンバーズの一種。ナンバーズは、毎日新聞に掲載されるニューヨーク手形交換所の銀行為替手形と残高の数字を当てるゲーム。ボリートは二桁だけを当てる。

10　2　"Any Woman's Blues."　一九二三年にラヴィー・オースティンとベッシー・スミスがあいついでこの曲を録音した。

15　3　"I Wonder Where My Easy Riders Gone."　シェルトン・ブルックス作曲のラグライム・ブルース。一九一三年。

16　4　"Tea for Two."　ジャズのスタンダード・ナンバーとして知られる。作曲ヴィンセント・ユーマンス、作詞アーヴィング・シーザー。ミュージカル『ノー・ノー・ナネット』（一九二五年）のヒット・ソング。

16　5　"Everybody Loves My Baby."　ジャズのスタンダード・ナンバーとして知られる。作曲スペンサー・ウィリアムズ。作詞ジャック・パーマー。一九二四年。

18　6　"My Man Rocks Me."　J・ベルニ・バーバー作曲のブルース。一九二二年に歌手トリクシー・スミスが録音した。

第一部

25　原註二　この口語の罵倒語は、ニグロたちのあいだでは単なる軽蔑的な語としてのみならず、愛情を示す語としても自由に使われているが、白人がこの語を使用すると必ず激しい怒りを買う。ニグレス〔訳者付記：黒人女性を指す侮蔑語〕という言葉はどんな場合でも使用を禁じられている。

29 1 ブラック・ナショナリズム運動の指導者マーカス・ガーヴェイが一九一九年に設立した船会社。第一部訳注11もあわせて参照。

30 2 "It's Hard To Be A Nigger." J・ハグード・アームストロング作詞・作曲のフォークソング。

33 3 アフリカ系アメリカ人詩人ラングストン・ヒューズが本作のために書き下ろした歌詞。ヒューズは著者カール・ヴァン・ヴェクテンと深い親交があった。

35 4 同上。

37 5 "I'm Gonna Lay Down This Heavy Load." 黒人霊歌。

38 6 ハーレムの137丁目、七番街から八番街の間。一八九〇年代に建てられた歴史ある高級住宅街。

38 7 ブラック・ボトムとチャールストンはともに一九二〇年代に大流行したダンス。

42 8 合衆国北部における黒人のための社会組織。メンバーとして加入できるのは、ヨーロッパ系の先祖をもつ、白人に近い外見をもつ者に限られた。

44 9 「ニュー・ニグロ」はハーレム・ルネサンスの頃に流行った語。人種差別に従うことを公然と拒否する新しい黒人像を指す。ハーレム・ルネサンスの立役者の一人、作家で教育者のアラン・ロックによって有名になった。

44 10 「逃れの街」はアフリカ系アメリカ人医師、小説家、音楽家ルドルフ・フィッシャー（一八九七～一九三四）が一九二五年に『アトランティック・マンスリー』に掲載した作品のタイトル。フィッシャーは「逃れの街」で作家デビューし、ハーレム・ルネサンスの重要人物の一人となった。

45 11 マーカス・ガーヴェイ（一八八七～一九四〇）はジャマイカ出身のブラック・ナショナリズム運動の指導者。船会社ブラック・スター・ラインの株式売却にからみ、郵便詐欺罪で告発され、一九二五年から一九二七年まで投獄された。

45 12 南北戦争中の一八六四年に、北軍のウィリアム・シャーマン将軍がジョージア州アトランタから港町サバナまでの主要部を壊滅させて進撃したことにかけたジョーク。

48　13　ブッカー・T・ワシントン（一八五六～一九一五）はアフリカ系アメリカ人教育者、作家。黒人のための高等教育機関の設立に尽力。

48　14　W・E・B・デュボイス（一八六八～一九六三）はアフリカ系アメリカ人公民権運動指導者、パンアフリカ主義者、全米黒人地位向上協会の創設者。

49　15　ポール・ロブスン（一八九八～一九七六）はアフリカ系アメリカ人バリトン歌手、俳優。人種差別を声高に批判したことでも知られる。

49　16　ローランド・ヘイズ（一八八七～一九七七）はアフリカ系アメリカ人歌手、作曲家。コンサート歌手として名声を確立し、アメリカ各地、ヨーロッパをまわった。

49　17　カウンティ・カレン（一九〇三～四六）はハーレム・ルネサンスを代表する詩人。一九二〇～三〇年代に精力的に詩集を発表。

51　18　ラングストン・ヒューズが本作のために書き下ろした作詞。

54　19　ルネ・マラン（一八八七～一九六〇）はマルティニーク出身の詩人、作家。一九二一年、アフリカにおける植民地支配を批判的に書いた小説『バトゥアラ』で、黒人作家として初めてゴンクール賞を受賞した。

55　20　ガートルード・スタイン（一八七四～一九四六）はアメリカの白人作家、詩人。二十世紀はじめのパリで、芸術家たちの集まるサロンを主宰していた。著者カール・ヴァン・ヴェクテンとも親交があった。

56　21　ガートルード・スタイン『三人の女』（富岡多恵子訳、筑摩書房、一九六九年）。表記を一部改変して引用した。

58　22　第一部訳注10を参照。

59　23　ジェイムズ・ウェルドン・ジョンソン（一八七一～一九三八）はアフリカ系アメリカ人作家、教育者、作曲家。色の白い黒人が、社会的・経済的理由から白人として生きることを選択する現象を先駆的に扱った『元黒人男性の自伝』（一九一二）で知られる。

66　24　アイルランドの詩人、小説家、劇作家オリヴァー・ゴールドスミス（一七三〇～七四）の引用。

72　25　ウィリアム・シェイクスピア『シンベリン』より（小田島雄志訳、白水社、一九八三年、第二幕第三場）。

73　26　ウィリアム・シェイクスピア『ヴェローナの二紳士』より（同上、第四幕第二場）。一部、表記を改めた。

74 27 "Walk Together Children." 黒人霊歌。

75 28 "Ezekiel Saw the Wheel." 黒人霊歌。

76 29 フレッチャー・ヘンダーソン（一八九七〜一九五二）はアフリカ系アメリカ人ジャズ・ピアニスト、作曲家、バンドリーダー。ビッグバンド・ジャズ、スウィング・ジャズの発展に寄与した。

76 30 ハリー・ウィルズ（一八八九〜一九五八）はアフリカ系アメリカ人のヘビー級プロボクサー。

81 31 一九一〇〜二〇年代初めに人気のあったハーレムのナイトクラブ。

81 32 シセレッタ・ジョーンズ（一八六八／六九〜一九三三）はアフリカ系アメリカ人ソプラノ歌手。イタリアのオペラ歌手アデリーナ・パッティにあやかって、「ブラック・パティ」という愛称で呼ばれた。

81 33 アーネスト・ホーガン（一八六五〜一九〇九）はアフリカ系アメリカ人エンターテイナー、コメディアン。当時、新しい音楽だったラグタイムの作曲を手がけ、その人気の広がりに貢献した。

81 34 ウィリアムズ・アンド・ウォーカーは、バート・ウィリアムズ（一八七四〜一九二二）とジョージ・ウォーカー（一八七二／七三〜一九一一）のコンビ。ミンストレル時代を代表するデュオ。

81 35 コール・アンド・ジョンソンは、ボブ・コール（一八六八〜一九一一）とロザモンド・ジョンソン（一八七三〜一九五四）の作曲家二人によるデュオ。作家ジェイムズ・ウェルドン・ジョンソン（第一部訳注23参照）はジョンソンの兄で、彼もしばしば作曲に関わった。

81 36 アイダ・オヴァートン（一八八〇〜一九一四）はヴォードヴィル出演者、女優、歌手、ダンサー。「ケークウォークの女王」と称せられる。

82 37 合衆国開拓期、キリスト教プロテスタント各派にみられた野外での集会形式の礼拝。

82 38 一八六八年から一九三四年までニューオーリンズに開校された黒人大学。

90 39 一八六六年代にテネシー州ナッシュビルに創設された私立の黒人大学。

97 40 合衆国憲法修正条項第十八番はアルコール飲料の製造・輸送・販売を禁止する条項。いわゆる禁酒法のこと。

98 41 ウォレス・スティーヴンズの詩 "Cy est Pourtraicte,

Madame Ste Ursule, et les Unze Mille Vierges"（一九一五年）。

100 **42**　ワシントンD・Cにある私立の黒人大学。一八六七年創立。

102 **43**　一九二〇年代にジョンソンは歌の本を二冊——*The Book of American Negro Spirituals*（一九二五）と*The Second Book of Negro Spirituals*（一九二六）——編集した。第一部訳注35もあわせて参照。

102 **44**　テイラー・ゴードン（一八九三〜一九七一）はアフリカ系アメリカ人のテナー歌手。ロザモンド・ジョンソンとともに、黒人霊歌のリサイタルをひらいた。

103 **45**　チャールズ・W・チェスナット（一八五八〜一九三二）はアフリカ系アメリカ人作家。南北戦争後の合衆国南部における人種問題の複雑な諸相を掘りさげた作品で知られる。

104 **46**　A・S・M・ハッチンスン（一八七九〜一九七一）はイギリスの小説家。ロマンスや家族の主題を扱った作品で知られる。

104 **47**　イギリスの民話。田舎出身の貧しい少年ディックがロンドンに行き、飼い猫のネズミを退治する力によって財産を蓄えて裕福になる話。

109 **48**　一九二五年、黒人高等教育機関として重要なフィスク大学とハワード大学のキャンパスで、学生がストライキをした。両校の学長が辞任に追い込まれた。

110 **49**　ゼイン・グレイ（一八七二〜一九三九）はアメリカの白人小説家。西部劇小説で有名。

110 **50**　シャーウッド・アンダーソン（一八七六〜一九四一）はアメリカの白人作家。『ワインズバーグ・オハイオ』で知られる。

110 **51**　ノーマン・ダグラス（一八六八〜一九五二）はイギリスの小説家。小説『南風』（一九一七）で知られる。

110 **52**　ジーン・トゥーマー（一八九四〜一九六七）はハーレム・ルネサンスを代表する作家。『さとうきび』は一九二三年に出版されたトゥーマーの第一作。

110 **53**　アメリカのベストセラー作家ハロルド・ベル・ライト（一八七二〜一九四四）による一九二三年発表の作品。

114 **54**　マミー・スミス（一八八三〜一九四六）はアフリカ系アメリカ人のヴォードヴィル歌手、ダンサー、女優。一九二〇年の大ヒット曲 "Crazy Blues" と "It's Right Here

"For Me"で知られる。

119 55 第一部訳注16を参照。

119 56 フロレンス・ミルズ（一八九六〜一九二七）はアフリカ系アメリカ人歌手、ダンサー、エンターテイナー。ブロードウェイ、キャバレーやナイトクラブに出演し、「幸福の女王」という名前で親しまれた。

126 57 リヒャルト・ワーグナー作曲の楽劇。一八七六年初演。

127 58 "My Lord, What A Morning." 黒人霊歌。

127 59 一九二五年に出版されたイギリスの小説家A・S・M・ハッチンスンの小説。第一部訳注46もあわせて参照。

127 60 一九二四年に出版されたイギリスの作家E・M・フォースターの小説。

127 61 一九二五年に出版されたイギリスの作家オルダス・ハクスリーの風刺小説。

137 62 ラングストン・ヒューズが本作のために書き下ろした歌詞。

138 63 イギリスの小説家デイヴィッド・ガーネット（一八九二〜一九八一）が一九二五年に出版した小説。イングランド出身の船乗りが西アフリカから帰郷し、黒人女性の妻と子供を、少年とオウムと偽って連れてくる物語。

138 64 ラングストン・ヒューズが本作のために書き下ろした歌詞。

141 65 同上。

143 66 同上。

144 67 同上。

144 68 同上。

145 69 イギリスの作家ハルデーン・マクフォール（一八六〇〜一九二八）の『ジェゼベル・ペティファーの求婚』（一九一三）のことか。

145 70 アメリカの白人作家デュボス・ヘイワードの小説（一九二五年）。ジョージ・ガーシュイン作曲のオペラ『ポーギーとベス』（一九三五年）に影響を与えた。

146 71 ラングストン・ヒューズが本作のために書き下ろした歌詞。

155 72 一九二〇年代に人気のあったジャズバンド、ニューオーリンズ・リズム・キングスが一九二三年に録音した作品。のちにジャズ・スタンダードとして知られるようになった。

156 73 カウンティ・カレンの詩「褐色の男の子へ」より。第一部訳注17もあわせて参照。

156 74 ノルウェーの劇作家イプセンの四幕戯曲『ヘッダ・ガブラー』（一八九〇年）の主人公。

第二部

171 1 ポール・ローレンス・ダンバー（一八七二〜一九〇六）はアフリカ系アメリカ人の詩人、作家。黒人労働者の方言を取り入れた作品で知られる。

174 2 アフリカ系アメリカ人作家チャールズ・ウォッデル・チェスナットが一八九八年に出版した短篇小説。第一部訳注45もあわせて参照。

180 3 イギリスの詩人、小説家ロバート・グレイヴスの第一作目の小説（一九二五年）。

185 4 十九世紀イギリスの賛美歌。セイバイン・ベアリング＝グールド作詞、アーサー・サリヴァン作曲。一八七一年。

185 5 第一部訳注27を参照。

188 6 セオドア・フラワーズ（一八九五〜一九二七）はプロボクサー。アフリカ系アメリカ人として初のミドル級チャンピオン。一九二六年にハリー・グレブを破って王座を獲得した。

202 7 ラングストン・ヒューズが本作のために書き下ろした歌詞。

208 8 南部黒人のフォークソング。

213 9 『ニューヨーク・エイジ』紙は一八八七年から一九五三年に発行された黒人新聞。当時、もっとも影響力のあった黒人新聞の一つ。

227 10 ジェーン・カウル（一八八三〜一九五〇）はアメリカ合衆国の映画・舞台女優、劇作家。二十世紀前半に映画界、ブロードウェイなどで活躍した。

243 11 ラングストン・ヒューズが本作のために書き下ろした歌詞。

244 12 イギリスの作家ラドヤード・キップリング（一八六五〜一九三六）の詩「マンダレイ」からの引用。「マンダレイ」は大英帝国兵士のアジアに対するエキゾチックな郷愁を歌った詩。

246 13 ラングストン・ヒューズが本作のために書き下ろした歌詞。

247 14 同上。

275 15 同上。

276 16 ハリー・グレブ（一八九四〜一九二六）はドイツ系アメリカ人のプロボクサー。ミドル級チャンピオンとして六度の防衛に成功したが、一九二六年にタイガー・フラワーズに王座を奪われた。

276 17 第二部訳注6参照。

278 18 アフリカ系アメリカ人のフォークソング。

279 19 ラングストン・ヒューズが本作のために書き下ろした歌詞。

280 20 "My Way Is Cloudy." 黒人霊歌。

281 21 "Were you There When They Crucified My Lord?" 黒人霊歌。

解説

小説『ニガー・ヘヴン』が出版された一九二六年とは、人種の議論と黒人文化をめぐる問題意識が先鋭化されつつあったハーレム・ルネサンスの絶頂期とも言える時期であった。一九二〇年代の合衆国では、第一次世界大戦後の好景気に支えられ、北部の都市を中心にアフリカ系アメリカ人たちの活発な文学・文化活動が展開された。とくに黒人居住区ハーレムを抱えるニューヨークには知識人や活動家、文学者、音楽家、ダンサー、画家などが集まった。一九二五年にはアラン・ロックが編集した黒人芸術・文学の重要なアンソロジー『ニュー・ニグロ』が出版されている。この本にはカウンティ・カレン、ラングストン・ヒューズ、ゾラ・ニール・ハーストン、クロード・マッケイ、W・E・B・デュボイスなどが寄稿し、白人社会に迎合することなく、人種差別に公然と「ノー」を突きつける新たな黒人像の登場を印象づけた。このような時代の空気のなか、『ニガー・ヘヴン』という挑発的なタイトルを冠した小説が世に送り出されたのだった。

作者のカール・ヴァン・ヴェクテンは白人作家で、『ニューヨーク・タイムズ』紙の元音楽評論家。ガートルード・スタイン、ジョージ・ガーシュイン、F・スコット・フィッツジェラルドとも親しく、二〇世紀初めの合衆国の芸術・文化界において絶大なる影響力を持っていた。[1] 一九一〇年代には音楽・舞台関連の著作を多数出版して、モダンダンス、映画音楽、黒人音楽やスペインの民俗音楽、ストラヴィンスキーとラグタイムやミュージック・ホールの関係について執筆するなど、実験的な前衛芸術と民衆文化の両方を擁護するという合衆国のモダニズムの王道ともいえる芸術論を展開した。一九二〇年代以降は、『ピーター・ウィッフル』（一九二二年）を皮切りに、ジャズ・エイジを題材にした小説を数多く書いたほか、カメラマンとして時代のアイコンの肖像写真を撮影するなど、マルチな才能をみせた。

ヴァン・ヴェクテンと黒人文化のつきあいは、音楽・舞踊評論を手がけていた頃、『ヴァニティ・フェア』誌などに黒人霊歌やブルースを紹介する記事を書いていた頃にさかのぼる。ハーレムを初めて訪れたのは一九二四年。その後、有色人種地位向上全国協会の活動家で作家のウォルター・ホワイトとの友情をとおして、ジェイムズ・ウェルドン・ジョンソン、ラングストン・ヒューズ、ネラ・ラーセンなどのハーレムの文学者たちと親交を深めた。彼はすぐにハーレムの小説を書くことを決意し、七番街のキャバレー、スモールズ・パラダイスに足繁く通う日々がはじまる。[2] ヴァン・ヴェクテンの存在はハーレムのナイト・ライフの一部となり、アルフレッド・A・クノッフの信望も厚い出版界の有力者、黒人芸術の庇護者として知られるようになった。

ハーレムを題材にした初の小説が白人作家によって書かれたという事実は、差別語「ニガー」を含むタイトルの衝撃とあわせて、（おおむね好評だった白人読者の反応とは異なり）黒人文学界にスキャンダルと大論争を巻き起こした。[3] 作家とつきあいのあった文学者たちは遠慮がちに作品を擁護する姿勢をみせたものの、道徳的規範を遵守することで人種差別撤廃と黒人の社会的地位向上をめざす知識人の眼には、ヴァン・ヴェクテンによるキャバレーや闇酒場での夜遊び、犯罪と暴力の支配する街、刹那的官能に身をゆだねる人びとの描写は、人種問題の解決のうえで障害となるステレオタイプ的な黒人像を助長しかねないものと映った。デュボイスは有色人種地位向上全国協会の機関紙『クライシス』において、この本を「そっと暖炉にくべる」よう読者に提案した。[4]

その意味で、『ニガー・ヘヴン』が悪名高い作品であることは論を待たないが、当時の前衛芸術と黒人文化・芸能をめぐる作家の深い知識と理解に基づく作品であるがゆえに、二〇世紀初めの欧米のモダニストがアフリカや黒人性のテーマに魅せられた文脈をより鮮明なかたちで浮き彫りにしているという面白さがある。例えば、ガートルード・スタインの小説『三人の女』、ウォレス・スティーヴンズの詩の引用にかなりの紙面が割かれており、これらのいかにもモダンな詩や散文が、キャバレーで歌われるジャズやブルースの流行歌、黒人霊歌、同時代の黒人作家たちの名前や作品名、チャールズ・W・チェスナットの短篇小説の要約、ハーレムの図書館で開かれるアフリカ彫刻の展覧会の話題のあいだに散りばめられている。また、宝くじのギャンブル性、ダンスやボクシングにみられる身体というテーマもモダンの問題系列としてお馴染みのものだ。

間大陸的な白人芸術家たちのモダニズムと、ハーレムで興った黒人的モダニティという同時代の異なる文学場を架橋する『ニガー・ヘヴン』の試みは、両方の領域に入場を許される白人作家の特権的立場が可能にしたものだが、ヴァン・ヴェクテンは自らの特権性に後ろ暗さを感じるどころか、それを嫌味なまでに誇張し挑発してみせた。本書には、人種のイデオロギーにとらわれスランプに陥っている作家志望のバイロンに対して、白人の登場人物が一方的に小説論を展開する場面があり、白人作家がハーレムを題材に小説を書くこと、黒人文化の豊かさを白人作家が搾取・盗用する可能性についての確信犯的な言及がみられる。例えば、ヴァン・ヴェクテンの分身的人物である白人作家ギャレス・ジョンズは、黒人文化についての小説を執筆中だが、彼が小説の題材としてのハーレム、黒人文化の魅力を熱っぽく語るのにバイロンは腹立ちを隠すことができない（第一部第5章）。また、雑誌編集者ラセット・ダーウッドはバイロンの小説の欠点を列挙し、本人が憤怒と屈辱に身を震わせるのも構わず、黒人作家が書かないならば、白人作家が彼らに先駆けてハーレムの小説を書くだろうと語る（第二部第4章）。

これらの場面は、他者の文化を表象する行為の暴力性を知りつつ、白人作家の特権性をあえて行使する意図を暴露するものだが、主義主張をもたない小説、プロパガンダでない小説は無意味だとするデュボイス流の文学観と真っ向から衝突する見方を提示して、黒人作家たちの文学的主体性を挑発的に揺さぶる効果をもつ。このような作家の態度が、タイトルに眉をひそめた人びとの怒りをさらに燃え上がらせたであろうことは想像に難くないが、よく知られているように、ヴァン・ヴェクテンの文学観がラングストン・ヒューズやネラ・ラーセンといった当時の若手文学者の創作活動に与えた影響は計り知れない。また、ジャマイカ出身の作家クロード・マッケイによる都市の黒人生活の素描『ホーム・トゥ・ハーレム』（一九二八）が生まれるきっかけともなった。

たしかにヴァン・ヴェクテンの関心は、人種問題解決の手段として文学の可能性を信じた黒人知識人とは異なる対象に向いていたが、同時代の人種言説をめぐっては、黒人性を一元的な資質に帰して理解する態度とは一線を画し、むしろハーレム内部の多様性に鋭い観察眼を発揮した。例えば、空き地でクリケットをする西インド諸島出身の男たちをみつめるメアリーの眼差しを描いたくだり、スノッブなオルブライト家の母娘がアフリカ彫刻や黒人霊歌の魅力を素直には認めようとしないこと、リズム、豊かな色彩感覚、情熱的性質といった「黒人的」個性を誇らしく思うメアリー本人が恋愛に奥手で、キャバレーやダンスもあまり好きになれず、どうして他の人と同じように本能や衝動に忠実でいられないのだろうと自問する場面などは興味深い。また、人種の境界で生きる者たち——経済的優位や社会的承認を得るために白人として生きる者、[5] 白人とだけ交際する「ピンク・チェイサー」、黒人びいきの白人「ジグ・チェイサー」にも光が当てられている。さらに、ハーレムのナイト・ライフにおけるクィアな客の存在、[6] 彼たち・彼女たちの集まるキャバレーの名称、黒人たちのなかに根強くある同性愛嫌悪などが書き込まれていることも見逃せない。『ニガー・ヘヴン』は白人と黒人のモダニティを架橋するだけでなく、ハーレムにおける黒人文化とクィア文化の交差する地点、人種・セクシュアリティの多様性をも浮き彫りにしている。

最後に、ラングストン・ヒューズの作詞した歌が挿入されていることについて、一言、説明を添えておきたい。これは『ニガー・ヘヴン』初版本のリリース時に、作家が当時の流行歌「シェイク・ザット・シング」の歌詞を再販する許可申請の手続きを怠り、著作権上の問題が生じたことに端を発したものである。[7] 窮地に陥った作家が、友人であり息子のような存在でもあった若きヒューズに相談すると、彼はヴァン・ヴェクテンの自宅までわざわざ足を運び、小説の内容にあわせた歌詞を二四時間で仕上げたという。今回訳出した原稿では、問題の歌と差し替えられた歌詞以外にも、ヒューズが作詞した歌数編を読むことができる。該当する歌には訳注をつけたが、当時まだ二十代だったヒューズのめずらしい作品に触れることができるのも、本書の読みどころと言えるだろう。

1　ヴァン・ヴェクテンの伝記的情報については Edward White, *The Tastemaker: Carl Van Vechten and the Birth of Modern America*, New York: Macmillan, 2014, 127-133を参照。

2　出版経緯については Emily Bernard, *Remember Me to Harlem: The Letters of Langston Hughes and Carl Van Vechten, 1925-1964*, New York: Knopf, 2001, 41-46に詳しい。

3　同時代の読者による『ニガー・ヘヴン』評価については三宅美千代「D・H・ロレンスとハーレム・ルネサンス」『21世紀のD・H・ロレンス』（国書刊行会、二〇一五年、一三三〜五〇頁）で詳しく論じた。あわせて参照のこと。

4　W. E. B. Du Bois, "Books" *Crisis 33* (Dec. 1926): 2.

5　パッシングについては三宅美千代「『扇情主義の罠』に抗して——ハーレム・ルネサンスの作家からセンベーヌ・ウスマンに引き継がれたパッシングの主題」『ブラック・モダニズム——間大陸的黒人文化表象におけるモダニティの生成と歴史化をめぐって』（未知谷、二〇一五年、二八六〜三一〇頁）で詳しく論じた。あわせて参照のこと。

6　本書は差別語「ニガー」の使用で注目されることが多いが、同時に、「クィア」という語が出てくるかなり早い時期の小説であることも記憶に留めておくべきだろう。ヴァン・ヴェクテンはファニア・マリノフとの婚姻関係を維持しつつ（本書は彼女に捧げられている）、同性の交際相手がいることを隠さなかった。クリア・リーディングの視点から『ニガー・ヘヴン』を解釈する試みについては、例えば Siobhan B. Somerville, *Queering the Color Line: Race and the Invention of Homosexuality in American Culture*, Durham and London: Duke University Press, 2000, 126-67を参照。

7　共同製作の詳しい経緯については Kathleen Pfeiffer, "Introduction," Carl Van Vechten, *Nigger Heaven*, Urbana and Chicago: University of Illinois Press, 2000, xxvを参照。

訳者あとがき

本書は、一九二六年にアルフレッド・A・クノッフ社から出版されたカール・ヴァン・ヴェクテン『ニガー・ヘヴン』の日本語訳である。訳出にあたっては Carl Van Vechten, *Nigger Heaven*, Urbana and Chicago: University of Illinois Press, 2000 も参照した。

カール・ヴァン・ヴェクテンは手紙魔だったそうだ。ガートルード・スタイン、ラングストン・ヒューズ、ジェイムズ・ウェルドン・ジョンソンといった親しい友人たちに、句読点を駆使した息の長い独特な文体で精力的に手紙を書いたことが知られている。文体の個性は小説でも一貫してみられ、本書においても、登場人物の会話を鉤括弧でくくらない、句点を打つべき箇所を読点やダッシュでどんどんつなげていくなど、そのスタイルはきわめて特徴的だ。

翻訳にあたっては、わかりやすさを優先して、読点を句点に置き換えることもできたが、原文のテンポとスピード感をできるだけ活かすという意図で、句読点は可能なかぎり原文に忠実に処理した。はじめは違和感があると思うが、忍耐強く訳文にお付き合いいただけたらと願う。また、本書には二〇年代に黒人たちのあいだで流行していたさまざまな俗語表現が取り入れられている。原書の巻末には、それらをまとめた語彙集がついており、登場人物たちの生き生きした会話を堪能するための手引きになっているが、訳文では該当語にルビを振ってある。

二〇年代の流行り物を星座のように散りばめたテキストであるだけに、内容理解に苦労した部分も少なくなかった。至らない部分も多いと思うが、お気づきの点をご教示いただければ幸いである。今回、訳してみて、改めてとてもテンポのよい作品だという印象を強くした。とくに会話のいきいきとしたリズム感は、音楽に対する鋭い耳をもつヴァン・ヴェクテンならではと言えるだろう。読者の方々にも、まずは楽しんでいただけるものと信じている。

本書の訳出・出版にあたっては、的確な助言と激励をくださった吉澤英樹氏、辛抱づよく内容や解釈の相談につきあってくれたニック・マーシャル氏、未知谷編集部の飯島徹氏に大変お世話になりました。心からの感謝を送ります。

二〇一六年八月二十日

二十五年ぶりのシドニーにて　三宅美千代

Carl Van Vechten

（1880～1964）

アメリカ合衆国の作家、写真家。音楽・舞踊評論を手がける一方、ジャズ・エイジの世相を描いた小説を発表。二〇年代以降は黒人音楽・文化への愛着を深め、ハーレム・ルネサンスのプロモーター、パトロン的存在となる。著名人を被写体とした膨大な数のポートレート写真でも知られる。ガートルード・スタインの遺著管理者。

みやけ みちよ

1979年生まれ。早稲田大学大学院文学研究科博士後期課程修了。専門は両次大戦間における英語圏文学・文化。共著書に『21世紀のD・H・ロレンス』（国書刊行会）、『ブラック・モダニズム――間大陸的黒人文化表象におけるモダニティの生成と歴史化をめぐって』（未知谷）がある。

©2016, MIYAKE Michiyo

Nigger Heaven

ニガー・ヘヴン

2016年 9月 5 日印刷
2016年 9月20日発行

著者　カール・ヴァン・ヴェクテン
訳者　三宅美千代
発行者　飯島徹
発行所　未知谷
東京都千代田区猿楽町2丁目5-9　〒101-0064
Tel. 03-5281-3751 / Fax. 03-5281-3752
［振替］　00130-4-653627
組版　柏木薫
印刷所　ディグ
製本所　難波製本

Japanese edition by Publisher Michitani Co. Ltd., Tokyo
Printed in Japan
ISBN978-4-89642-507-9　C0097